李木匠的春天

李圣祥 ◎ 著

LI
MUJIANG
DE
CHUNTIAN

时代出版传媒股份有限公司
安徽文艺出版社

图书在版编目（CIP）数据

李木匠的春天/李圣祥著. —合肥：安徽文艺出版社，2018.12
ISBN 978-7-5396-6458-3

Ⅰ. ①李… Ⅱ. ①李… Ⅲ. ①长篇小说－中国－当代 Ⅳ. ①I247.5

中国版本图书馆 CIP 数据核字(2018)第 201033 号

出 版 人：朱寒冬
责任编辑：周　康　周　丽　　　装帧设计：天恒仁文化

.....

出版发行：时代出版传媒股份有限公司　www.press-mart.com
　　　　　安徽文艺出版社　　www.awpub.com
地　　　址：合肥市翡翠路 1118 号　邮政编码：230071
营 销 部：(0551)63533889
印　　　制：成都市兴雅致印务有限责任公司　(028)81142822

.....

开本：880×1230　1/32　印张：9　字数：230 千字
版次：2018 年 12 月第 1 版　2018 年 12 月第 1 次印刷
定价：45.80 元

.....

（如发现印装质量问题，影响阅读，请与出版社联系调换）

版权所有，侵权必究

目录

第一章 …………… 001		第十一章 …………… 070
第二章 …………… 010		第十二章 …………… 080
第三章 …………… 016		第十三章 …………… 088
第四章 …………… 022		第十四章 …………… 096
第五章 …………… 032		第十五章 …………… 100
第六章 …………… 037		第十六章 …………… 112
第七章 …………… 042		第十七章 …………… 119
第八章 …………… 053		第十八章 …………… 125
第九章 …………… 057		第十九章 …………… 135
第十章 …………… 062		第二十章 …………… 140

第二十一章	148	第三十一章	221
第二十二章	160	第三十二章	226
第二十三章	166	第三十三章	235
第二十四章	173	第三十四章	241
第二十五章	181	第三十五章	246
第二十六章	187	第三十六章	254
第二十七章	192	第三十七章	262
第二十八章	197	第三十八章	270
第二十九章	203	第三十九章	276
第三十章	214		

第一章

那年头的小窑堡穷,盛产传宗接代的娃儿。生!你追我赶地生,你慌我忙地生。

"嗨嗨嗨!老祖坟冒的是青烟!又生了个猪。"接生婆子扬扬得意埋汰人,仿佛功成名就。猪算活口,命大、福大、皮粗、肉厚、不讲究,两把野草一哄,就能蹦蹦跳跳活着。谁不巴望自家的崽能像猪崽一样好养哩?媳妇临盆,当家的如没听到接生婆"又生了个猪"这种侮辱人的咋呼,就泄气,就猜定媳妇生了个赔钱货。女娃是要出嫁的,出嫁是要嫁妆的,还不就是赔钱货?

小窑堡家家都有几个"猪"外加几个"赔钱货"。唯村子东南角的韩三爷家惨些,人家多子多福,就他不中!韩三婶生下闺女韩圆圆后,肚子再没鼓过,求神拜佛都不灵。起初各路高人还给韩家指指路,后来干脆不指了,说养一窝不如养一个,老韩家的精华已全部集中到了独女一人身上。韩母将信将疑,带着独女去找刘半仙,报了生辰八字,刘半仙又看了韩圆圆手相,果然惊呼:

"不得了！不得了！文曲星、宰相命！"

刘半仙那撩人心弦的预言，始终在韩三爷家屋梁上萦绕。绝了后的韩三爷有了奔头，妞当崽养。韩圆圆就这么成了小窑堡第一个走进学堂的"赔钱货"。十六岁那年，韩圆圆出落成如花似玉的大姑娘，不用刻意打扮，便有一种朴素的、去雕饰的先天美。她无可争议地成了绵恒二中鲜艳的校花。成绩也是呱呱叫！各科老师一律看好。英语老师更上心，说她考个本科板上钉钉，是支难得的绩优股！二中学生历年高考都是英语拖后腿，英语老师表示，绝不能让韩圆圆输在英语上。于是，给韩圆圆开小灶渐渐成了他的惯例，不料被人杜撰成"花边"新闻流传！老师大她七岁，已为人父，夫人是个"醋罐子"。"醋罐子"不省事，笃定丈夫师生恋，就当场捉住正给韩圆圆开小灶的丈夫，现场为校内那片据说是李鸿章栽种的柳树林。林中的石凳上分散坐了不少晨读的学生，唯英语老师和韩圆圆以头对头凑在一起开小灶。

"醋罐子"开骂了，动静很大，引得晨读的学生围成一圈。琅琅书声瞬间变成嘈杂的起哄声。英语老师的脸红成了胭脂，一蹦三跳围绕"醋罐子"转圈圈。终是无法消解那口气，巴掌一抡，"醋罐子"的脸就爬上了五根手指印。

"醋罐子"牛高马大，哪里见过偷瓜的打看瓜的？只见她一边吸气，一边倒退三步，忽地一埋脸，两腿直蹬，坦克一样撞向丈夫。丈夫还算冷静，利索地揪住"醋罐子"影响见识的长发："你作死？"

"醋罐子"不作死，作死的是英语老师。"醋罐子"胸有成竹，单刀直入地手猛一搂，就抓住了。只见威风凛凛的英语老师忽然两眼发直，红红的脸膛说白就白得骇人，双腿弯曲成马步一动不动，两手早顾不及女人头发了，十分迁就地捧住老婆捏他命根子的手,满腹牢骚不敢发,有气无力地协商:"你捏我卵子?"

"捏着哩!明知故问有意思吗?"女人得势不饶人。

巾帼不让须眉,阴盛阳衰已成定局。英语老师相当被动,只有乱翻白眼珠子的份。

韩圆圆顾不得老师了,书本一扔,扯开腿疯跑。委屈的泪水哗啦一下模糊住视线,纷飞的杨花苍蝇似的撞击她的脸。此后,韩圆圆的成绩一落千丈,上课走神,不敢正视老师们的脸。她的心里莫名其妙和老师们有了隔阂,男老师不好主动帮助她,唯一的女性老师偏偏教着体育,只管体质不管素质。

韩圆圆自生自灭完成了高中学业。高考成绩一公布,她就发现两年高中白读了!别说本科,就连专科也没有她的份。

回家!唯一出路是回家种田。

这一天,绵恒镇的姑妈来了,来给韩圆圆提亲。姑妈是个好姑妈,资助了韩圆圆读高中。姑妈说韩圆圆基因随她,是个比姑妈年轻时还要漂亮的美人坯子!落在乡下可惜了,最不济也该嫁到绵恒镇。

姑妈给侄女介绍的对象叫杜诗经,绵恒镇的大户!很诗意的名字偏干着屠宰的行当。这行当是杜诗经从父亲手中接下,火着哩!小半个绵恒镇人的菜篮子,都装着杜家的猪肉。姑妈家买菜的市场里,有肉铺十几家,姑父即为其中的一个铺主。杜诗经给各个铺子编上号,发货、记账都喊男主"一号、二号、三号……"遇上女主就叫"一号家的、二号家的……"姑父家肉铺子编号为"六",姑妈自然成了"六号家的"。可自从韩圆圆高考落榜,杜诗经再不喊"六号家的"了,而改口喊"姑妈",并央求姑妈将自己纳为侄女婿。姑妈眉一皱:"丫头小着哩!可别耽误了你。"

杜诗经一急,拍着胸脯许下了"非韩圆圆不娶"的心愿。此后，姑妈成了人上人，隔三岔五总能收到杜诗经送来的烟酒和名牌穿戴。姑妈精明，心里虽替侄女高兴，面子上却玩得杜诗经溜溜转，说："丫头刚刚落榜，情绪低着哩！等缓缓再讲。"挨到丫头情绪恢复后，姑妈又说："怪就怪我哥、嫂养了只凤凰，说媒的排着长队哩！再等等，看这绣球能否落在你杜老板头上。"

杜诗经始终等不到一句踏实话，就咬咬牙铁了心。再见姑妈时，他不多说了，只是将一张十万元的存折放到姑妈手中，姑妈推托不掉，就把折子揣进了荷包。

姑妈是有把握的，她已将这桩婚姻跟三哥、三嫂说了多次，把个哥、嫂乐得睡不着觉，三哥、三嫂和杜诗经一样，正急吼吼等她一句踏实话哩！后院茅坑的里里外外都被哥哥刷了白，卖猪得来的钱早被嫂子换了空调，显显赫赫装在丫头房间里。该准备的都准备了，只等佳婿登门。

当杜诗经的"大奔"光芒四射地停在韩圆圆家门口时，韩圆圆躲进闺房闩着门，没见过大阵势的韩三婶在大富大贵的佳婿面前很拘谨，怯生似的直朝韩圆圆姑妈身后藏。姑妈"咚咚"拍打丫头房门，开了门的韩圆圆偷偷瞄瞄杜诗经，俊俏的脸面蓦地红成熟苹果。

初次见面还算成功，这得益于杜诗经的身板和长相。杜诗经长长吐口气，心里像灌了蜜。他不再亲手和猪打交道了，他高薪聘了人打点生意，自己的精力全部转移到了韩圆圆身上。

然而，相处多了，了解便多。杜诗经原本藏着掖着的坏毛病渐渐毕现。嗜酒、抽烟、讲粗话，尤其动手动脚的嗜好让韩圆圆无法容忍。后来，韩圆圆便把杜诗经送她的裘皮、金饰等等悉数拒之门外。到了这地步，杜诗经已明白韩圆圆和他没戏，相当颓丧。可姑妈却竭力安慰，说："丫头才十八岁，耍点小性子正常，哄哄就好了。"准丈母娘更是怕准女婿跑了,竟教了杜诗经一手绝活,说:"猴子不上树多打一遍锣噻!你要下精力陪我女儿多拉拉,拉拉就热乎了……"准丈母娘说这些话时,眼睛望天,语调神秘秘的,意味深长。杜诗经似乎明白了什么,再来韩家时,首先把自己和韩圆圆关在房间里拉呱。韩圆圆烦他,开门出去,杜诗经过来拦,韩圆圆使劲掔。杜诗经眼前就浮现准丈母娘意味深长的表情,这表情让他的理智瞬间消失。他把背部对他的韩圆圆扳过来,一把搂紧放倒在床上,像雄鹰搏兔那般凌厉、迅猛。韩圆圆一惊,拼命挣扎,但她的反抗面对杀猪出身的杜诗经简直是徒劳。牛高马大、眼疾手快的杜诗经把韩圆圆摁在床上,三下五除二扒下了她的裤子。

少女美妙的胴体霎时变成磁铁,牢牢吸引住了杜诗经醉了酒似的红眼。他的巴掌贴着她的下体拼命搓揉,嘴巴喷发出丑陋的喘息:"圆圆啊!我求求你了!"杜诗经庖丁解牛样娴熟地解开自己的裤子,控制韩圆圆的力度自然松弛。绝望中的韩圆圆趁机摸来床头柜上的剪刀,毫不犹豫对准杜诗经一顿乱戳。杜诗经捂着见了红的手,红头红脑驾着"大奔"一溜烟逃回绵恒镇。待到伤愈返回韩家赔礼时,韩圆圆已经失踪三天。

韩圆圆离家出走的时候,天还没亮。一轮下弦月悬挂在西边的半空中,弯弯的,两头尖尖。透过晨雾,散发出朦胧的光,那光极虚,羞羞涩涩的,仿佛惧怕和刻意逃避即将喷薄而出的太阳。没错!我记得清清楚楚。那天,小窑堡凌晨的景色就是这样子。我当时正在这迷离、宁静的景色中忙碌。我看见韩圆圆急步走在通往外乡的黄泥道上,晨风迎面吹来,掀起她的齐耳短发轻轻地抖,月光也在抖,脚下的路以及路旁擦肩而过的老井仿佛都在抖。田间,深藏不露的虫们、蛙们叫个不停,像是齐奏迎宾曲,又像在嘲笑韩三婶：你管得了身，可你管不住女儿的心啊！

韩圆圆心系远方，她的步子很快，只想快些逃离养了她十八年的狼窝。没错，她是说了"家像狼窝"这句话，当着母亲面说的。她对母亲怂恿、默许杜诗经学坏很恼火。母亲不内疚，反倒很是生气，嘀嘀咕咕埋怨她古板，说："花总是要开的嚛，老娘十七岁就生了你，我也没说过你外奶奶（外婆）家像狼窝怂恿你大（父亲）学坏！"

韩圆圆深知妈的嘴大，不再抬杠。但不等于心服口服，她知道杜诗经还是要来的，她现在一想到杜诗经就恶心，她不想在"狼窝"里等待杜诗经来糟蹋，她选择了逃婚。

瘦瘦长长的黄土小道上，一条轻盈的影子在跳动，一个少女肩背一个印着碎花的布包，细细的长腿在迷离的晨曦中零乱地飘动。

东边的天刚露鱼肚白的时候，她已出村两华里，跑到了距我仅仅二十米的地方。我看见了她，她却没发现我，她的心思都用在跑路上。她的步伐很急，不时将抖落到眼前的头发捋向耳后。这时，小窑堡的方向隐约传来她母亲的呼叫，声音跑到我们这儿时已是强弩之末极其微弱了，但我还是品出了韩三婶那声嘶力竭的味道。田间的蛙声戛然而止，仿佛也被那呼天抢地的声音镇住。韩圆圆回头张望，就看到一队追兵。来路不复安静了，被堂哥堂弟们嘈杂的声音填满。她的心一紧，急急扯开步子向东奔跑。

"站住。"我忍不住喊了一声，音调低而沉，但还是让韩圆圆惊慌失措、一脸绝望。她像一只受了惊吓的兔子，垂死挣扎撒开长腿加劲跑。

"向东是死路！右拐，向南。"我压低嗓门及时给她支招，慌乱的韩圆圆愣了下，眼光冲这边一瞄："李成俊吧？我妈请了你？

你也来撵我？"

　　韩圆圆发现了我。我和她一样，都是小窑堡的子孙，我还是她的二中校友，高她一个年级，也痴长她两岁。最近两年，小窑堡尽出人物，头年我考上了高中，第二年韩圆圆也考上了。那位说了：考个高中算啥人物嘚？错！我们那里，当年的高中录取率仅百分之五啊！小窑堡的"猪"和"赔钱货"虽说一大阵，但我确实是小窑堡有史以来第一个高中生。韩圆圆就更出奇了！一个"赔钱货"上了高中，简直横竖十里找不到。两年后，她的命运和我一样一样，也被高高的大学围墙挡住。我早她一年离开二中，回家跟我二叔学了木匠，一年后，我掌握了木匠手艺，可二叔却结束了木匠生涯。二叔得了肺结核，繁重的木匠活是干不了了，只能逮点黄鳝捉点泥鳅补贴家用。我开始孤家寡人吃百家饭。收工后，还要帮着二叔下黄鳝笼。二叔因为肺病没了收入，药费开销却越来越大，不帮他点不行。二叔咳得凶时，这下笼和起笼的事全都落在我头上。明白了吧！我在那个迷离、宁静的凌晨正在逮黄鳝，并不是受韩母之邀来逮韩圆圆的。

　　现在起黄鳝笼的我和韩圆圆撞上了，我晓得她逃婚，屠夫杜诗经性急了！韩三婶偏又无原则！不跑才怪。我和韩圆圆搭上了话："你妈没有请我。就是请，我也不干撵你的事，我在帮我二叔逮黄鳝哩！"

　　"你吓我一跳。"韩圆圆望望我，又望望渐渐近了的追兵，不再多嘴，扭头欲跑，却被我叫住，我说："你别瞎犟！你照直向东就是在瞎跑！追兵个个英雄，你一黄花闺女逃不脱的！"我要她玩一手"灯下黑"，右拐向南，钻进玉米地深处，然后按兵不动，等风声过了再逃。韩圆圆猛然醒悟，一个右拐钻进玉米地。她弯下腰，不停地将阻挡去路的玉米秆拨向两边，开始了士气高昂的孤军深入。成片成片的玉米秆已初步长成，一米七零的韩圆圆瞬间不见了。我的心忽然像被谁揪了下，蓦地失落到了顶点，那句"一别今日后何日再相见"的歌词瞬间霸占了我的脑海，不由得朝韩圆圆消失的方向送一嗓子："你去哪儿？可要保重！"玉米秆里有了回应："放心吧！我去江城，那地方好！水旱码头。"我心头一热又一冷，几乎带着哭腔追了句："能给我通信吗？"

"不方便呀！人家会怀疑我俩搞鬼的。"玉米地里的韩圆圆实话实说，"我们班的杨菊梅知道不？她和你们上一届的梁世忠对上象了，找到他们俩就能找到我。"

我还想说些什么，可玉米地深处已传来窸窣乱响，那是韩圆圆跑路的声音。

顷刻，世界宁静下来了。又过了一会儿，追兵上来了，我强迫自己镇定，边倒笼中黄鳝边主动招呼："个个气吼气喘的！抢亲去？"韩圆圆堂兄弟们没正面回答抢亲的事，反倒火上房似的问："成俊，可看见有人跑过？圆圆跟她妈赌气，跑了！"我故作惊讶："跑了？一大姑娘咋能乱跑？赶紧找。"堂兄弟们一边应着"是是是"，一边抬腿向东。我提醒他们说："我在此多时，鬼影没见一个，你们追反了方向。东边是赵集车站，距村十五里；而王集车站在西边，距村仅仅十里。谁愿干舍近求远的事噻？该集中兵力攻王集噻。"领头的堂兄大老憨一拍膝盖骨："我也是这么说噻，可我三爷硬说他家丫头精明噻，会玩声东击西噻。"

我忍着没笑，心里话："不但会玩声东击西，还会玩灯下黑哩！"我顺水推舟向东边挥挥手："那就听你三爷的！去赵集，赶紧去赵集。"

支走了大老憨领导的追兵，我一遍又一遍放眼横扫玉米地，郁郁葱葱，绿茫茫一片，哪里还能看到韩圆圆的影子。我心头涌上一股难以言状的绝望。

在绵恒二中读书时，韩圆圆和我虽是同村，却没正儿八经说过话，碰上面总是笑一笑了事。可星期日或放寒暑假回到小窑堡后，彼此却自动相互招呼，偶尔还顺带开些小玩笑。打招呼和开玩笑时，彼此脸上红红的，心也蹦蹦跳跳的。不知韩圆圆如何，反正我的心里是甜甜的。这种感觉让我上了瘾，我总是设法寻找和她碰面的机会，韩圆圆去屁股塘洗衣服，我就装模作样去屁股塘担水，哪怕自家的水缸已满得不能再满也要去。我有两个能干的姐姐，有老将黄忠一样的爷爷，加上父母年富力强，家务和农活基本没有我的份。二姐常开我的玩笑，说："你帮我们念书，我们一家帮你做田。"每当我自告奋勇跑去田间表示替家人分担时，父亲的大手总是直挥："去去去！滚回去念书。"我就晓得父亲会赶我，我从来不争，很听话地掉头回撤。路过韩圆圆家门口时，我的脸虽然不偏不歪很正派，但两个眼珠子早弯成九十度斜进了她家。明白了吧？我去田间完全是遮人耳目的幌子，一来一回路过韩圆圆家门口才是我的真实心思。心思不在书上，高考自然落榜。我落榜那一年，韩圆圆进了毕业班。我就经常溜进土地庙，烧香磕头，要求土地公公保佑韩圆圆也像我一样落榜。土地公公果然公平，还真把韩圆圆安排进了小窑堡做田。我有事做了，一门心思设计圈套套她。当村长的父亲看出了个中门道，叮嘱二姐去和韩圆圆交朋友。二姐心知肚明，每每在韩圆圆面前夸我聪明，说我都会打八仙桌了。二姐的用意明显，她已在引诱韩圆圆上钩了。不久，二姐的红线真把我和韩圆圆拴上了。韩圆圆眼睫毛一挑一挑望我，没说一个不字。但她爹韩三爷却及时给我父亲传来话，先夸我有横有直有文化，后抱怨我父亲咋不早说，妮子已许给了杜屠户家。韩圆圆坚持恋我，可她爹的眼一瞪："咋？想翻天？"韩圆圆翻不了天，只好答应和杜诗经处处瞧。

　　名花有主，这让我死的心都有了！可自从韩圆圆用剪子戳跑杜诗经这个主后，我的心又活泛过来了，我不动声色隐在暗处等机会，万没料到等来的是韩圆圆的出逃。

　　我挑起几十节黄鳝笼默默走向二叔家，二叔家的蛋炒饭等着我吃哩！吃饱了好干木匠活去。然而，我今天的木匠活干得挺糟糕，怎么也定不下心来，砍下的斧头是歪的，料也刨得极不上线。我脑袋里装着的都是韩圆圆，她的临别赠言老是在我耳内回响："我们班的杨菊梅你知道吧！她已跟你们上一届的梁世忠对上象了，找到梁世忠就能找到我。"我整天都在琢磨这句话，并琢磨出另外一番滋味来。总觉得此话弦外有音，像一种含蓄的表白。

　　我开始失眠了，胡思乱想，睡着了韩圆圆仍缠绕在我的梦境里不离不弃。我突然明白：陕北的情歌为什么那样呼天抢地、那样的肝肠寸断了！我的心随着情歌的旋律飞了，飞到了隔山隔水的江城。

第二章

　　盲流、向南、过江。乖乖！江城这么大！电影上的东西原来不是诌的！然而，兴奋和新奇都是短暂的。这座城市很陌生，我举目无亲，全部家当就是几样干木匠活的工具。吃饭是个问题，住宿是个问题，但若重返农村那么这一辈子都是个问题。凡是在外闯荡的民工都一样，我们既害怕饿肚子和居无定所，又眷恋城市的繁华和明天的迷梦，何况我还揣着一份沉甸甸的相思。每当夜色蒙住桥裆，我都精心整理一下自己，然后沿梯登上桥面。这个时候的中江桥上满是人，都是出来逛街看夜景的。中江桥横跨青弋江，距青弋江与长江交汇处仅有百米，站在桥上，长江风景尽收眼底。桥北的人向南走，桥南的人向北走，摩肩接踵、熙熙攘攘，两侧人行道上晃荡的都是人头。只有我另类，既不南也不北，更不看长江之上来往穿梭的楼船。我就靠在桥中的灯柱上，借助灯光找人。我坚信韩圆圆总有打桥上过的一天，说不定什么时候她就突然站在我面前笑。尽管久久没能遇见她的笑脸，但我不气馁。我坚信：十网打鱼九网空，干到一网就成功。

"日出江花红胜火，春来江水绿如蓝。"我曾经喜欢的《忆江南》简直胡扯！日出的时候，我就站在中江桥上面对长江，我看见的是由江面涌过来的水汽，湿漉漉的，白茫茫的，染得弋江两岸如烟如雾，整座中江桥仿佛浸泡在雾霭中，根本看不清百米之外的江水是红是蓝！却比《忆江南》中描写的风景漂亮许多。太阳一照，巨龙一般的桥体闪着银光，像一道虹横跨弋江南北。我无数次直立于彩虹中央，目送着匆匆赶路的上班族，多么希望在这川流不息的自行车流中寻见韩圆圆的身影，可现实回报我的仍是一次又一次的失望。八点一过，桥面渐渐安静下来了，接下来烟消雾散，我也两手空空烟雾一样从中江桥上消失。当我沿着桥梯下到桥裆时，脑子里暂时没了韩圆圆，我得以压倒一切的姿势为生存而战。

我陡然变成一棵顶着风霜的老树，杵在中江桥裆守候业务，身边立着半截枯竹竿，上面悬挂一块白纸黑字的广告牌，内容都是吹捧自己的木匠手艺。我看中桥裆这块宝地是有道理的，江城虽美，却是个多雨的地方，降水量又随着春天的深入而不断升级。

这桥裆就是个天然屏障，夜幕降临时，草席一铺，还是个不花钱的旅馆，下刀、下枪都不影响韩圆圆向我梦里走来。我就不信这个邪，朱元璋的辉煌从破庙开始，这桥裆难道不能成为我冲向未来的起点？

桥裆是个好地方，大凡好地方出入的人一定多。上下班的，买酒、买菜、打酱油的，还有上学的娃娃，都得由我面前过。城里的娃娃就是可爱，个个积极捧场，他们站在广告牌前攻读上面的字，接送的家长站一旁陪读。我不看他们，我看我买的报纸。报纸是《中江晚报》，五天前的，我已连带广告一字不漏看了三遍。看这许多遍干啥？遮脸呗！堂堂一米八六的精壮汉子，插着广告"卖"自己，终究是件别扭事。

我也有放下报纸的时候，只要瞅广告的是个成年人。我便放下报纸眯眼瞅他，像刘半仙给人看相那样瞅。我的眼光很毒，能分出苍蝇是公还是母，自然能分出谁是真正需要木匠的，谁是看热闹的无聊之徒。当郭福敏支稳自行车瞅广告时，我的心陡然一喜，直感觉自己有了指望。已经三天没揽上活了！荷包光得像沙纸打的一样，中午吃的两个大馍早已消化，可晚餐还不知道在哪！这位看广告的大哥可能就是菩萨派来的。

我迈前一步，轻咳两声，以示自己的存在。瞅广告的郭福敏把脸移过来，一边抖腿一边歪着脖子审视我。约莫过了三十秒，才问："两毛钱漂过来的？"

我的眉一皱，心就像被针扎了一下。我家住皖北，来江城须过长江，轮渡费用两毛。这是实际情况，但真听到"两毛钱漂过来的"这几个字，还是觉得被人从祖坟上动了一锹。咋就是"漂过来的"？！而且只值"两毛钱"？！唉！漂过来的就漂过来的吧！没办法！人往高处走，高处的人自然向下看你。再说晚饭是主要的，其他事等吃饱了再说。这么一想，我瞬间把一肚子不快全化作愁云浮到脸上。我哈下腰，冲郭福敏苦歪歪点了三下头，算是对"漂过来"的默认。

郭福敏笑了，嘴龇老大，眼睛挤得只剩一条缝。他蹿前一步，节奏分明拍打我的肩膀，因比我矮了一个头，郭福敏手在拍我的同时脚也配合着一颠一颠的。阔嘴又是一龇："江北人好！好！实诚。不像我们江城人，滑得像泥鳅！"

我扑哧一笑，满脸愁云被眼前这个矮胖子一口气吹得无影无踪。郭福敏又问我"高寿"。我说："二十一了！"郭福敏一拍鼓出来的肚子："早！早！早！男到三十三，太阳才出山。"又说，"老夫二十三了，你喊我郭哥吧！"郭哥这么说着，手已稳住车龙头，他招呼我把吃饭家伙放到车上，说："跟我走吧！我家里堆一堆棍棍棒棒的，你去看看能不能凑合出两样东西。"

我弯腰撅屁股，精神抖擞地跟他后面推车，一只大号工具包吊在脖子上前后晃荡，像荡秋千，撞得郭哥自行车冷不丁地一歪，又冷不丁地一蹿。

我随郭福敏进得长寿院。长寿院是国营长寿制药厂的宿舍区。一排挨着一排的红砖青瓦房，幢与幢间隔五米。那年头的住房特别紧张，家家户户都协商好似的在自家门前搭盖个小厨房，公用过道越变越窄，走个单车有余，走脚蹬三轮车就得小心翼翼、瞻前顾后了。郭福敏将自行车支稳在自家搭建的厨房内，厨房里砌着一个烧柴火的大灶，灶旁立一个烧煤球的炉子。郭福敏踢踢煤球炉，说："平常一人吃饭就用它，来了朋友才动大灶，煤球炉熏啊熏的，太慢！大灶快，火头轰轰的。"郭福敏介绍柴火灶的时候很自豪，说他是长寿院带头砌大灶的，是鼻祖。鼻祖又把我拽到门外，手臂对着天空一划拉："看看，光这第十六幢，就学我竖起了三根烟囱！"

对于"烟囱"问题，我没显出多大兴趣，在农村，家家都有这么一根烟囱。司空见惯，看着都烦。但郭哥还在滔滔不绝说烟囱，郭哥说自己会看相，精英和饭桶一眼辨清。这个砌大灶的瓦匠也是他在中江桥裆大浪淘沙淘来的。果然是块金子，发了贼亮的光。全长寿院的烟囱都是他竖的，已在江城稳稳当当站住了脚。

我的眼里忽然泛出一股金属样的光泽，这光泽又下意识地在每一根烟囱上抚摸。烟囱不再丑陋，它们沐浴在明晃晃的天光里，仿佛已渐渐变成我心目中的旗帜。我莫名其妙对烟囱生出好感，并编织出万般美妙憧憬。这时，郭福敏突然不说烟囱了。两条短腿一错，进了厨房，摁下一串号码。电话通了，郭福敏对着电话一张嘴："小燕啊！"

"什么小燕！我是你老妈。"

"噢！老妈呀！我这来了朋友，王科长介绍的！合肥佬，是位打家具的专家……"

"又吹！木匠就木匠，还专家！"那头的老妈再次打断儿子话，"找你妹妹给你烧饭呗！"

"老妈真聪明！都五十岁人了还不糊涂。不过你还得让小燕顺便带点菜来。"

老妈开骂了："你个大仙！给你烧锅还得给你出钱备菜！"

郭福敏哈哈笑两声，挂了。转而一本正经叮嘱我，不要在他老妈面前说自己来自桥裆，家人本分，若知道你来路不明，会睡不着觉的。郭福敏要我一切行动听指挥，他介绍什么，我点头就中。

考虑到郭燕马上要来烧锅，我怕横在自行车后的锯子、刨子碍事，上前要卸家伙，却被郭福敏挡住。郭哥说："朋友一场，留你吃顿晚饭是该的。但生意归生意,生意不成仁义在嘛!丑话不讲前头不忙卸家伙,万一价钱谈不妥,我也好直接送你回桥裆。"

我心中刚燃起的火星扑哧一声熄灭,脑袋一嗡,脚下不由得发飘。努力稳了稳情绪,苦脸在郭福敏面前一展:"瞧郭哥说的!相逢是缘!什么钱不钱的?!我只想送手艺给郭哥留个纪念。"

郭福敏讪讪一笑,看我的目光蓦地软了许多。他不停地搓手:"哪里话!瞧你说的哪里话……"郭福敏一边自我圆场,一边带我进了"仙人居"。

"仙人居"约二十五平方米,摆一张长条桌,一张床,一个郭哥亲手钉起来的木架子,架子上放着衣物和一台九英寸黑白电视机。电视机上方挂一匾,上书"仙人居"。这匾高雅,愣是将郭哥的蜗居变成"仙人居"。我把家具图集展示在长条桌上,一页一页翻给郭哥看。郭哥没选"捷克式",也没选"法式",他看中了中国的优秀古典"凹凸式"。样式定好后,我跟随迈着方步一晃一晃的郭哥向厨房走。厨房里,郭福敏的父母、妹妹已在切菜的切菜,点火的点火。

"哟!来了三个厨师。"郭福敏一句玩笑话,算是和父、母、妹打招呼。妹妹郭燕没答话,动作麻利地在灶台上忙。锅里冒出的油烟很重,呛得郭燕头偏老远瞄锅底,手中的铲子在锅里翻飞。郭伯坐在灶下给灶膛添柴,他也没理儿子,而是倾斜身子看儿子身后的客人。他对我笑笑并点头招呼。他的笑容厚道、祥和,我说声"郭伯好"后,心里蓦地爽朗、轻松许多。再看郭妈,她早给我泡好了茶,此时正端着个盆请专家洗脸。郭妈爱笑,大大咧咧的,她和郭福敏站一起,标准的娘儿俩。

吃饭的时候,郭妈用招待合肥佬的规格请我上座。我非常尴尬,只觉得自己是个骗子,又哑巴吃黄连说不出口。我站那儿不知所措地搓手，幸好郭福敏屁股一搭抢了先："都不坐我坐。"郭妈骂他一句"猪皮"，硬压着我这个专家坐上了二席。郭妈晓得我不是专家，但相信我是她儿子单位王科长家亲戚，这就够有头有脸了！连一直没开口的郭燕，也对哥哥占了首席提意见："我哥也是！有客人哩！"郭福敏不看妹妹，侧脸面对郭妈："我娘哎！小燕咋这么维护王科长家亲戚！"郭妈"嗬嗬嗬"笑没了眼。郭燕的脸却羞得红光闪闪。我的眼鬼使神差冲她一扫：乖乖！好美好美的姑娘啊！白皮肤、高鼻梁，挂一脸干净的浅浅的笑意。一双大眼睛忽闪忽闪的，好像也在有意无意瞄我。我的心一颤抖，哎哟喂！这郭燕和韩圆圆长得好像！

第三章

吴德才今天赶的是赵集，和韩云山一道，一前一后。韩云山当过乡长，去年退休，但威风仍摆在那。他迈着当乡长时迈惯了的方步走在前头，吴德才总是断后。他是个冷静的人，没有被荷包里的票子胀昏头脑，但票子确实给他长了脸。搁以前，韩乡长会与他为伍？吴德才有今天的荣光，完全是因为他养了个有出息的儿子。儿子吴大头是个木匠高手，已在江城开了三年家具厂。城里有房有车，去年又投资将祖传的茅草屋翻成四木落地的砖墙大瓦房。小窑堡一百多户人家终于有了第二幢显赫的大瓦房，第一幢当然是韩云山乡长家。就房子来讲，吴德才已和韩云山一般高了。如果单讲财力，吴德才还要略高一筹，儿子吴大头孝顺，每月供他的钱已由两百提高到两百三，上个月才提的，理由是韩云山乡长的退休工资由一百八涨到了两百，吴大头出手比政府大方，政府给韩云山涨二十，他给父亲涨三十。韩云山怀疑吴大头故意压他，但心底还是佩服人家能耐。尽管儿子能耐，但吴德才仍像往常一样低调，他十分清楚自家情况，四木落地的大瓦屋再显赫，终是落在小窑堡的东北拐！小窑堡的天，自古就是韩、李两家大姓顶着，弄出个单名小姓口天"吴"实属意外。

那还是老远老远以前的事了，吴德才的爷爷领导一家四口讨饭讨到小窑堡，被韩云山爷爷养的大黄狗咬了腿，咬得很惨，据说都露了白瘆瘆的骨头。韩家祖上给吴家祖上治伤，期间还负责供养吴家老小生活。吴家感激万分，不好意思吃白食，呼啦啦抢着给韩家干活，竟干出了感情。待到吴家顶梁柱的腿伤好了以后，韩老爷子就说："他吴家小哥哥，这人是天下鸟，鸟是当地人！若不嫌弃我们小窑堡，就留下来吧！东北拐的两间茅屋是我家的牛棚，已好多年没关过牛了，还算敞亮，拾掇拾掇够你一家住的。另外，我家紧靠屁股塘下坎的五亩水田，不愁旱，肥得很！租给别人是种，租给你也是种。"

吴德才爷爷不讨饭了，领着一家四口给半路上遇见的贵人磕头。从此，小窑堡才有了口天"吴"。吴德才就出生在小窑堡东北拐的两间茅屋里，就他这一代来说也算是根生土长。但吴德才时时不忘祖上来历，时时小心翼翼做人，因此也颇受韩、李两个大姓的认可。都称他这个外来户为东北拐吴家，这称谓尽管没有主观上的恶意，但或多或少含着客观上的贬义。在小窑堡，大人厌恶孩童顽劣，常常脱口就骂：滚东北拐乘凉去。意思是靠边站。

韩家对吴家是有恩的，但吴德才也不敢厚韩薄李，况且我父亲当着村长，是他顶头上司，吴德才不能不考虑后果。他对我父亲向来尊重有加，直到他家四木落地的大瓦房落成后，才见了鬼。他不再向我父亲点头哈腰老远掏烟了！偶尔还敢嘻嘻哈哈开玩笑。我的村长父亲很不舒服，却只能望他叹气。起初吴德才对待韩云山也是这样，这让韩云山比我父亲还要不舒服，但韩云山比家父硬得多，常常仗着祖德指桑骂槐，说："一个人不能忘本，忘本的人就不如狗！收留一条野狗，它还知道摇头摆尾帮着看门护院哩！"吴德才被韩云山的尖刻话敲得一愣一愣的。一想也是，若不是人家祖上施德，世上有没有他吴德才这房人脉还很难说。再者四木落地的大瓦房毕竟靠边站在小窑堡的东北拐啊！

　　韩云山刚退休那会儿，乡长的派头和清高保留得很好，深居简出。吴德才怕他闷出病来，经常由东北拐大瓦房蹿进村中那幢大瓦房，不为别的，只是力邀云山大哥一起赶集散散心。韩云山不去，吴德才几次邀不动也不再邀了。奇怪的是：无法排解掉寂寞的韩云山却渐渐想他了。这一天，韩云山背着双手踱着方步，模仿当年下乡检查生产的姿势晃在小窑堡的田埂上，赶集的吴德才远远看见了他却装作没看见。韩云山急了，他今天在这离路口不远的地方视察，其实就是等赶集的吴德才邀他一道赶集去，没想到吴德才偏偏不邀了。眼看着吴德才越走越远，韩云山急了，冲着他的背影就是一嗓子："小德才！"韩云山喊过就后悔了，一下不知道喊小德才究竟干啥，幸好吴德才听到他的声音后，惊惊乍乍做出个受宠若惊的表情，他面对着韩云山的方位，十分夸张地一直腰又一直脖子："云山大哥！散步哩！"吴德才慌慌忙忙向韩云山靠拢，走到近前才压低嗓门恭恭敬敬问："云山大哥有事？"韩云山有点不好意思，但乡长加大哥的架势一点没变。他的手仍倒背在身后，不苟言笑，说："没什么事！你上集给我捎上两斤盐。"韩云山反应真快，自己都不知道怎么把问题引到了"盐"上，还正儿八经掏出票子塞给吴德才，好像喊来德才真是为了买盐似的。吴德才太了解云山大哥了，大哥退休后很少有人登门了，大哥不但气而且着急，又不好像平头百姓那样王集逛到赵集。其实他是想逛的，可就是过不了"威风和斯文"这道坎。退休仅仅三个月，竟然长出了白胡子，人也削瘦、憔悴许多。

韩云山面前的小德才晓得大哥熬不住寂寞了，再次劝大哥一道上集遛遛。韩云山哼啊哈地装出很不情愿的样子，但终究没敢硬推，随着吴德才向赵集赶。

后来韩云山赶集渐渐上了瘾，也渐渐适应了俗不可耐的市井生活。他和吴德才一样，几乎集集不脱，成了标准的"赵集逛到王集"的闲汉。天长日久的逛集生涯中，使得吴德才和韩云山之间的交流越发随意，吴德才少了许多拘谨，韩云山放下了许多架子。这不，这哥俩今天又下集了。

吴德才手上拎着一条一尺多长的鲩子，少说也有五斤，五斤虽不是很重，但长路走下来，手也会酸的。云山大哥主动两次提出帮他拎一会，吴德才都坚持说："我中我中。"一路上，吴德才念了一大堆苦经，现在仍在重复念："云山哥呔！我的冤屈真是跳进屁股塘东头都洗不清（屁股塘自古东深西浅）！三爷家那么大个丫头，又是打着三爷的牌子来的，来找我借个三五百块，我能不给面子？不错！大头家的上个月从江城回来时，三爷家那丫头是一天两趟朝我家跑，跑来向大头家的打听江城方面的情况。我总不能撵她走嚓！我只当圆圆丫头好奇，哪个想到她安了向江城逃跑的心思！再说江城也不是我家的，我有权利拦着不让她去？"

吴大头家的早已随开家具厂的丈夫定居江城了，上次回小窑堡探亲，穿着一身江城流行的服装。韩圆圆很稀罕，一天两趟跑来听大头家的吹江城的繁荣景象。后来韩圆圆逃婚，又是向吴德才借的盘缠。逃出去后，她写给家里的平安信，邮戳就是江城北京路邮局。韩三爷睡在床上推敲，越推敲越怀疑丫头的背井离乡和东北拐吴家有关。韩三爷逮着吴德才又是质问又是审问，吴德才也记不清赌过多少回咒了，但韩三爷还是怀疑。韩三爷与韩云山同族、同宗、同祠堂，韩云山痴长韩三爷一大截，又是退休乡长，所以在韩氏家族里极有威望。现在已被韩三爷逼到墙角的吴德才，一心想借用云山大哥的威望去引导一根筋的韩三爷。

韩云山还是那话："老三就这么一个独宝龙丫头，一下跑得没影没踪，搁谁不急？他也是急昏了头，你担待点，别跟他计较。"

吴德才的心灰灰的，拎鱼的手累了，讲话的嘴也累了。他默默地跟在韩云山后面，好长一段路没讲一句话。直到快进村时，终于还是忍不住开了口："云山大哥呃！我哪里敢计较他？我都被他挤到墙角了！大前天，我家一窝都换了二道毛的鸡，被他撒在田埂上的老鼠药，毒得吊卵干净（吴德才一激动，竟在韩云山跟前讲了粗话）！昨天下午，我家那头百把斤重的黑猪，又被他一扁旦夯断掉一条后腿！猪也没下他家田，只不过在他田埂上站站。唉！这样下去，他该要拿我家人动手了！"吴德才这么一番苦叹，换来的只是韩云山轻描淡写一句话："没有这么严重吧！"

两人终于到了岔向各自家中的路口。吴德才好像有点不舍，他挤出一脸苦相，左手摸出香烟请韩云山自己由烟盒里拿，右手举起那条一尺五长的鲩子，说："哥哎！就这么定了，你晚上得把三爷带我家里喝酒，鲩子炖豆腐，大头过年带家来的两瓶五粮液还藏着，今晚都开了！"

韩云山毕竟当过乡长，吴德才的五粮液并没有在他脸上激起丝毫笑纹。他仍不苟言笑，仅轻描淡写回复三个字："晓得了。"

韩云山背着手迈着方步向家走去，路过韩三爷家门口时站住了，见屋里只有韩三婶，他不好进去，站门外喊："老三家的，你出来下。"女人一听是云山大哥叫她，慌忙地丢了手中活颠了出来。

"老三呢?"韩云山问。

"犁田去了!大哥找他么事?"

"还能有么事?丫头的事呗!"

一听是丫头的事,老三家的眼一亮,颤抖着嘴巴想深问,但一看云山大哥那张不苟言笑的脸,就把到嘴边的话咽了回去。她回一句"我这就去喊",便一颠一颠去找丈夫。

老三不想喝吴德才的五粮液,韩云山进一步劝道:"老三你别犟了!你还想怎样?我敢说圆圆的出走与他吴家没有一分钱关系。你好好想想,如果圆圆真的投了大头家的,人家也没必要蒙着嘛!"韩云山一番合情合理的推敲,终于把韩三爷犟了多日的颈把子敲软,他的头一垂,两眼呆板地瞅着自己的脚尖不眨。韩云山叹了两口气,继续动之以情晓之以理,这回他搬出了吴德才下集时所念出的苦经:"老三吔!你再想想:你家那么大个丫头,又是打着你三爷的牌子向吴德才借钱,人家能不给面子?不错!圆圆确实向大头家的打听过江城方面的情况,可人家不能撺她走嚯!人家只当圆圆好奇,哪个想到她安了向江城逃跑的心思!搁你也想不到啊!老三哎!别犟了!你听我话借坡下驴没的错。"

"可……可我圆圆寄回的信,邮戳分明是江城的。"韩三爷的思维仍陷在邮戳的怪圈里拔不出来。韩云山失了耐心,嗓门陡然提高:"江城大咧!一百多万人口!你能说这一百多万人都晓得你家圆圆下落?"韩三爷憋噎住了,又耷拉下脑袋不吭声了。但韩云山的话却一刻也没停歇。他要老三无论如何随他去喝五粮液:"木住脸喝,不多话,让他东北拐'吴'弄不清你的深浅。然后我做和事佬,劝你消消气,再劝吴德才看在根生土长一辈子的分上,帮帮忙,带我俩去江城,让他儿子吴大头协助我们找圆圆。大头在江城发了大财,吃得开,人头熟。我也相信圆圆就在江城,问题是江城那么大，我们初来乍到、两眼抹黑去哪儿找？只有依靠大头的关系网才有找到圆圆的可能嘛！"

韩三爷仿佛一个跋涉在暗夜里的人忽然望见远处的亮光，他一下来了精气神，但也没有把闷快活轻浮地挂到脸上。他以无限崇敬的口吻喊声："哥啊！我们老韩家哪回遇事不是你做主！"

韩云山携韩三爷去了东北拐。两瓶五粮液喝干后，韩云山也顺便把东北拐吴家的主给代做了。韩云山的意思是：找圆圆的事宜早不宜迟，明天就动身。吴德才面露难色，说明天恐怕不照！去江城之前得把那头黑猪处理掉，猪腿断了！掉膘！韩三爷情不自禁一抖，夹在指缝间的半截香烟一个跟头翻到地上。

第四章

"仙人居"巴掌大，容人可以，却容不下生龙活虎的木匠把式。郭哥领着我来到长寿院的东南角，一脚跺在空地上："风水宝地啊！常有马戏班和耍猴的在此卖艺糊口。"我心里有数了，哈哈一乐："猴能耍，我这把斧头也能耍。"

我摆开架势，单衣薄裳干了起来。郭燕的后勤非常到位，早餐让我吃了一肚子老油条，特香！郭燕泡的毛峰茶，特醇！尤其那青花瓷茶杯，真叫讲究。这杯子和茶都是郭燕由家带来的，是她自己的用品。我本不是茶客，但今天莫名其妙喝了许多茶，总觉得那杯子上有缕缕暗香浮动。吃午饭的时候，厨房里只有我和郭燕两个人。桌子上摆着四个菜，我有点发慌，总觉得一个住桥档的和四个菜不配。我的脸大多埋在印着红花的饭碗上，很少吃菜。偶尔抬头将竹筷探向碟子，就发现坐在对面的郭燕急忙忙将落在我脸上的目光撇开。当我扒干净第一碗饭时,郭燕给我上了第二碗,并将一直没动的大鲫鱼全部压在饭上头,碗往我面前一搁:"吃!我就看出你能吃!"

这是郭燕正儿八经对我说的第一句话,好多年后我都清清楚楚记得。当时,我的身体不禁战栗一下,一时陷入无语状态,低垂的眼帘却忍不住一挑一挑地望她。郭燕已不再回避我的目光,她的眼睛很亮,像两颗星星藏在里面。她莞尔一笑时,笑容里似乎还挂着丝丝调皮。这种调皮一下子卸下压了我肩上的重负,使得我内心的天空豁然开朗。我对她老熟人似的犟犟脖颈:"吃就吃!"

下午五点的时候,下班后的郭福敏径直来到"耍猴地",他不声张,轻手轻脚猫到我背后,迅捷地捏一把我的右耳垂。我一侧脸,他却侧身滑到我的左边,我原地转了半个圈,才见到捏耳朵的"真凶"。"真凶"很兴奋,笑得鸡扯呼一样没完没了。等他笑够了,我才开始向他汇报情况。

郭哥的左脚搭在工作凳上,眯着眼揉捏脚脖子。当听到碗柜还差一根长站边时,郭哥眼一睁将脚挪到地上,问:"有解决方案吗?"我的心思自然而然歪上了他家那个放衣物的木架子。我动员郭哥拆了它,一旦拆了,不但解决了碗柜问题,还能做个正儿八经的衣柜。

郭哥用幽深的目光仔细研读我的脸,好像看到了我扩展业务的野心,抢白道:"兄弟呀!你这不是拆东墙补西墙吗?"

我猝不及防被问住了,如芒在背,尴尬至极。

郭哥围绕那堆已刨得镜光的木料踱方步,又弯腰将三根刨成熟的长站边拾到凳子上,摇头晃脑,像是对料又像是对我嘀咕:"这还真是个问题!只有三条腿的凳子,哪见过三条腿的碗柜?!"

说了这话,郭哥有了笑脸,他的手亮在头顶乱划:"收工,收工。车到山前必有路,我老郭还能被一根站边难住?走走走,跟你郭哥找料去。"

郭哥给长寿制药厂门卫撂根烟,说是进去洗澡,门卫放我们进了厂区。郭哥人缘就是广,遇上的每一个人他都熟识,但他很少说话,只是对人家微笑、点头。不像田间地头的农民,动不动就"大爷、二爷"叫得一里外都听得到。我想:书本上说的"绅士风度"指的可能就是郭哥这种风度。然而,接下来发生的这一幕,却证明我多想了!郭哥也有大呼小叫的时候。

顺着厂房拐过一个弯,就看见了厂浴室。浴室的门洞里刚好走出来一个几乎和郭哥一般年龄、一般高矮的男子。那男子提着换洗衣,一边用手梳理湿发,一边顺着水泥道向另一个方向走。郭哥突然像打了鸡血,双腿一蹬,冲着那男子的背影嗨了一大声,吓得旁边那条眯眼打盹的黑狗"汪"一声蹿出老远。可那男子却没听到,仍然低头走自己的路。郭哥的动静更大了,开始山呼海啸:"王——科——长。"

王启东科长笑容满面掉转头走向郭哥,两个人很快在厂浴室的大门口碰了头,继而交头接耳、神神秘秘攀谈起来。我站一旁等候,隐隐约约听见郭哥好像在给王科长做媒,还隐约听到郭哥说了郭燕的名字。

我的心莫名其妙揪了下,敛声静气竖直了大耳朵,但还是听不清。直到两人临分手的那一瞬,才完完整整听清几句囫囵话。

"郭哥操心了!不知郭妈啥态度?"

"我妈和我一条心。"

"郭伯呢?"

"我伯听我妈的。"

王启东露一脸心满意足的笑样，握了一下郭哥手，走了。

洗澡的时候，我像掉了魂一样心绪不宁，总被一种难以言状的失落感紧紧缠住。直到出了浴室，才被一股南来的清风吹醒。我就觉得自己好笑：郭哥替妹妹牵线你吃什么醋呢？你是为了韩圆圆才来江城的，咋能见异思迁哩！再说农村的癞蛤蟆也吃不到天鹅肉啊！我在心里骂自己荒唐，自作多情，见好爱好，要悬崖勒马。眼下迫在眉睫的事是抱紧郭哥大腿，只有在江城站住脚，才有机会找到梦里的韩圆圆。

刚出浴的郭哥，脸庞红扑扑的。他带我照直走了一百米，然后一拐到了厂里的木工房。木工房的大门紧锁，郭哥对准大门踢一脚："这里头有你的同行黄木匠，皮球工，已在厂里'皮球'四年了。再有一年就转正！这是厂规，干满五年就转。"顾名思义：皮球工，就是像皮球那样可以随时踢走的临时工。我的眼窝有亮光突然射出："皮球工还能转正啊？"郭哥很平静，无所谓地脱口而出："咋不能转？人性化，堂堂国营制药厂咋能没有人性化？"

"对！对！人性化！"我点头如鸡啄米，感叹黄木匠命好！我咋就摊不上这样的好事？郭哥有点诧异，但只诧异了一瞬间，他高深莫测眯眼望我："想干皮球工啊？那得等两年！我不能跟你瞎吹。黄木匠转正了肯定会调往车间，木工房都是养皮球工的，也是培养正式工的地方。再说我的铁把王科长两年后或许变成了王厂长，我郭某弄个皮球工名额还不是一句话！况且你有手艺在身，又不是吃白饭！"

我的热血往上一拱，心都要飞了。我的心首先飞到了韩圆圆身上，韩圆圆父母心大，想找个有本事的女婿。为了把韩圆圆向大户杜诗经怀里推，老两口子经常在女儿面前演双簧：

"嫁出门的丫头泼出门的水。"大说。

"嫁汉子就是过日子。"妈答。

"嫁给杜诗经过的什么日子?"大问。

"神仙日子。"妈答。

……

在韩圆圆父母眼中,先富起来的人是神仙,工人和干部也是神仙。

嘿嘿!只要当上神仙一般的工人,还愁韩圆圆的大、妈不认我这个女婿?这么一想,我的两只大眼自然而然笑得只剩一条缝,可许诺我当工人的郭哥却慢慢撑开眼皮子,不再继续皮球工话题了。好多年后,我都在琢磨一件事:为什么每当自己热血沸腾时,郭哥总是掐了美妙话题不再继续了呢?!

郭哥把精力都对付在木工房大门南侧的一堆木板上。木板堆只和厂里围墙隔着一条狭窄水泥路,沿墙有一排高高大大的水杉木。郭哥指着木板堆,要我辨别一下板材优劣。我亮开巴掌抹抹板面,随手将抹起来的锯末赶到地上,又张开嘴巴对准木板吹口气,木纹便清清楚楚露了出来。

"乖乖!东北松哎!"我慧眼识珠。郭哥的嘴绽放成一朵荷花,一颠一颠拍我肩膀:"你看你!好好的东北松放着不用,偏偏盯着我家木架子!"

我一头雾水,张着嘴巴望他,痴痴愣愣好一会才揣测出郭哥的心思,说:"郭哥人缘好!跟黄木匠要一根碗橱站边应该是中的。"

这下轮到郭哥一头雾水了,但郭哥没像我那样傻不拉叽张着嘴。郭哥风度翩翩一指自己塌鼻子:"要?你让我去跟一个皮球工要木棍子?"又一指身边围墙头,"不就两米高吗?!那边就是宿舍区,搬一块板翻过墙头就成。"

我被郭哥的轻描淡写吓得一缩脖子，不由自主倒退三小步。这回我真的蒙了！并久久没有醒来的迹象：这不是偷吗？！堂堂国营职工也偷？！

我仿佛一瞬间得了白内障，眼前的郭哥变得模模糊糊。郭哥见我相当为难，也不再提"让木板翻墙头"的事。他领着我默默向家走，平时那些妙言俏语好像全部飞去爪哇国。临进长寿院的时候，他才打破一路沉默，做出一个看似无可奈何的决定："哎呀！这活人还真让一根小木料憋死了！"郭福敏一边自责一边放慢步子，待我靠近时才说主题："停工吧！我不怪你，等我找到这根料，再去桥裆找你。"

我的头皮一麻，整个身心都仿佛掉进冰窟窿，嘴巴木木地张着，像一个幽深幽深的黑洞。我在晕头转向之际，脱口冒了句很没水平的话："郭哥！郭哥！我又没说不偷。"

郭福敏的脸缓缓车了过来，目光和我对视时，会心地笑了起来。

夜深人静，是睡觉的时候。今晚郭哥留了宿，这也是我来江城后，第一次人一样睡在木板床上。确实舒服，我却睡不着，非常时刻即将来临！

黑暗中，我又一次看了看条桌上摆放的夜光钟，离那个非常时刻只有半个小时了。这是郭哥定下的行动时间，郭哥说："十点之前，长寿院的人大多没睡；十一点至十二点，是少数长寿院人上下班的时候。只有等到一点才个个睡得像死猪。"

现在，床那头的郭哥就睡得像死猪。我正犹豫着是否踹他一腿提醒一下时，桌上的那座钟却抢先叫起来。那头的郭哥打着哈欠，脚一抖踹了我的屁股。我装模作样哼哼，示意自己醒了。

两个偷木料的贼，一前一后向目的地开拔。我诚恐诚惶、鼠头鼠脑地东张西望；郭哥要淡定许多，他的目光始终前视，所到之处，还顺手拉灭几盏昏暗路灯。两人沿围墙走了一百米，郭哥停了脚，拍拍墙边的白杨树，说一句："按既定方针办。"

"既定方针"是郭哥昨晚睡觉前就定好的，基本精神是：郭哥腿短体胖，又养尊处优生在城市，的确不是爬树翻墙的料。我被既定为主角。

主角咬牙一蹿，上了树腰，再由树腰攀上墙头，又顺墙那边的水杉木落到制药厂木工房的大门口。大门口的那堆木板喷香喷香！我跨前两步，搂起一块轻轻一举，那块东北松板便老老实实蹲到墙头上。我随后也匆匆蹿上墙头，先将木板递给郭哥，然后顺着白杨树"呼哧"一声落到地上。地上的郭哥首先送来大拇指，夸我敏捷得像猴子。我高兴不起来，心里话：我其实就是猴！被你玩耍的猴。

可我万没想到，郭哥还要让我演一次猴。郭哥忽然想再做一个衣柜了。他要我再翻过去弄一块，再弄一块，衣柜的料就齐了。我喘息未定，并不是累的，而是慌的。面对郭哥滋生出来的新计划，我一百二十个不情愿，直在心里骂他贪。可渐渐地自己也莫名其妙生了贪意：多一个衣柜就是多一笔业务嘛！我终于又一次硬着头皮翻了墙。

又一块喷香的木板蹲上了墙头。却没蹲稳，直直地朝下坠落，砸得长寿院这边"轰"的一响，药厂内的那条大黑狗咆哮着蹿过来。墙头上的我瞬间失了魂，头一重、脚一轻，沙袋一样栽了下来，恰好和刚刚坠下来的木板躺成一排。院那边的黑狗还在怒吼，像警车拉起的警笛，又像一根根钢针乱戳我的屁股。我忍住脚腕处钻心的疼痛，身体一滚爬了起来，那只伤脚已不能落地，但没能阻止我逃命的步伐。凭着一只独脚，我照样一瘸一拐地逃进了郭哥家。郭哥随后也进了门，左、右腋下各挟着一块喷香的木板。

郭哥放下木板，脸上有灰。灰和汗搅和着，使得郭哥一笑一个大花脸。我一直斜躺在床上摸脚，哎哟妈呀不停地哼。大花脸凑过来安慰："没事，没事！骨头没断，断了你瘸不到家。"但不管用，我仍在呻吟。郭哥敛了笑，伸手捋起我的裤管，乖乖！我的脚脖子已肿成了"大馍"。

"大馍"引起郭哥的重视，他医生一样捏捏我的疼脚，又逮住肿了的脚脖晃了晃。一口诊断："没事，没事！伤筋没伤骨。"我叹道："我也知道没伤骨！可这伤了筋也很头疼，没个十天半月好不了！"

郭哥露一脸自信的微笑："嘀嘀！做梦吃老鳖——想得美。肿了一回腿就想歇上十五天？！那人家还不都争着去肿腿？！"说完胸有成竹由木架子顶上搬下一个纸箱，无所谓地扔到我面前："识字吗？用量、用法都在纸上。"

打开纸箱，里面都是药。十几瓶"麦迪霉素"，五整盒"华佗贴"。"麦迪霉素"消炎、消肿，是医治肺结核、气管炎等等的特效药；"华佗贴"散瘀，专治跌打损伤。我一口吞下两粒药，又在瘀肿处贴上膏药。伤处很快有了热辣辣、痒麻麻的感觉。是夜我睡得极踏实，清早醒来，脚脖处的疼痛不知啥时无影无踪；双脚站到地上，除了尚存丝微的隐痛，还真的不影响走路了！把我欢喜得一边甩腿一边兴高采烈："哟哟！我弄他三爷！还真是奇了怪了！"这是我来江城后说的第一句粗话。我从没粗过，可见人在兴奋到顶点的时候，也是容易失态的。

"麦迪霉素"和"华佗贴"真是好东西！它们把本该休养十天半月的我从床上拉了起来，并且好得十分利索，连前后忙着伺候茶水的郭燕一点没有发现异样。更不影响干活,工作凳旁已码了一堆下好的料,全是东北松,木纹清晰、木质细腻。使得郭燕爱不释手,她捞一根刨得镜光的东北松在手,瞅一遍、摸一遍,摸一遍、又瞅一遍,终是忍不住问:"这料好漂亮!在哪买的?我也想买,我也想做一个挂衣服的柜子。"

我的头皮一麻,磨磨叽叽不知如何回答,仰着脑袋望天,憋出一串囫囵话:"卖料的地方好远!你哥把我带晕了!东南西北分不清,哪里能记得卖料的地方?!"

郭燕不再多话,搂一提篮刨花柴回去烧锅了。

吃午饭的时候,她又提了做挂衣柜的事,并指着一小堆码放齐整的烧锅柴,说:"小料我都备齐了,买点大料,再买张三合板就成。"

买料!每当郭燕想买料,我的头就大,心也仿佛直向无底深渊坠落。但郭燕不知道我的难处,她正带着春暖花开的心情企盼我的回复。我无法绕开这个坎!我的脸渐渐泛白,悻悻捞来两根郭燕由柴火堆里剔出来的木棒棒,端眼底下瞄瞄,这一下瞄出了希望。我的脸蓦地红光闪闪,抓木棒的手伸到郭燕面前乱抖:"不中!不中!七弯八扭。烧锅料。"

郭燕接过木棒棒,模仿我的样子瞄瞄,笑了:"是弯得不成样子!我只当够粗够长就中,哪晓得还要直!"她把木棒棒朝灶膛里一扔,又一脚踢乱从柴火中挑选出来的"成果",哈哈一乐:"不跟师傅睡,永远学不会!白白忙了大半天!"说完才晓得说漏了嘴。郭燕白皙且富有弹性的脸庞蓦地红云朵朵。

江城这个地方有许多俗语,"不跟师傅睡,永远学不会"便是其中之一,意思是:不跟师傅后头好好学,是掌握不了技术的。这句俗语只适应同性之间沟通,美女在帅哥面前这么表达显然不妥。弄得我的脸上也像贴了红纸,只好装聋不吭声。沉默了一小会,两人的话忽然都多了起来。虽都不提有关木匠的事,可其他新鲜事却在两人口中滔滔不绝。一句纯属口误的俗语,冥冥中,仿佛将两颗心拉近不少。我开始夸她烧菜好吃,郭燕把功劳推给大灶,说:"烧菜全靠火头!再好的菜放煤球炉上炒,炒出来都像烀的!"

我的血液又一次奔腾起来,自从郭福敏对我说过瓦匠故事后,我就对长寿院内那些烧柴火的大灶有了敬畏情结。动不动就盯着那些冒烟的烟囱不眨眼,像迷航人盯着远处忽隐忽现的灯塔。那瓦匠的命运,仿佛变成了赭山公园里的风景,令我心驰神往,一心想去探个究竟。我开始心无旁骛向郭燕打听砌大灶瓦匠的点点滴滴了。郭燕静静听着,听着听着就哧哧笑:"你听谁说的?这瓦匠我熟悉。"

"你哥说的呗!"

"就知道是我哥说的!"郭燕又哧哧笑,"我妈说过:我长个子,我哥长心眼!"

我有点儿丈二和尚——摸不着头脑,嘴巴一张一合却没声音,眼珠子盲从于郭燕身体的移动而悄无声息地游离。郭燕凝视着我,不自觉地笑着:"你还犯呆?!跟你明说吧:我哥的灶、长寿院内所有烧柴火的大灶,都是我爸砌的!我爸是物理老师,喜欢把书上的气流理论联系到实际中。至于我哥扯出个什么瓦匠,也没恶意,无非是画个大饼吊你胃口,想你把他的家具做精做细呗!"

我的嘴一张,吐出一个悠长悠长的字:"噢……"

第五章

　　郭燕爱美，就想要个挂衣服的柜子。木匠就在身边，木料却不知道在哪！麻烦郭哥帮忙买。郭哥阴阴一笑，下巴冲我一努："摸不到坟头你瞎哭，我的料也是李木匠帮忙买的哎！"郭燕信了，我是木匠，买木材的路子熟些也是自然。郭燕撇了哥哥，瞥我一眼，有点嗔怪地鼓鼓嘴："哼！李木匠尽谦虚，还说忘了卖料的地方！扯谎！"

　　我像个吃了黄连的哑巴，郭福敏偏又打哈哈："哟哟哟！青弋江水倒流了呔！我家小燕也学会求人了呔！"

　　郭福敏的"哈哈"就是科学，像套子把我套得牢牢的。除了点头应下，我还能说什么呢？

　　沉重的暮色又一次蒙住了长寿院，我怀揣一桩心事跟着郭哥去厂里洗澡。郭哥主张先到木工房看看，这叫踩点。踩准了再定心定意去洗澡，然后定心定意吃饭、捅腿（合睡一张床），夜半三更起来，定心定意翻墙，再不能慌慌张张地把腿摔瘸了！就是再摔瘸了也没事，反正有"麦迪霉素"，反正有"华佗贴"。

　　郭哥说了一长串"定心定意"，我都是苦笑了之，只对郭哥说出的"麦迪霉素"一词非常上心。自从这两样"奇了怪了"的东西治好了我的瘸腿，就引起了我的高度关注。尤其那个"麦迪霉素"，能治肺结核、能治气管炎……我的思绪去了远方，去了生我养我二十年的小窑堡。二叔的肺病好好坏坏、坏坏好好，半像人半像鬼！爷爷的气管炎一直犯，咳嗽起来，一米八的个子竟缩成虾子。爷爷的气管炎是祖传，又"传家宝"似的传到父亲身上，两人赛咳起来，就像家里请了两拨唱对台戏的班子。

家里病魔缠身的亲人们,始终是我心中的牵挂,这种牵挂已悄然潜移成我巴结郭哥的理由。我曾几次试图向郭哥要药,都是话到嘴边又咽下。毕竟初交,还是等处熟悉了再说。我不说,郭哥就不知道我的心思,此时,郭哥的心思全部搭在"踩点"上。

转了个右弯,又转个左弯,那木工房尽收眼底。同时进入眼帘的还有皮球工黄木匠。黄木匠正大汗淋漓地把室外的木板朝室内搬。见此光景,郭哥和我的心顿时凉了半截,都明白昨晚上的翻墙行动已惊动了黄木匠,纷纷扼腕叹息,纷纷掉头去浴室。郭哥写着一脸"不甘心",走着走着忽然一拽我的衣袖:"去!还是要去!去会会这个黄木匠!"

我忽闪忽闪大眼睛,疑疑惑惑掉头跟随郭哥走。正搬木板的黄木匠见来了郭哥,立即放下手中活,挤一脸笑纹上来敬烟,郭哥抬手一挡,说:"不抽。"语调不高,却冰凉冰凉。黄木匠的笑纹更多了,弓着腰,一手拉着郭哥衣袖,一手伸直指向木工房,说:"哎呀呀!郭师傅稀客!里头请!喝茶!喝茶!"郭哥一犟衣袖,说:"不渴,不喝。"

黄木匠不再客套,估计是又来了个占小便宜的。黄木匠负责厂内的木器维修,厂里缺个办公桌、文件柜什么的,他也做。那些东北松就是厂里给各科室配备文件柜用的。黄木匠已辛辛苦苦干了四年临工,按规定,再有一年便媳妇熬成婆转成正式工。那年头的国营职工特别牛,人上人啊!"转正"当然是黄木匠最崇高的理想。他已在木工房做了四年孙子,见人见鬼一律点头哈腰。因为从事维修,铁钉和螺丝自然常备,职工大爷们谁家缺个螺丝、钉子,只要来伸手,他一般都给。伸手者谢过走后,他又会对着人家背影嘀咕:"没出息!贪小便宜!"但黄木匠也有原则,正如他贴在墙上的告示:"物值超过五角,请莫开口。"

现在，黄木匠正与郭哥面对面。黄木匠估计郭哥无非是来讨要一颗或两颗挂衣服的铁钉。黄木匠笑纹虽在，眼却眯了起来："郭师傅无事不登木匠店！说吧！说吧！"

郭哥没笑，很严肃地开了口："算你猜对了！的确有事，是关乎国家财产的大事！"

黄木匠摸摸后脑勺，不认识似的瞅着郭哥："郭师傅开玩笑都开到木工房来了！"

郭哥表情忽地像寺庙那样庄严肃穆，一指自己鼻子："我开玩笑？"又一指黄木匠鼻子，"是你把玩笑开大了！你把木板搬家去就当人家不知道？就能蒙得住国家财产被偷被盗的证据？"

郭哥义愤填膺，话也挑得再明白不过。就见黄木匠失魂落魄揉眼睛，整个身体就像脱了硬壳的软螃蟹。我也冷不丁被郭哥的话吓得一抖擞，有一种想拔腿逃跑的冲动。三人中，只有郭哥稳如泰山。

郭哥见黄木匠软成了柿子，语气也跟着软了些，说："昨夜起来撒尿，忽然传来轰的一声响，我拎把菜刀转到后头一看。好家伙！两个贼在翻墙头！仔细一看，认识！一个还是你黄木匠平时哥们。因为都是同事，我也不好逮，看着他俩把木板偷家里去了。"

黄木匠两腿撑不住了，一屁股瘫到门槛上，手拍得膝盖骨啪啪响："是我失责！失责！不该把木料放外头！"

郭哥眨了眨眼睛，开始分析危害："这个事看起来不大，但若让保卫科王科长知道了，肯定一查到底。那就复杂了！就算是单纯的偷盗，你黄木匠也脱不了干系，你说不清的！这么大的木工房你不放，偏要把料放外头！不要说王科长那样的神探，就我这个草包也会将案子朝'里应外合'的方向查。"

郭哥对本次盗案严重性的分析非常到位，有鼻子有眼，更有威慑力。黄木匠弹簧似的一蹦老高："我是贼？我是贼？"想想这么硬顶没有出路，又迅速奴才一样弓下腰，那颗塞满委屈的头颅伸在郭哥面前乱晃，"兄弟呀！你屈死我了！你想想看，我都熬了四年！眼看有了出头之日，我会傻到'里应外合'偷木板?！"

郭哥站黄木匠面前抖腿："我也没说你'里应外合'，我只说王科长会朝这个方向查。"

黄木匠噎住了，眼珠子噎得往外突，不时抬起大臂擦抹着额头上沁出来的汗水。约莫过了一分钟，黄木匠忽然露一脸媚笑。面对郭哥，他汉奸讨好皇军似的一点头一哈腰："好在损失不大，我数了两遍，就少一块板！"

"你当我是孬子？你逗孬子烧冰冻？"郭哥生气了，调语高了很多，"我亲眼看到的就有两块，不包括没看见的！"

黄木匠的谎言被当场戳穿，颤巍巍给自己圆场："那是我数错了?！"说完进屋把板数一遍，又跑到外头把尚没搬屋里去的数一遍。两项一加，得出个准确数据，"是数错了！是少了两块！还是郭师傅看得准！"

郭哥没理睬黄木匠的奉承，头颅高高一扬，鼻孔对着黄木匠："就少两块？不止吧！"

"真的就少两块！"黄木匠捧手作揖，"骗你是儿子！"

郭哥和黄木匠的较量，使得一旁观战的我瞠目结舌。真的是开了眼界！我亲眼看到：一个看瓜的被偷瓜的打得鼻青脸肿。然而我看到的仅是一个序幕，好戏还在后头。

郭福敏见黄木匠都愿做儿子了，这才把仰成一百多度的头颅缓缓放下。他展一脸"受命于天、降恩泽于世"的气概，拍着黄木匠肩膀，话也说得语重心长："交友可得慎重啊！你明年都要转正了！在这关键时期，作为朋友就不该偷木板害朋友！可以大明大白要一点嘛！"

黄木匠感慨万千，恶狠狠发泄心中怒气："干这事！害我，死他全家。"

郭哥不禁皱皱眉，但很快又恢复常态。这时，发泄过怒气的黄木匠也离"常态"不远。他扫一眼腕上的手表，说："不早了！正是吃晚饭的时间，好久没见郭弟了！喝酒，喝酒。"说完要拉郭哥去饭店。

郭哥推托："有事，真有事！"又一指我，"木匠在家，差点木料，晚上要出去找料，明天要用，急死我了！"说了这话，郭哥眯眼看黄木匠反应，黄木匠正眯眼犯犹豫。郭哥趁热打铁："缺的也不多！块把板的事。本想跟黄哥开口，又怕黄哥为难。"

郭哥的话都说到这分上了，可黄木匠仍在那里犹豫不表态。郭哥的脸阴了，留一句："这年头作兴偷！"然后带着我走路。我们走了约莫十五米，后面传来急促的脚步声，一回头，发现黄木匠撵了上来。黄木匠叫住郭哥，又贼似的瞅瞅左右，手指对我一点："这位是……"郭哥说："是我合肥老表，自家兄弟！"

黄木匠舒口气，一指顶对木工房门洞的围墙头："我想好了一个主意，我等会在围墙上靠块木板，今晚你也当回贼吧！没办法，虽说你是王科长哥们，但若走门卫，笃定招风！还是翻墙头保险。你看可中？"

黄木匠的主意确实不孬，和郭哥想到一块去了。但郭哥没立马表态，转过脸征求我意见："李木匠！一块够吗？"

我心里明镜似的，郭哥这是递话，是暗示我要在木板的数量上加码。我装模作样沉思会，说："一块恐怕不够，两块妥妥的。"

黄木匠有点犯难，眼睛眨巴在我脸上："我给你找块大的！"

我被黄木匠那种农民式的还价方法逗得暗暗发笑,正想做些让步时,郭哥抢了话头:"我说黄木匠!你杀人杀个死,救人救到底呗!"

黄木匠眼皮一耷拉,再也不讨价还价了,凄凄楚楚咕噜:"统共十八块木板,被贼偷了两块,被你要了两块,就剩十四块了!我真怕做文件柜的料对不上箍!"

洗澡的时候,郭哥兴奋得在水池里击水打花,我隔着四溅的水珠和腾腾热雾,只觉得郭哥的身影遥远、深不可测,让人既叹服又敬畏。我忍不住向郭哥伸了大拇指:"牛!我真没见过你这么牛的人!"郭哥无所谓道:"大惊小怪的!这算什么牛噻?牛的事情还在后头哩!"郭哥越说嘴越热,一把将我拽过去耳语。我顿时被郭哥的雄心壮志惊得目瞪口呆,郭哥说:"黄木匠老婆长得像花,你不晓得有多漂亮!我想睡她。我把话先撂这儿,你郭哥有的是手段。睡的理想会实现的。再说睡又睡不坏,落个人情在,料他黄木匠也不会吃醋。"

浴池里雾气腾腾,我已无法看清郭哥脸,这个刚刚结识的小哥哥啊,你究竟是怎样的人?醉生梦死?阴险伪善?穷凶极恶……我不敢往下想,只觉得有条蚯蚓样的东西在脊梁上凉飕飕地爬。

第六章

自从遇上郭燕,我的心始终歪歪的。郭燕的美清清爽爽,清爽得让我动不动就走神。她常给我搭把手,如扶扶正在组装的框架之类。她的话天生不多,但她的眼天生有神。她高中毕业两年了，一直在家待业，没见过外面的热闹，所以面对异性时总是显得羞涩。现在，她的羞涩在我面前已经风化。那块一百多平方米的"耍猴地"，也成了她的老地方，稍有空闲，她便走过来看热闹，一脸的阳光和喜庆。她站在荒芜的"耍猴地"里，细腰配着长腿，像从不毛之地冒出的兰花。"兰花"看我的目光很专注，渐渐地竟看出了我的操作规律。我啥时用锯子，啥时用斧子、刨子、凿子，她心里非常有谱，经常超前把所需工具递到我手上。我从不言谢，总是玩笑似的夸她："好徒弟啊！都猜到师傅心思了！"每当听了这话，她的脸就红，但却甜甜的、美美的。"不跟师傅睡，永远学不会"这句她曾经的口误，使得她对"师傅"一词极为敏感。我偏偏动不动就亮出这个词。男人嘛，总是想占点女人便宜。即使沾不上身，捞个嘴上快活也是快活。我心里明镜似的：郭燕害羞不假，但郭燕心中的愉悦也不假。

这样的日子迅速填满了八天，衣柜和碗柜都有了雏形，再有天把，便万事大吉全部竣工。这一天，郭燕一反常态没有给我递过一样东西，只静静坐那儿望着衣柜、碗柜发呆，眼睛里饱含忧郁。我心里直打鼓，弄不明白她为何心事重重。我已拿出看家本领，整个心思都放到活儿上了，弄出的衣柜和碗柜也不错呀！难道还是进不了郭燕的审美圈？！我也不免生出一副心事重重的样子。郭燕的目光在我脸上偷偷一扫，顿了顿又扫一遍，然后站起来，沉着头默默走了。

整个下午，郭燕再没来过"耍猴地"。"耍猴地"界那棵孤零零杵着的苦楝树上反倒来了只乌鸦。它凄风苦雨不停地叫，让我心烦、凄惶。

乌鸦也怕城里人，长寿院里的工人下班时，苦楝树上的乌鸦很自觉地飞了。"耍猴地"聚拢很多下班后的工人，郭福敏也裹夹其中。大家欣赏着几件"凹凸式"家具,像欣赏精美艺术品。他们不说"巧夺天工""鬼斧神工"之类的词儿,只喃喃地说:"这木匠的手,巧手吔!"有人说:"看着这碗柜就能多吃两碗饭!"还有人说:"瞧瞧这衣柜,该凹的凹,该凸的凸,好条!像缩小了的摩天大楼!""啧啧!瞧人家这家具做得!活了!"

郭福敏的说法顶上档次,说是什么艺术的浓缩;是他的设计和李木匠手艺的结晶……

郭福敏越说越得意,演讲似推介我:"我老表!家住省会合肥,一直混在北京!宋世雄的家具就是我老表干的。"郭福敏爱看球,宋世雄常在电视里解说,是位妇孺皆知的公众人物。郭福敏在抬举我时,嘴一滑就滑到了宋世雄身上。

围观的工人们相互眨巴眨巴眼,一副将信将疑的神态。但这并没有影响他们对"凹凸式"家具的执着。他们竞相在家具上拍拍、摸摸,一副难分难舍的样子。

后来,就有人咂嘴往家走,边走边嘀咕:"我回家翻翻老陈货(木料),看看能否凑出个碗柜来。"

晚饭的时候,桌上依然放着四菜一汤。郭福敏特别高兴,不停地劝我喝酒。郭燕不沾酒,低着头默默吃饭。吃饱了,发现哥哥还在劝人酒,便一把抢过瓶子把酒藏了起来。两男人没了酒只好吃饭。待我们丢了饭碗后,郭燕才骑上"飞鸽"自行车回家,临走没打招呼。我晓得她心情不好,整天都闷着!起先,我当是衣柜引起了她不满。自从衣柜的美引来众多赞许的眼球后,我就排除了这个概率。姑娘的心思无法猜,也无须猜。只要与己无关就好!

我摸摸吃饱喝足的肚子,跟郭哥招呼一声:"走了!"就坚实地踏上回桥裆的路。

出了长寿院大门,我忽然看见一个漂亮的身影蹲在路灯下弄自行车。那是郭燕,好像是"飞鸽"的链子掉了。考虑到郭燕心情不好,我不想和她照面,以免尴尬。我一侧身,躲到一棵行道树的后面,想等她上好链子骑走后,自己再走。

郭燕的"飞鸽"好像病得不轻,她弄了半天竟然还在弄。急得躲在树后的我不时探头张望。我看到郭燕并不怎么在自行车上动作,她不时回着头,像是盼望救兵。我笃定"飞鸽"得了郭燕医不好的病,她正苦苦等待熟人帮忙。然而仔细一想又不对味:前方百米处,就有一个修自行车的铺子,广告牌上写明:营业到夜里十一点。难道郭燕不知?

我有点儿迷糊。再探头时发现郭燕还在向后张望,没有一点去修车铺子的意思。

我等不及了,悄悄退回"长寿院"大门内,然后一本正经、昂首阔步走了出来。向后张望的郭燕明显看见了我,却迅速扭过头,一心一意上链子。直到我走到近前,她才故作惊讶:"是李木匠呀!我自行车掉链子了!"

我接手给"飞鸽"上好链子,很快,二十秒的工夫。我一边在树上摩擦手上的油污,一边示意郭燕可以走了,可郭燕却磨蹭着不走。路灯昏暗,我看不清楚她的表情,却能猜到她的脸一定绯红。她结结巴巴想说什么,一副欲言又止的样子。僵持了大约三十秒,郭燕仿佛下了天大的决心,语调虽然很轻,语速却快得像电闪:"我想让你送我!"

说了这话,郭燕没了下文,只有一阵紧似一阵的呼吸声清晰地送入我的耳帘。我看到她的胸脯一起一伏,那胸脯里埋伏着的心思,不需要什么智商就能猜到。我的胸膛也蓦地掀起波澜。一对男女彼此注视着,很静。我就是在这宁静的夜晚骑着"飞鸽"

向前走，车后坐着郭燕。郭燕话虽不多，却时不时捅我后腰，捅得我一路"嘿嘿"笑，踩车的双脚非常有力。

骑了两站路，又在郭燕建议下推车走了三站路，该说的话说得差不多了，郭燕也到了家门口。两人隔着"飞鸽"车站定，郭燕指着前方那幢红砖砌成的三层楼，要我记着"307"这个阿拉伯数字，那就是她家的门牌号码。临走，又叮嘱我把周围环境看准了，免得你这个初来乍到的"合肥佬"转了向。郭燕说到"合肥佬"三个字时，有些忍俊不禁，我晓得她笑的内容，赤头红脸咧咧嘴。

刚才推车散步的时候，郭燕已把我的神秘背景揭了个底朝天。她说初见我时，就怀疑我不是合肥市人，虽然长得高高大大、白白净净、端端正正，但脸皮薄，动不动就红！且四肢拘谨，放不开！这都不是城市人的特征。这些怀疑，都在昨晚对我的跟踪中真相大白。她非常成功地发现了桥裆里的秘密，这个惊人的发现反倒让她万箭穿心，迫使她落了一夜美人泪。今天早上起床，她的心仍揪着，以致大半个上午，她都坐在"耍猴地"那里默默无语、失落发呆。当然，令她失落的还有那三件有了雏形的家具！雏形与竣工成形仅一天之遥啊！这时间就是玩弄人！想它快时它偏慢，想它慢时它却过得飞快！明天的这个时候，李木匠就该完工了！就得离开郭家！茫茫人海还能再见吗?！

下午的时候，一个强烈的心愿迫使郭燕去了中国电信，她拿出父母平时给的零花钱，买了一部BP机。BP机俗名"呼机"，是三十年前最流行的通信工具。那时的手机叫"大哥大"，砖头一般，很稀罕。是少数大老板们的专用品，抓在手上，晃在街上，那才叫"派"！就像现在街上偶尔跑过的"劳斯莱斯""兰博基尼"那样令人刮目。

大哥大是个好东西，却不是普通人想买就买的！大哥大价值超万，而普通工人的工资每月也就两百来块。算算看，需要多少年的不懈努力才能挣个"大砖头"?！普通的工人阶级能装个座机就不错了！郭福敏当时就混得不错，不但装了座机而且还买了呼机。呼机不能直接通话，但它会叫。无论你忙在江城的哪个角落，只要挂在裤带上的呼机一叫，那电子手表一样大小的屏幕上，就会显示出对方的电话号码。你找个座机一回，便圆满沟通上了。

　　现在，郭燕买了呼机，显然也是为了沟通，但她不是为了自己。这部新买的呼机已被郭燕塞进了我荷包。郭燕要我保密，不许说呼机是她送的。郭燕还要我接到她的寻呼一定要回，不回就是小狗。

　　我和郭燕的缘分好生突兀，却是真真切切存在。虚无中的韩圆圆一下变成了我生命中的过客，我在不知不觉中渐渐把她忘得一干二净。

第七章

　　吴德才领着韩云山、韩三爷来了江城。走进儿子家具厂的时候，吴大萝卜正吆五喝六地指挥木匠装车。

　　大萝卜是吴大头亲哥，也就是吴德才的大儿子。都说打仗亲兄弟，所以大萝卜理所当然拥有指挥别人的本钱。厂内一派繁忙景象，但忙而不乱。大萝卜也只是反复喊些"注意安全、捆紧绳子"之类的常用语。在木匠们看来，大萝卜的常用语都是没得用的废话，个个佯装没听见，只是按照自己的思路装车。在木匠们心目中，大萝卜嘴巴不正就够丑了，眼睛还是歪的。看你时，你却当他看天，讲起话来一榔头一斧头的，根本不管人家能否受得了。木匠们都恨他,暗地里常骂:"不值钱的萝卜货!穿了龙袍不像太子!不是你家兄弟吴大头,你喝西北风!你吃屎?吃屎还要起早。"意思是像大萝卜这类懒汉屎都没得吃!我在小窑堡,因与大萝卜隔着八岁,几乎没有跟他接触过。后来我常去辉煌家具厂玩,和木匠们混熟了,才搞清大萝卜几斤几两。木匠们都拿他不吃劲。他也晓得这一点,但就是不改吆五喝六的毛病,仿佛只有吆五喝六才能证明他在家具厂的存在。大萝卜不会木匠活,吴大头本不愿让这个懒散惯了的兄长进家具厂,无奈父亲施加的压力大,吴大头才捏着鼻子接受兄长来江城混饭。但大萝卜不认为自己混饭,只当自己是辉煌家具厂不可或缺的顶梁柱。点货、出货、押运兄弟买好的材料进厂等等,都是些要害环节,没有他的放行和亲笔签收还真不照。

吴德才的目光始终萦绕着大萝卜指手画脚的身影,脸上泛着一种"父以子贵"的自豪。他没有及时和久违的儿子打招呼,儿子忙嘛,在干挣钱的大事,他想等儿子忙完后再上前搭话。吴德才不和大萝卜打招呼,韩云山、韩三爷自然不好喧宾夺主。三位老汉靠墙站着,表情各异,都在注视厂内的繁忙。这时,那幢两层楼里走出来一对年轻男女,先后上了已装好家具的货车驾驶室,接着货车引擎响了起来。大萝卜一跳,急慌急忙挡在车前,左手掌提至下颔处向下一翻,右手食指冲左掌心硬硬地一顶,一个标准的交警手势出来了。货车很听话,立即熄火,驾驶室内探出那个刚上车的小伙子的脑袋:"干吗?"大萝卜只回一个字:"票。"小伙子翻包,翻出红、绿两张纸对他乱晃。大萝卜接过来仔细看,逐个核对车上的家具,然后留下绿纸把红纸还给年轻人。这一折腾,足足耽搁了十分钟才开门放行。惹得货车驾驶员嘴巴啰唆一大堆,厂门口等待进来装家具的空车驾驶员也啰啰唆唆抱怨麻烦。

木匠们的时间就是金钱，抱怨更甚，纷纷说大萝卜干事没路数，装车过程中你不数，你坐那一会不动、一会冒烟、一会冒充指挥官，装好了你却挡着车过数，有啥好数的？都是照方子抓药，能错？三方都在奚落大萝卜，硬是将大萝卜的火气撩了起来，他不好跟客户争个高低，所有怨气都向木匠身上发："错是不可能的，放水是有可……"大萝卜的难听话虽然只讲了一半，但还是把几个木匠气得吹胡子瞪眼。"放水"是什么行为，"放水"就是内外勾结偷！木匠中的头儿气得嘴巴皮直抖，咕噜咕噜好一会，终于咕噜出一句过瘾的："你……你……大球！"

"球"就是"卵"的意思，这便是骂人了，双方激烈地吵了起来。几个木匠一气之下不装车了，喋喋不休走向各自的木匠岗位。他们装一车货挣得也不多，还不如干木匠。他们是想方便辉煌家具厂开展业务，才看在吴大头老板的面子上兼职装货。

木匠们不装车，急坏了开车的。大萝卜只好和颜悦色跟另外一帮木匠商量，不料人家也不干，人家的理由冠冕堂皇：他们装得好好的，你让我们去端他们的锅，你不是在制造矛盾吗？大萝卜捏着鼻子不吭声，翻翻白眼，再翻翻白眼，最终束手无策。这时，他看见旁边蹿出来三个人，大萝卜吃一惊，嘴巴猛地一张："我大！我大你怎么来了？！"吴德才好像也对大萝卜刚才处理问题的方式不满，不冷不热地反问："咋？我来还得向你汇报啊？"大萝卜不望父亲了，热情地招呼两韩，一番寒暄过后，大萝卜看见开车的司机盯他，这才想到肩上的职责。他又拿眼睛在木匠堆里搜索，木匠们个个埋头干活，都不向他这边睃。大萝卜叹口气："唉！都让我家大头惯坏了坯子！"大萝卜从裤腰处掏出一个方形东西，嘀嘀嗒嗒按了一串数字，方块对脸上一贴："弟啊！这帮人又犯冲了！货没人装……"大萝卜的话还没收场，那边的吴大头已不耐烦，方块里响起一串怒吼："没人装你装，芝麻大的事都要找我！难道你是胀饭的？"那边挂了。大萝卜哭丧着脸，瞄了瞄三个刚刚远道而来的前辈，显得很没面子。韩云山摸摸大萝卜肩膀，安慰说："小狗日的不差哩！都配上大哥大了！"大萝卜呵呵一乐，手中的方块伸到韩云山面前直抖："大爷好眼神！子母机吧！和座机捆绑着的子母机，装电话时电信局白送的，不要钱，离开座机十五米就瞎火！"吴德才恨铁不成钢盯着大萝卜："白送的？你送我一个看看？好好的话愣是让你讲残废了！你不花五千块装电话看谁送你子母机？不怪你弟说你是胀饭的！你倒是……"吴德才想说：你倒是争口气嚁！可"争口气嚁"四个字尚没出口，一旁等不及的货车司机就蹿了过来。司机把一张绿色的纸展在大萝卜面前抖得哗哗响："吴老板！货单，昨天钱就交清了！"这便是催促装货了！大萝卜接过人家塞给他的票据，显得六神无主。好在韩云山这时清醒，他一边脱上衣一边对大萝卜说："嗨嗨！我们来得正是时候！装车。"

虽说老家过来的三位前辈都已年岁不小，但体力活一点不差，大萝卜这回也进步多了，不再像以前那样吆五喝六、指手画脚、坐那不动冒烟，为了这车货，他也干出了一身汗。

货车载着家具刚出门，吴大头的红色夏利就开了进来。大萝卜见兄弟回来了，怕招骂，不声不响溜了。吴大头领着三个前辈参观他的家具厂，厂房是租锁厂的，这家街道办的锁厂属于集体，没有国营企业里的规矩多。厂长可以相对更加灵活地配置固定资产，他把两个效益不是太好的制锁车间合二为一，腾出一个车间租给了吴大头。锁厂业务萧条，工人上班三天打鱼两天晒网，偌大的院子几乎都被吴大头采购来的木材免费占着。锁厂那边冷冷清清，家具厂这边却是轰轰烈烈。同样大小的车间，产值却是天壤之别。用人也有十倍之差，那边的锁厂虽说集体性质，却也肩负着可观的就业任务，解决一百多张嘴吃饭就是一桩功勋卓著的事。其实吃饭的钱也不是厂里挣的，厂里也挣不来钱，锁厂连年亏本，月月打报告向上头要钱发工人工资。家具厂这边仅有十几个木匠，个个来自农村，个个英雄好汉，工资实行计件制，有本事你就铆足劲儿挣。家具厂有条不紊的忙碌景象和锁厂形成了鲜明对比，这让当过官员的韩云山感慨万千，也让他对小窑堡走出来的吴大头深深折服。

接风晚宴摆在望江楼，望江楼酒店的档次江城人都知道，那个排场竟令韩云山这位堂堂国家退休干部都感觉震撼和无所适从。韩三爷更是刘姥姥进了大观园，他感到不真实，恍恍惚惚总以为自己在梦里。吴德才虽然心疼破费过大，但脸上一直冒着荣光。一行四人落座豪华包间后，吴德才首先想到了大儿子，他本以为大萝卜会来的，但他没想到二儿子根本没喊大儿子！吴德才心里有了疙瘩：这样的场合大萝卜是该来的，该来的而没有来，说明二狗日的根本不把大狗日的放眼里。吴德才有点不高兴，木住脸直接问吴大头："你哥呢？"吴大头立马明白了父亲那"手心手背都是肉"的心思，一边说着"喊他喊他"，一边由包里摸出大砖头。

吴大头在大哥大上按了几个数字，通了，却把通了的大哥大往大的耳朵上贴："我大！你喊他！你喊！"吴德才不晓得弄这先进玩意儿，正不知所措地推托，可那先进玩意里突然冒出了大萝卜的声音："弟呀！么事啊？"吴德才被吓得冷不丁一抖，抖过后就清醒了，他跟大萝卜对上了话："我不是你弟，我是你大！你过来吞饭，在这望……望……"吴德才一激动，记不得望什么楼了，旁边的韩云山连忙提醒："望江楼。"

那边的大萝卜不愿来望江楼，任凭当大的怎样劝，他就是不来，这让吴德才心事重重。酒过三巡后，吴德才还是忘不了大萝卜，他忧心忡忡地嘀咕起来："唉！这大狗日的被二狗日的吓怕了！饭都不敢来吃了！"吴大头佯装没听见，恭恭敬敬陪长辈们喝酒，酒至八成后，吴大头也讲了心里话："我大吔！你骂我也好，打我也罢，我的话还是要讲。我早说大哥不能来我这里，哪怕像你一样拿我空饷都中！可你偏让他来。我家的哥我不晓得小名吗？他来就是给我添乱啊！他把自己看得很大，实质草包一个，东想耍威，西想弄权！他有那能耐吗？你们今天也看到了，木匠们有谁拿他作数？这简直就是丢我脸灭我威信哩！他还动不动就怪我不放权给他，他总认为有了权后，开他几个就没人敢作怪了。我也多亏清醒没放权，否则辉煌家具厂早被他'开'得没有木匠了！他没来之前，厂里运转风调雨顺！他来之后，坏了！今天这样明天那样，烦死了！害得木匠们心里对我也有了看法，也不怪人家有看法，我们毕竟亲兄弟，人家甚至怀疑是我授意的……"

吴大头一股脑吐着怨气，吐得吴德才唉声叹气。两位韩姓前辈默默听着，不表态。但吴大头已从他俩的眼神中，捕捉到了赞许自己的目光。韩云山还站了起来，双手捧杯，十分虔诚地敬了晚辈吴大头满满两杯。韩云山刚站起来那会儿，吓得身旁的吴德才惊慌失措，他活了这么一大把岁数，还从没见过云山大哥以这种姿态敬晚辈酒。吴德才受宠若惊恳请云山哥坐下，但云山哥没理他，云山哥不但站着敬了吴大头酒，还无限感慨叮嘱吴德才："小德才吔！我都没想到大头现在这么明事理、有出息！你这家主就退休吧！一切交给大头，娃比你的眼光远！"吴德才连声"嗯"着，继而心事重重说出了一个实际情况："大萝卜是个拎不起来的东西！我也晓得，但他三十出头了！还光棍哩！"吴德才的目光忽地乞求到吴大头脸上:"你俩一娘所生哎!他有缺陷,你不带他混出个样子来咋办?望着他焦了尾巴呀(断后)?"吴德才这么一说,两韩明白了,都帮着吴德才嘀咕:"你大说的也是!"吴大头似乎也意识到了什么,脖颈一软,脑袋就耷拉下来了。吴德才仿佛觉得家丑外扬多了,忽然不再唉声叹气了,他率先把话题岔上本次来江城的任务上。于是,耷拉着脑袋的吴大头脖颈又挺了挺,他站了起来,单独敬了韩三爷两杯酒,一再安慰三爷别急,明天上午他去趟木材公司把木料买了,就专程陪同他们寻找圆圆妹子。

第二天早上,吴大头要去木材公司买料,临出门怕老家来的三个长辈着急,提出带他们一道去木材公司,反正夏利车能坐得下。吴大头按照已和专管购销的刘主任约定好的时间,准时到达木材公司大门口,却突然接到刘主任让他延迟一小时再来的电话。刘主任说老耿还没走,派他今天一早去合肥公司调料,哪晓得这老耿也真是耿到了家,非等领导上班开个出差证明不可。合肥公司就是我们上级,哪有上级怀疑下级身份的?没办法,一根筋的货!

吴大头只好把车往回开,一直开到远离木材公司两公里的地方才停下来。四个人坐在车里等候木材公司的老耿出差,边等边聊。韩云山一脸不开窍地向吴大头打听:"我就晕了!你买你的料,跟什么老耿出差不出差有啥瓜葛?"吴大头不急不忙给每位散根烟,不急不忙叙述躲避老耿的原因。

老耿其实不姓耿,因为工作上过分认死理而得名老耿。老耿专门丈量材积,是个正宗肥缺,但他却只会站在这肥缺上得罪人。不管你是谁,就是天王老子来买木料,他的尺都是该咋就咋。木材公司是国营的,来买木料的私人总想占国家若干便宜,但有老耿把关,你就痴心妄想。辉煌家具厂作为一个用料大户,经常跟木材公司打交道，交道多了便滋生出感情。吴大头已和刘主任成了忘年交，刘主任总想在材积上照顾照顾朋友。

木料材积的量法很有讲究，以我们小窑堡的说法叫：玩意头多。那年我回小窑堡省亲，在和云山大爷讲到吴大头时，云山大爷用的就是"玩意头多"这个传统说法。当时，云山大爷用他那张当过乡长的嘴把吴大头说得神乎其神！三老进城寻找韩圆圆的故事，就是云山大爷亲口对我说的。我只给你们讲了一半，现在我接着讲。

量材积最大的玩意头要算定性"破开材"了，所谓"破开材"，就是木材身上缺胳膊少腿、缺鼻子少耳朵等不周全的原材。大多是木材在采伐过程中，根部或末梢处撕裂了一大块或一小块。按照撕裂程度的大小，木材公司出售时，是要在材积上打折扣的，有八成材、七成材、六成材、五成材之分。究竟属于几成材，完全看老耿定夺。吴大头买木材已买成了精，专挑破开材买，专找刘主任亲自给他这个大户定性。因为刘主任挂帅，老耿只好靠边，但并不影响他的"耿病"发作。三个月前老耿就因为吴大头买破开材而和刘主任扛上，那是一棵美国进口花旗松，原材体积六个立方，长约十二米，梢部因撕裂而掉了个"鼻子"，一个三角形的缺失不过两米长。就是因为有这么个对材积几乎没影响的缺失，这棵从美国来的大树就被刘主任定为六级"残废"，也就是六个方的木材只收吴大头三点六个立方的钱。老耿当然是看不下去，讲了二话，但被别人拉走了。老耿的二话最终虽没改变刘主任的权威，但刘主任还是有了顾忌，就叮嘱吴大头再买料时挑选日子，避开老耿。刘主任支走老耿的手段还是有的，老耿特点是"耿"，"耿"有"耿"的好，比如派他去上级公司调拨木材，本公司就不会在材积上吃亏。

吴大头讲完躲避老耿两公里的原因后,开始看表,然后掏出大哥大抓手上拨,通了。那头的刘主任抢先讲了话:"我正要给你打,你却打来了!来来来!你来吧!"

吴大头只花一个小时,便买成了十五立方破开材,统统的"六级残废"。韩云山在心里算了一笔细账:这笔买卖,吴大头至少占了公家六千多块钱的便宜。乖乖隆咯咚!六千块吔!是他这个退休乡长两年多的工资。韩云山少见多怪,不由自主嘀咕出一串只有自己才听见的话:"完了!完了!大锅里的饭就快完了!"吴大头清楚自己的大手笔已将三老镇住,却一脸轻松、一脸的无所谓。他一个电话喊来大萝卜,十五立方花旗松的搬运、加工成板的任务就落到大萝卜身上。吴大头又看了表,说:"到了吃饭时间,吃饭吃饭,吃过啥事不干,专门帮我三爷找圆圆去。"

中饭仍在望江楼。韩云山、韩三爷无论如何不愿去,说昨晚上去过了,见了大世面就中了,再别去了,花许多冤枉钱,又不是旁人,去家里或者哪个小摊子捞两碗面条一样的。吴大头不答应,说长辈们不是寻找圆圆请都请不来,就让他尽份孝心吧。吴大头的话像给人挠痒痒,听得韩三爷眼泪直转。韩云山虽然是乡长出身,但这类挠痒痒话,自从退休后就没听过了。吴德才也激动,但毕竟是当父亲的,骨子里终究心疼儿子的票子,就帮着韩云山和韩三爷说话:"我说小大头吔!既然你大爷、三爷都不愿进望江楼,我看就算了!昨晚的大鱼大肉还没消化,再吃也吃不下了,不如捞碗面条香气。"吴大头晓得父亲心思,不接他话,却倒出了一个非去望江楼不可的理由。吴大头说:"我昨晚就跟宁芜路派出所的高哥约好了,高哥推掉了一切事务,答应中午来的。"小窑堡过来的三个前辈都被吴大头这番没头没尾的话弄得眨巴眼,吴大头只好破解:"高哥和我铁把,是宁芜路派出所的老资格干事,分管宁芜路保姆行这一带,保姆行知道吗?就是专替外乡来江城的人找事做的。圆圆在江城无亲无故,肯定要去保姆行找事的。我们只有去保姆行查老底子,才有找到圆圆的可能!凭我们的面子,保姆行是不会理睬的,我搬来高哥,看他哪个行不配合?"

三个前辈这才恍然大悟,韩三爷的腰板蓦地一塌,双手合十不停地朝拜吴大头:"伢仔真是费心了!去望江楼!去!这桌酒钱我出。"韩三爷激动得头晕,仿佛真是他做东似的。他的左右手分别挽住韩云山和吴德才的胳膊,说:"走走走!去望江楼。"吴大头说:"我三爷你别客气,摊张摊王也摊不到你老埋单。不过你的任务也不轻,你酝酿下子,你得把圆圆出走的前前后后向高哥说清楚了。"韩三爷脸上掠过一丝兴奋,又飞来一层难色。他的手在腮帮子上挠了两把后,就把求助的目光撂到韩云山脸上:"哥哎,我讲话不照!这个事恐怕要通过你的嘴讲哎!"韩云山没推辞,说:"你不讲,我再不讲,岂不歇伙?"

席间,韩云山用江淮普通话,把韩圆圆离家出走的事反映给了高哥,又向高哥展示了韩圆圆那封报平安的家信。高哥看了信,又瞅了瞅江城北京路邮局盖的那个戳子,总结道:"从信上的措辞看韩圆圆是平安的,邮戳是江城的,证明她确实落在江城。我来让他们协助找。"高哥果然了得,他用吴大头的大哥大分别给保姆行里的几个门点拨了电话。对方都没说一个"不"字,都表示高哥的事就是他们的事,一定全力协查。

吴大头带着三个前辈花了两天时间,把整个保姆行所有介绍劳务的门点都摸了一遍。人家果然大力支持,都把近两个月的介绍登记簿搬了出来。四个人的眼个个睁得像鸭蛋,却没能找到韩圆圆的蛛丝马迹。

我那次回乡省亲，在和云山大爷呱了半天后，又找德才叔拉了两个时辰。德才叔说："我们那次共计在江城待了五天。搜查了保姆行后，准备动身回来的，被你大头哥硬留下多玩了两天。哪有心思玩啊？你韩三爷不看风景，光顾着在大街上瞅人，瞅着背影有点像他丫头的，总是跑到人家前头看个清楚，又不敢贴近了看。唉！他那个样子真让人心酸啊！我的眼睛也在大街上找，一找圆圆二找你，就是找不到。成俊哎！我不是讲漂亮话，你大头哥的厂子用人多，用谁不是用？你孤孤单单一个人在江城闯，我还真不放心哩！亲为亲，邻为邻，包老爷不忘合肥城嘛！"

我闯江城之前就想到了吴大头，他大我六岁，已在江城干了六年木匠。我想到他，无非是为了去江城后有一个投靠的地方。我去跟德才叔要吴大头地址，德才叔说："我也不晓得小狗日的死在江城哪个角落，他给家写信给家打钱就是不给家详细地址，只说是在马塘区买了地盖了房，可马塘区大咧！哪找去？"德才叔扯这个谎时，忽视了一个细节，那就是不久前他亲自把大萝卜送去大头那里了。他明显是不想把大头地址给我。起先我很气，想想也理解了，德才叔当时也不知道儿子会混得如此出息，还当儿子手上仅有一碗饭，被我分了他儿子便吃不饱。德才叔说他那回在江城到处找我，我也是信的，当他亲眼看见儿子的家具厂如日中天，用木匠无数时，做个顺水人情给我一碗饭吃，肯定是他的真实想法。然而江城如此之大，想找到我这个默默无闻的小木匠，不说是大海捞针，至少也是大江捞针。

第八章

　　吴大头的事业如日中天的时候，我也在距离辉煌家具厂仅六里的长寿院混开了。缠我做家具的人往往因为顺序而抬杠。好在郭哥以代理人的身份维持着秩序。他的手段的确高明，大龄的未婚青年排前面，都是长寿院的老邻居，和尚多了大家都不光彩，有了一房家具也好尽快脱离光棍生涯噻。

　　关心好大龄青年后，郭哥开始关心我："恭贺你呀，鲁班同志！"

　　我懵懵懂懂望他，估计他又在拿穷人开心。

　　"搬家吧！哪有鲁班住桥裆的？"郭哥一巴掌扇在我膀子上，很重。郭哥一嘴的江城普通话："身份！要注意身份！你住桥裆算个什么身份？身份影响'钱'程，金钱的'钱'，不是前途的'前'，别弄混了。"郭哥的嘴巴越讲越热，再讲便不是普通话了，一股的江城腔。他摸来一双筷子冲桌上一拍："就说这筷子，搁我这儿，你瞅一眼就晓得是塑料做的，说象牙的就是吹牛。但是，我说的是但是，若从球王贝利家小餐厅拿出同样的筷子，我说是象牙的你肯定信，你只会不信它是塑料做的。没办法！这就叫狗眼！"

　　哲学道理说得差不多了，郭哥开始问我做各种柜子的工钱。我有了反应，脑袋晃得像拨浪鼓："开玩笑了！说好了送双手艺给郭哥！"

　　郭哥一拳捣中我的前胸："你想得美！我才不付工钱哩！谁让你我是兄弟。可眼下那么多人等你做家具，你得开个价，我也好去跟人家丑话讲在前头噻。"

　　我报了个价，他却非常不满，摇头晃脑看我："兄弟呀！不怪你身怀绝技住桥裆,那么标标致致的柜子,就收十五块?!你是作践柜子还是作践自己?!"郭哥伸出三根手指反复亮亮,"三十块。李木匠值十五,包装成鲁班就值三十。"

郭哥劝我与时俱进,说人家老美就是先进,早就有了"经纪人"这个职业!霍利菲尔德的拳头当真那么值钱?!一场几千万,还是美金。这全靠经纪人的包装和运作。郭哥让我学习霍利菲尔德,只管练好技术,剩下的一律由他代理。包括找业务,还包括闲时的吃、喝、穿、住。

美国的经纪人有着丰厚回报,中国当然也该有。我不是开价十五吗?好!如数拿去,郭哥只拿十五块以上的部分。如东家实际付三十,减去我所得的十五,那么剩下的十五全归郭哥。郭哥真是个人精!自己得了好处,还丝毫不伤及我利益。我只要在谈工价时,按照郭哥要求把嘴张大些并做好保密即可。

当晚,我就在郭哥的协助下,把安放在中江桥裆里的各种用品搬进了郭哥家。我给自己做了张单身板床,和郭哥的床并排放着,很稳。我终于拥有了一张落脚江城的床。我掐了一把人中,有感觉,证明不在梦里。我的兴奋溢于言表:青弋江的甘洌水啊!美江南的肥沃地啊!也许这方水土最适合我的生长。在这里,我和郭哥白天各忙各的,天黑后,陆续归巢,坐在各自的床沿上对弈"黑白道"。郭哥喜欢下围棋,我本来不会,愣是被郭哥手把手地教会。合作伙伴兼棋友,使得我和他之间渐渐没了距离。我终于想把心中那份对爷爷、父亲、二叔的牵挂落实一下了。

爷爷和父亲身患恶性气管炎;二叔得的是肺结核。这两种病魔正联手把老李家往绝路上逼!自从那回翻墙摔瘸了腿,我便领教到了"麦迪霉素"和"华佗贴"的厉害,一直在心里默默惦记它们。尤其那个瓶装的"麦迪霉素",其药性说明,我都能背出来：消炎、止咳，是气管炎、肺结核的克星。眼下的老李家多么需要这样的"克星"啊！

现在，我已与郭哥处成了兄弟，郭哥又在长寿制药厂里混得一流，该是麻烦郭哥的时候了。

郭哥说不麻烦，还责怪我咋不早说，并把盛装"麦迪霉素"的纸箱冲我床头一扔："这是给我乡下的表舅准备的。你先拿去，都拿去。"

第二天，我早早去了邮局，把"麦迪霉素"寄回了老家，并绕道去了趟中江大药房，一打听，吓得一吐舌头。乖乖！一瓶一模一样的长寿牌"麦迪霉素"，竟然价值三十六块七毛八分！乖乖！一个工人十天的工资！一个农民一个月的收入！就这，你没有大医院开出的处方，人家还不卖哩！我的心怦然乱跳，郭哥的形象也在我心里瞬间高大。

半个月后，我接到父亲的亲笔信，并在字里行间看到了父亲那溢于言表的兴奋。父亲说：我和你爷爷都不像以前那样一咳就是半天，好多了！半死不活的二叔脸上也有了血色，能赶集溜达了。我说这都是祖上有灵，可你妈偏说你有灵！父亲在信的后面要求我再托人买些，八月节顺便带回来。乡医院的医生说这药特效，坚持吃个年把，什么气管炎、肺结核都会被撵得没影没踪！但这药很难弄到的，乡长的父亲为了能吃上这种药，经常骂儿子不孝，苦得乡长三天两头去县医院"哼"（求人）。

我知道父亲拿乡长说事，其实就是说给我听，也是不显山露水给我打气：乡长难办的事，我儿办成了！我儿岂不比乡长还伟大?!我一直佩服父亲农民式的"狡猾"，父亲已干了二十多年村长，老长"庄"了！这与他的"狡猾"很有关系。

掌握了父亲来信的内容，我悄悄把信撕毁了，不敢让郭哥看。

郭哥是围棋高手，被他抓住要害就有可能被围住挨宰。这种防范策略都是郭燕教的。郭燕经常发来传呼，都是向我发出云游的邀请。赭塔晴岚、镜湖细柳、赤铸青锋、玩鞭春色等等，都使乡下而来的我感到耳目一新。我感激郭燕，并悄悄下了"死也死在江城的决心"。郭燕好像也离不开我了，偷偷约会已成了我们每个礼拜的必修课。我早将自己和郭哥暗中合作的事说给了郭燕，郭燕略一拧眉，给了个结论："这事虽说怪怪的，也算双赢！"我们谈得最多的，还是各自家里的实际情况，这次的父亲来信郭燕已看过，当时，她抓着信沉默了半天，便拿出一个很现实的主意：郭燕说，这种药是买不起的。不要说农民，就是工人如果国家不报销也是买不起的。唯一出路是从长寿制药厂那条生产线上直接拿。郭燕要我不要将"宝"押在郭哥一人身上，长寿院内住着的都是长寿制药厂的工人，多找几个齐心协力帮着偷。反正也是治病救人，方式不同而已。不丑！郭燕还要我把别人帮着弄来的药统统展示给郭哥看，要让他知道"东方不亮、西方亮"，要让他知道"离掉萝卜能成席"。他知道了这些，就会明白我爷、我爸、我二叔的性命并不是捏在他一人手上。他就不会在药的问题上狮子大开口。

郭燕对其亲哥的分析令我动容。这绝不局限于郭燕帮助我设置好了对郭哥的防范。郭燕感情筹码的明显偏向，才是我动容的真正原因。我感到：我在郭燕心中分量已超过郭福敏了，她的所作所为已触动了我肺腑深处的感动，使我这个漂泊在外的人获得极大的安慰和温暖。

当晚，一对恋人漫步在弋江大堤上。夜风在清澈月光下吹拂我的脸，撩得郭燕的长发在我眼前轻飘。我忍不住伸手逮住那灵动的黑发久久不放，并蓦然涌出一股强烈的表达欲望。我的表达清纯而真诚！有满月儿作证。

"你对我这么好，可我好在哪儿哩？"

"蠢蠢的笑容呗！"

"还有哩？"

"傻傻的话语呗！"

"还有哩？"

郭燕没立即回答，盯着我不眨眼。忽然一个前扑紧紧箍住我脖子："还要什么？够了！够了！"郭燕的鼻尖几乎贴上我脸，弥漫出一种我从未体验过的温馨。我顿时化了、醉了，忍不住亲了她，她"变本加厉"还以"颜色"，都猛得像国道上的"奔驰"，一路呼啸着直往对方心里冲。一对恋人越缠越紧，四周寂静，徐徐南风将我们的喘息声送得很远。

第九章

有父母的地方才是家，而过中秋节，总是要回家的。家乡在看不见的地方。虽不十分遥远，但必须通过轮船、火车、汽车、三轮车的联合运营才能到达。三轮在家乡那段坎坷大道上说蹦就蹦，冷不丁把人抛一尺高，就这还算你祖上有力。倘若遇到车轮陷烂泥里不动，或老牛一样喘气的发动机突然不转，那才是真正的出鬼。

破三轮扑腾到村后那口古井旁停下来，我下了车。就看见依门盼望的亲们"呼呼"拥出。母亲、二婶还有姐妹们，他们连走带跑向着古井、向着我挥手奔来。爷爷、父亲、二叔则站在屋后那棵老榆树下捧手不动，只伸长脖颈盯着古井的方向看，非常矜持，让人看到了老李家三个"台柱子"的稳重和尊严。此时夕阳正好，把老李家的门楣镀上一层厚重的金黄，老榆树婆娑的树冠也被染成铜色，显得格外魔幻和神秘。爷爷说："老榆树是老李家的福星，是神树。" 1960 年粮食过关，它的皮和叶都被人吃光了，树愣是没死。它已用其顽强的生命力陪伴了老李家几代人。它历经劫难、阅尽沧桑，却始终葱葱茏茏活着。我也常常梦见这棵树，梦见自家的房舍，梦见牵肠挂肚的怎么也忘不掉的咳嗽声。

行李被蜂拥而上的姐妹们接走，在亲人们的簇拥下，我踏上了通往老榆树的路。这条路裸露着黄土，高高低低、坑坑洼洼，仿佛满载着小窑堡人千百年的足迹。我离开这里已有段日子了，江城平坦的马路竟让我对眼下的故土有些不适。我的步伐一歪一蹽的，手中稳稳拎着一只人造革黑包，包里装着老李家"台柱子"们日夜盼望的"麦迪霉素"。整整三十瓶，价值过千！一个堂堂国营职工大半年的收入。

这些"麦迪霉素"当然不是买的，我也买不起。都是长寿制药厂里的老大哥们直接从生产线上拿的。他们拿这些"宝贝"一点不难，下班时摸两瓶揣进荷包就成，比农民辛辛苦苦去田头刨两条山芋容易得多。我在向老大哥们索药时，很难开口。可一旦硬着头皮开口，竟没有一人拒绝。三十瓶"麦迪霉素"，在短短三天全部聚齐。郭哥的贡献占了"半壁江山"。郭哥贡献这么大却和其他人一样：压根没提钱，郭哥把十五瓶药放进我包里后，仅玩儿似的向我叙述一个昨夜做的梦。他梦见那个农村表舅又送来了两只老鳖。表舅四十不到，却一身病。慢性喉炎、肩周炎、气管炎，外加腰椎间盘突出——我弄他三爷，未老先衰！动不动就写信向他要药。郭哥一边抱怨表舅天长日久连累他，一边一心一意下围棋。他输了，我接连赢他三局。

当我拎着"麦迪霉素"杵在老李家三个"台柱子"跟前时，

三个长辈一律放出慈爱的目光抚摸我的脸,又异口同声赞叹:"白了!胖了!"长者的持重、矜持一点没变。进门后,当村长的父亲像个小官僚,他首先用我带回的"大白兔"奶糖,把孩子们统统哄走,然后直奔主题问:"麦子棉絮呢?"

我打开包,一边将药朝八仙桌上摆,一边纠正父亲的口误:"是'麦迪霉素!'不是'麦子棉絮'。"

"洋药名字就是怪!记不住!翻译成'麦子棉絮'就老熟悉了!都是地里长出的货。"父亲的眼被"麦迪霉素"牢牢焊住,他捞一瓶在手中掂了又掂,小官僚的神态便无影无踪,探望我的目光甚至有点低三下四:"乖乖!这么多?!乡长的面子也只搞到三五瓶!"

父亲一高兴抄起一袋饼干,急步跨出大门,逐个给拥挤在大门口的孩子们分发,然后撵孩子们一边玩去。孩子们兴高采烈一哄而散,父亲却像灌了凉风,不停地咳起来。并引得八十多岁的爷爷也跟着咳。两位老李家的"台柱子"赛着咳时,脸都憋成猪肝色。唯有被肺结核折磨得半死半活的二叔没有一点动静。

望着父亲、爷爷的腰板渐渐咳成虾子状,我的心陡然一紧。怯怯道:"我爷、我大还咳?这药对气管炎无效吗?"

父亲咳得一时说不出话,急得巴掌乱摇:"瞎……瞎讲!"又抄起一瓶"麦迪霉素"乱摇,"有效!特……特效!"

"那咋还咳这么凶哩?"我急急追问。

父亲的咳稍有平缓。他的嘴角忽地牵出一丝笑,嘴巴冲对面的爷爷一努:"问你爷爷!"

爷爷冷不丁一抖,二叔和二婶也不约而同抖了起来。爷爷默默神,混浊的老眼下意识地瞄一下大儿媳妇也就是我母亲,榆树皮一样的老脸不禁一红,眼皮一耷拉,不看任何人,但说出的话显然是针对大儿子的："你让成俊问我？那我问谁？好汉做事好汉当！扯丝瓜拉葫芦有甚用吗？"爷爷耷下的眼皮悄悄一撑，鬼鬼祟祟给大儿子递个眼色。

爷爷在父亲和二叔面前还是权威的。父亲不好意思地挠挠头，知道自己说豁了嘴。这时我母亲亮了嗓子："他爷爷别打马虎眼，还把我当呆子！我屋里人吃没吃药我不晓得？药都被你拿给了他二叔，他大有个屁吃！"

并排坐着的二叔、二婶坐不住了。二叔垂着头搓手，表情似刚刚偷了东西的贼；二婶晃悠悠站起来，很没底气。她掀开系在腰上的围巾，小心翼翼拽出一卷票子，抓票子的手伸在我母亲面前直抖："嫂子哎，吃亏吃我亏，都怪我屋里人半死半活，他爷爷也只能救火先救旺的。"

二婶这么一说，低头搓手的二叔有了底气。他抬眼瞅瞅一旁不作声的爷爷："也怪我大！自己不吃药就算了，还把我大哥那份也拿来给我。我硬不要，他就瞪着眼骂人，说我是个不知轻重的东西，他们病在气管上，离肺远着哩！"

二叔的话把一屋人逗笑了，都笑得眼泪哗哗。二婶边抹眼边把手中票子下意识地朝嫂子手里塞，好像巴望嫂子立马收钱。一种莫大的负疚感，促使她一个劲表达着用钱偿还的诚意。"娃儿上回寄来十瓶药，我屋里人吃了八瓶。害得他爷、他大照样咳。但这十瓶药钱我全付，知道娃儿要回来，我把猪都卖了！"

二婶给钱，母亲推辞；二婶坚持，母亲有了收钱的意思。我走了过去，坚定挡回二婶手，说："咋还讲起价钱？我也不是买的，城里人给的。人家医疗公费哩！"我没有实说人家帮我偷的，说"给的"要体面些。城里人看病不花钱，多开些药也是常有的事。二婶仍拉扯着要给钱，说："城里人真不错，救了你二叔命。

这个天大的人情不还不中。二婶要我把钱收下，回城里买些像样东西送人家。"

我哪能要钱？但想起了郭福敏梦见老鳖的事，回复二婶道："城里人不稀罕城里东西，他们最稀罕我们乡下的老鳖、老鹅、老鸭还有老鸡。"二婶不再付钱，笑眯眯应道："这个好办，好办！"爷爷、父亲、二叔也活跃起来，都跟着附和："好办！好办！"

这个中秋，我在家里待了五天。天天都有很多憧憬城市生活的父老乡亲，围着我追问城里的新鲜事。韩圆圆的妈妈韩三婶来了两次，她第一次来的时候样子怪异，有点凶，说："耳风招招的，说我圆圆也在江城。"盯住我等反应，我哦了一声，韩三婶的目光更加狐疑："难道你没看见我家圆圆？可我圆圆逃跑的那天下午，有人大明大白看见她从玉米地里钻了出来。巧的是你那天早上也在玉米地旁边下黄鳝笼！"这话和韩三婶说这话时的神态都变了味，好像是我主谋带她丫头私奔了。我哭笑不得，说真话，自从与郭燕恋上后，我就再没上过中江桥找人，也早已把来江城的初衷忘了，把韩圆圆给忘了。就在我不知如何应对韩三婶的时候，二婶从斜地里冒了出来："瞧你这话问的，审犯人啊？"韩三婶望望我二婶，钢筋一般硬的目光瞬间软成面条，自知理亏，垂着头默默走了。第二天，韩三婶又来了，有点可怜，泪盈眼眶。她是来求我的，求我回城后帮忙打听她家死丫头的下落。都四五个月了，活不见人死不见尸，一家人心都急烂了。话到伤心处，她竟两腿一软跪了下来。女儿的出走已将这位四十岁不到的母亲打击成六十多岁的老太婆了。望着她那微微颤抖着的腰身，一股酸楚顿时袭上我心头。我一个箭步上前，使劲把沉重的韩三婶搀扶起来。韩三婶嘴唇不住抖擞着，双手缠在我胳膊上，像落水人抓着救命稻草那样久久不松。我心一软，不由自主、晕晕乎乎应下了她的恳求。

中秋节终于过了,我急吼吼要往江城跑,谁都留不住,我的心似乎已被江城牢牢拴住。我的行李很重,咸鹅、咸鸭、活鸡,还有父亲利用职权弄来的三只老鳖。父亲花招就是多!他开了个村委会,村西藕塘的水便被放得焦干。明里说是让大家中秋餐桌有藕、有鱼,其实是他心系老鳖。三十年前的农村,老鳖"地位"不高,像狗肉一样上不得席。那一天,老李家的三个"台柱子",全部挽高裤管、赤脚忙活在干了的藕塘里。他们与欢天喜地逮鱼的人不同,他们对活蹦乱跳的鱼没有兴趣,他们各抓根半人高的木棍,并排着在齐膝深的烂泥里乱戳。每当棍头在烂泥里撞上硬物,他们的胳膊就会带着希望插烂泥里翻。翻出来的大多是蚌,还有石头,也翻出了藏在泥中的三只老鳖。

第十章

蹦蹦车把我驮到县城绵恒,我先寄存了行李,接着轻装去找梁世忠。几个月前我闯荡江城前夕,曾向梁世忠夫妻打听过韩圆圆,但人家小两口子都说不知道。现在时间过去了几个月,韩圆圆也该和杨菊梅通联了吧!这次打听韩圆圆,我可没有私心,纯粹是帮助一个可怜的母亲。

梁世忠坐在工作间的椅子上,腿搭在台子上,左手端茶,右手夹烟,正有滋有味看电视。这个在县供销社当差的老同学见到我后,一骨碌站了起来,握手、泡茶、摆酒。酒过三巡,获悉我又是来找韩圆圆时,他立马像打了一针鸡血:"咂咂咂!就你还是个情种,也不怪,你俩相貌般配、个子般配,整个都是配好了的……"梁世忠神色飞扬、津津有味瞎扯着。也难怪!谁不晓得韩圆圆，正宗校花，又集风流韵事于一身。在校时，男生们只要说到情事，话词一般都落在她身上。但韩圆圆并不是容易接近的，她从不跟人多话，也从不左顾右盼。偶尔有意或无意给谁抛个笑脸，谁心里就像抢到绣球那么高兴。男生们背后喜欢分析韩圆圆的心思。我当时获得她的微笑最多，这本得益于我与她同住小窑堡，却被分析演义为有一腿。我当时嘴上反驳，心里却很熨帖。如今都各奔东西几年了，梁世忠扯起韩圆圆来，竟然还是那副青葱岁月时的德性。

我竭力否认自己与韩圆圆拥有私情，说自己已有对象，都三媒六证扯了布。我现在寻找韩圆圆完全是受韩母之托，我和她同村，两家关系根深蒂固，她娘为了寻她，都下跪求我了。说她女儿不跟家里联系，也不跟亲戚联系，但总会跟个把要好的同学联系吧！要我无论如何帮她打听到女儿下落。

梁世忠这才刹住满嘴奔跑的火车，摆出一副很为难的架势："你跟我打听？那我跟谁打听？"

我说："谁不晓得你老婆杨菊梅和韩圆圆同桌同铺，好得可以换裤子，十有八九会联系的。"我忽然看见热血沸腾的梁世忠仿佛一下掉进了冰窟窿，他蔫头耷脑瞅着我："你还不知道吧？你肯定不知道！上个月就因为韩圆圆，我跟杨菊梅干了架，干得一塌糊涂……"话到这儿，梁世忠像是猛然酒醒，再不肯把话题向下延续。我追问，他死活不讲！我还是好多年之后，遇见了韩圆圆，才弄清梁世忠不讲的缘由。现在我就把个中原因不折不扣提前告诉大家。

韩圆圆离家出走江城，不久就回来了。小小年纪竟有了落叶归根的心。韩圆圆没有立即去姑妈家，因为杜诗经的事，她对姑妈心存成见。她找了旅社住下，然后去找铁杆姐妹杨菊梅。杨菊梅乍一见韩圆圆,激动得跳了两下,一把搂住韩圆圆转圈圈,转了半圈不转了,改用巴掌夸张地摸摸自己微鼓的肚子,面露喜不自禁的骄傲之色。韩圆圆惊乍乍地好奇,杨菊梅一再证明着自己的清白:"明媒正娶,三媒六证,小轿车接过来的!"杨菊梅虽长韩圆圆一岁,但离婚姻法规定的结婚的年龄还远着哩!不过没关系,在这千年不变的绵恒,只要按风俗喝了喜酒,就是夫妻。有了身孕便是一桩非常光荣的事。杨菊梅对现实生活很满足,神采飞扬炫耀着老公的本领。短短一刻钟,老公已被她描绘成传说中的"亚当"。她说县供销社已被合肥百货吞并,世忠已就任合肥百货绵恒分店老总,管着百来号人,她就是其夫手下的收银员。现在怀孕了,马上请产假享福了!

一对昔日的同窗兼同床,好像有说不完的话。不知不觉扯到了激情燃烧的学生时代。从杨菊梅口中,韩圆圆听到了很多奇怪的新鲜事。

当年教她们英语的老师正闹离婚,那婆娘认准了丈夫"师生恋"。白天跑教育局告状,晚上跟踪丈夫大街小巷找韩圆圆,坚信是韩圆圆教她丈夫学习陈世美。发誓只要逮到小卖货,一不打二不骂,扒她裤子,看看究竟长着个什么东西。还有那杜诗经,虽然以闪电般速度娶了个漂亮老婆,但仍留恋韩圆圆的美。他不说韩圆圆看不中他,只说自己嫌弃韩圆圆是只破鞋。他先是被糊弄了,直到上了床才发现她没有底。唉!真是倒霉,浪费了我好几发炮弹!若是酒后,那话就更加不堪入耳了,连韩圆圆的私处特征都被说得一清二楚:"姓韩的漂亮不假,但下面没长草……"

杜诗经是个屠宰大户,掌控着小半个镇的人的"菜篮子",由他嘴里出来的话传播起来飞快。再将其与英语老师的离婚案一联系,韩圆圆很快出了名。韩圆圆的姑妈曾神秘秘告诉杨菊梅:"也不能说都是谣言，比如'不长草'的事就是真的！你跟她睡过一张床，还不清楚？她若真的没跟杜老板那个过，杜老板咋晓得她长草没长草？"姑妈要杨菊梅劝劝韩圆圆，都生米熟饭了，还不如放个响爆竹应下这门亲事，大家都好噻！姑妈还叹息："这丫头白疼了！叫她家肉铺子都没脸摆！"

杨菊梅将掌握到的实际情况如实告诉了韩圆圆。压根没在意自己嘴巴的无遮无挡，已将韩圆圆推进万丈深渊。韩圆圆不明白自己咋就成了"杨花"？！她一个清清白白的良家女子咋就……

愤怒和委屈纷纷涌上心头，她被这意想不到的意外打击弄得晕头转向，泪水像扬子江的潮水忽地漫过堤坝。

吃晚饭的时候，韩圆圆坚持找个大排档。杨菊梅说恭敬不如从命、主随客便；可梁世忠不干，说老同学来一趟不容易，我们不能小气，得去"紫葡萄"。

"紫葡萄"是绵恒的望江楼，排场！包厢里头的杨菊梅很兴奋，没完没了叽叽喳喳。韩圆圆的心虽说被风言风语压着，也只好挤出笑的模样做聆听状。那边的梁世忠早要了一桌花花绿绿的菜，整整十碟。一只两斤多重的龙虾规规矩矩放在长盘上，尾部蜷伏于肚下，做跳跃状，通体红色，龙须足有一尺长。韩圆圆知道这种虾，澳洲龙虾。江城的"宏达酒店"就有，老贵老贵！只有贵客来了才偶尔问津。酒是剑南春，三大名酒之一。但再好的酒，韩圆圆也不会喝，她与杨菊梅对饮蓝莓汁。梁世忠果然英雄，以老烧陪蓝莓，不停地与韩圆圆"感情深一口闷"。他放下杯子就是筷子，自己不吃，专向韩圆圆碗里夹，挡都挡不住，转眼间就把人家的碗堆成一座小山。半瓶酒下肚的时候，梁世忠开始关心韩圆圆境遇，并愤愤不平。韩圆圆一边苦笑，一边言不由衷应付。梁世忠的话虽说是关心，但句句戳在痛处。韩圆圆仿佛坐在针毡上，好在杨菊梅旁观者清。她不时用眼神制止丈夫的嘴，可丈夫不望她，丈夫的目光全部集中在韩圆圆身上。丈夫已开始张扬其显赫家世了。约莫过了五分钟，他们家就被描绘成绵恒镇主宰一切的土司。

这类酒后的神吹，韩圆圆见多不怪，明知有水，也装出很膜拜的样子捧场。这种膜拜莫名其妙给杨菊梅心中压了块石头，杨菊梅的脸迅速由黄金变黄铜，由黄铜变生铁。她心想：我的妈呀！这难道是引狼入室？！再一联想英语"师母"神魂颠倒满街找"杨花"的背影，这个向来以夫为荣、靠夫生存的弱女子不禁万分后怕。当丈夫拍着胸脯承诺给韩圆圆揽份像样工作时，杨菊梅忍不住泼了冷水："你也就是超市一个部门的副主管！统共管着五个人，还管不住！大话说不得！"

梁世忠这才注意到旁边还坐着自己的老婆。他将留恋在韩圆圆脸上的目光收回来，十分惊讶地捅到杨菊梅脸上。目光很硬，足以证明他在家里的权威身份。老婆冷不丁的拆台，完全出乎他的意料。而韩圆圆的惊讶，可与梁世忠相提并论。下午的时候，杨菊梅还说老公为合肥百货绵恒分店老总，管着百来号人，这么一小会，咋就降为仅管五个人且还管不住的一个部门副主管了？韩圆圆觉得好笑，但毕竟在大地方历练过。为了场面气氛融洽，她装作什么也没听见，什么也没看见。她太了解菊梅了，这位同床学友肚里有气的时候，平常的大度和友善便一点也找不着了，她会变得非常尖刻和不讲情面。因为理解就不计较，她先要缓和一下这已经有了点呛味的场面。她集中精力晃动盛装蓝莓汁的杯子，精选词汇夸赞蓝莓汁味道如何如何特别。并坦诚自己从没喝过，这回算是填补了空白。

梁世忠坚硬的目光仍戳在老婆脸上，但已明显有了温度。杨菊梅不看他，学着韩圆圆样子晃蓝莓汁，然后对准韩圆圆杯子一碰，脖子一仰，红得发紫的蓝莓汁不见了。可梁世忠的脸仍余紫色，韩圆圆没跟他碰杯，她明白此时的学兄无须劝解，他缺的是虚荣和自尊。于是，韩圆圆对症下药，煞有介事地羡慕杨菊梅，说她命好，嫁了个好丈夫，就是大学毕业又有几个能谋上收银的美差。工作有了，房子有了，孩子也快有了，应有尽有了，说到这儿，韩圆圆故意叹口气："唉！哪个像我噢！一无所有！"韩圆圆演戏很逼真，眼圈竟莫名其妙红了，像是触景生情似的。这又激发了梁世忠的侠义豪情。他拿出绅士派头安慰韩圆圆："面包会有的，没有也无妨。有哥吃的，就不会让妹子饿着！"趁着酒劲，梁世忠力邀韩圆圆加盟"合肥百货"。先在收银员位子上坐着，日后提拔。这"日后提拔"一词，本是饭桌上流行的段子，却被酒后的梁世忠用在了正经事上！段子瞬间变成棒槌，一下夯中了杨菊梅后脑勺。她的脑袋嗡嗡作响，心也冰凉。女人就是这样，人前总爱夸赞丈夫英雄好汉，一旦发现其他美人爱"英雄"时，又竭力把"英雄"似的丈夫说得一无是处。

杨菊梅指指韩圆圆，又一点自己鼻子，两片薄唇对准丈夫一启："你让她顶替我？我才怀孕三个月，能干哩！再说你也没有这个权！你头上有主管，有分管副总，还有一切都管的老总。好多座大山压着！你也是个看别人脸色混吃的角，能给别人安位子？吹得像瓢子……"

梁世忠的自尊被伤害至极点，加之烧酒作祟。没等杨菊梅啰唆完，他已霍地站直，兜底一掀桌子，花花绿绿的接风宴就此收场。

这天晚上，韩圆圆彻夜无眠。她热爱着的绵恒一下子让她感到十分陌生。她恨不得插上翅膀连夜逃离这个小镇。

韩圆圆说，梁世忠掀了桌子后，夫妻俩都清醒了，双双搁置争议，双双围着她赔不是。韩圆圆安慰他俩说没关系，并微笑着道出一个经典，说世忠有福，老婆吃醋说明在乎，贤妻啊！良母啊！要珍惜啊！

当晚，尽管杨菊梅夫妻尽情挽留，第二天一早，韩圆圆还是走了。心情和几月前的离家出走完全雷同。

我估计韩圆圆孤孤单单走了以后，杨菊梅两口子很内疚，并因为她的走而开始相互指责。没完没了的，先是动嘴不动手，后来竟然全武行，也就是梁世忠酒后向我泄露出来的："因为韩圆圆，我跟杨菊梅干了架，干得一塌糊涂……"梁世忠还说："杨菊梅后来按照早前的地址给韩圆圆写过几封信，但都石沉大海。从此，两个铁杆姐妹再没联系过了。"

我没能在绵恒学友处寻得韩圆圆的蛛丝马迹，只好告辞醉醺醺的梁世忠，悻悻搭上了去江城的火车。

轮渡码头挤满了节后返城的人，黑压压的人头似乎望不到边。我抓着一张两毛钱买来的船票，上了船，向江的对岸漂。船至江心，我挂在裤带上的呼机响了，像是提醒我已进入服务区、进入江城。呼机显示的号码虽然陌生，但我还是想到了郭燕。

轮船花了半小时把我送上南岸，下了船，我进入一家商店，不买东西，只是使用柜台上的公用电话。发传呼的人果然是郭燕，郭燕说她已在八号码头等了一下午，每隔半小时给我发次传呼，终于呼通了。郭燕要和我马上见面，说是有要事相商。见面后，我随郭燕进了江城饭店206房间。我心中有数了，郭燕想骑马了。我环视一下206房间的豪华风景，一边脱衣一边赞美："这儿好！真好！比弋江大堤上好多了！"

郭燕的脸腾地一红，哭笑不得，伸手掐一把已上床的我："人家急得要死！你却胡思乱想！"

我摸摸被掐得生疼的小腿肚，这才明白自作多情。我赤头红脸下了床，坐上沙发，心无旁骛聆听郭燕诉说昨天的故事。

昨天是中秋节，是一家人团聚欢庆的日子，郭燕却和她的亲哥闹僵了。年初的时候，郭哥就在为妹妹牵线搭桥，妹妹美貌如花，理应有个理想的夫君。而厂里的王科长就是郭哥心目中最理想人选。王科长大郭燕三岁，父亲主管江城的卫生系统，母亲还当着医院院长。王科长尽管年轻，却已在长寿制药厂的保卫科长位上干了两年。可谓年轻有为，且家庭背景轰轰烈烈。凭借这两点，王科长那一米六七的身材就不算缺点，想当王夫人的女青年多如过江之鲫，可这王科长偏对高他五厘米的郭燕情有独钟。

郭哥总是拿出功臣般姿态和父母商议妹妹的婚事，父母没有二话。可那不知好歹的妹妹始终不松口。先说自己还小，等两年再讲；后又说个子悬殊太大，走到一起不配。这就是清清楚楚拒绝了，可郭哥始终误以为妹妹年轻任性，冷静冷静就清醒了。郭哥主观上总认为妹妹听话，他可以代理。以致可怜的王科长心中那份燃烧的激情，一次又一次地死灰复燃。中秋节这天，王科长竟在郭哥引领下，人模人样过来送丈母娘的节礼。郭妈喜气洋洋招待客人，郭伯为难地笑着，不时拿眼光征求郭燕意见。郭哥却以哥哥的身份吆喝妹妹过来倒茶。郭燕的脸木木的，郭哥吆喝第二声时，就见郭燕一跺脚、一甩发，一句话没有，砰的一声摔上门，长腿一车跑得无影无踪。跑出来的郭燕住进了江城饭店206，一直没回家，也没给家打电话。

206房间沙发上的我很是凝重，沉沉地叹了几口气，心绪才稍有平缓。我建议她："不管咋样都得给家报个信！你一个大姑娘突然没了踪影，郭伯、郭妈还不要急疯？"郭燕略一酝酿，就按了床头柜上那台电话的免提，一边拨号一边嘀咕："不是舍不得我爸，我就跑得远远的！"电话通了，郭燕冲我做个鬼脸，面部表情尚未恢复，电话那头便传来郭妈"火上房"似的声音："小燕吧？"

"不是。"郭燕的声音很呛。

"死丫头哎！老娘守着电话一天一夜了！呜呜呜……"

郭妈的哭声裹着很多"如释重负"真真切切传来，使得郭燕眼里也有串串"珍珠"落下。郭燕只想叫声妈，话未出口，电话那端已换成了郭伯。郭伯毕竟是教师，虽然有些急迫，但并不慌张。他和女儿的交流是平等的，短短数语已让郭燕臣服得"嗯"声连连。郭伯抓住火候，一再要求女儿立即回家。郭燕没有立即答复，对着话机反问父亲："王科长的礼品你们收了吧？"那端的父亲说："哪个愿收？推不掉啊！"

"推不掉也要推！"郭燕严肃生硬，"我爸！你跟我妈说，哪天把人家的礼退了，我哪天回家！三天不退，我就去九华山出家。"

听着郭燕坚定的态度，我估计她还要和父母斗几天。我嘴上劝她莫跟父母犟，心里巴不得她坚持犟下去，一直犟到不再干涉她的婚姻为止。我不劝她了，换了话题引她开心。直至郭燕脸上阴霾全无、笑容如初，我才放心准备告辞。刚要出门，却被犯着犹豫的郭燕拽住了衣角。郭燕的脸红得像香山红叶，她轻轻娇嗔："你不是说这儿好吗？你就……就在这住一晚呗！"

第十一章

我回到长寿院的时候。郭伯、郭妈都在，我扫一眼郭哥家桌子上五颜六色的贵重东西，就晓得老两口是来央求儿子退还王科长礼物的。我佯装啥也不知,一股脑儿将带来的土货统统摆在地上,这和桌子上的"洋货"形成鲜明反差。尤其三只土鳖,虽然分别被拴住了一条鳖腿,却仍在麻线的控制范围内乱窜,生龙活虎、野性十足。引得郭伯、郭妈、郭哥都伸长脖颈看它们。三只土鳖的"表演",让郭家三口人脸上浓重的阴云渐渐散了一些。郭妈忽然像是来了灵感,她拎起一只老鳖悬在空中,那鳖反抗,四肢挣得笔直,绿油油的鳖头忽地从鳖壳里伸出,足有半尺长,吓得郭妈嗷的一声叫。她下意识地一伸胳膊,那鳖离她远了,却离郭哥近了。但郭哥不怕,郭哥的手一伸一缩弹着鳖头,鳖头便缩进壳里再也不敢出来。郭妈抚抚胸、松口气,刚才被鳖头吓跑的灵感又回来了。她抖了抖悬在空中的鳖,对郭哥说:"这个最大!估计有三斤。你也带给王科长,就当我们家给他赔礼了!"

郭哥眉头紧皱,像打了一个解不开的死结。他的目光抱怨在郭妈脸上:"我妈尽出馊主意!这个时候还要送人家缩头乌龟,不是刨人祖坟吗?"

郭妈的手忽地一抖,老鳖摔在地上。她自己却埋脸于桌面笑得"格格"响,双肩颤动,背部一起一伏。郭伯想笑,却硬憋着,憋得嘴角左右的两条纹线向上一翘一翘。我没有郭伯的忍功,但笑得还算有涵养。室内紧张的气氛反倒有所松弛。吃饭的时候,我欲回避郭家的家务事,却被留住。尽管郭家人对我毫无防范,可我还是做贼心虚。面对郭家饭桌上的家庭会议,我只听不说,但却牢牢记住了会议决定:王科长送来的中秋厚礼,暂且不予退回。但要瞒着郭燕,以免她到九华山出家。暂且不退厚礼的理由有二:一来保全王科长脸面,就说婚姻不是儿戏,郭燕正在考虑中;二来可让时光洗刷郭燕的糊涂,王科长这样的精英、这样的家庭都不嫁,难道想嫁给市长不成?!郭燕年轻任性,总会有懂事、想明白的时候，但作为家长此时千万得把握住方向！

　　安置好王科长送来的厚礼后，郭家人开始围观我由乡下带来的"土货"。郭妈一边整理咸货，一边抱怨我客气过头了！郭伯不吭声，搂着根棍棒玩鳖，他先把鳖们挑个白肚皮朝天，然后蹲在那饶有兴味看鳖们拼命挣扎。

　　我见郭伯如此爱鳖，便将两只已挣扎着翻过身来的老鳖塞进蛇皮袋里，并就老鳖的分配拟定了方案：郭哥一只，郭伯、郭妈、郭燕三人分两只。郭妈拎起装鳖的袋子掂了又掂："四五斤重哩！这可是大补的东西！一只红烧、一只清焖。"

　　这时，一直不吭声的郭伯突然开了金口："照我说全部红烧，红烧入味，也是我最拿手的烧法。前几年我经常烧这东西，现在它的身价疯涨，不敢买了。"

　　郭伯少言寡语，可一旦开口就像长江之水滔滔不绝。这让我很是吃惊，仔细一想，也不奇怪。人家当着教师，全靠一张嘴吃饭，平时的沉默可能是因为没有遇上知音。现在郭伯既然青睐老鳖的话题，何不陪他聊聊。我迅速接过郭伯话头："是的！想不到老鳖也金贵了！记得小时候，我们农村到处是鳖，没人敢吃这丑东西！放牛娃实在饿急了，才去菜地里撵鳖。然后将其掼死，包上泥巴放火上烧，可香了！"

　　我的话把郭伯带到了一个至高无上的境界，就见郭伯一脸向往："那才叫好日子！原生态！其实那就是'叫花子鳖'，是'叫花子鸡'的姐妹篇。可惜现在没有了！唉！这世道真变了，变得好快！老鳖都被孙子们拿去跑官、跑财了。我来说一个实例……"

　　"又来了！又来了！"郭妈粗野地打断郭伯的话。

　　郭伯两眼一暗，生生把半截话咽了回去。但愤怒依旧，脸色发青。"愤青"——郭伯就是当年的"愤青"。郭伯的"实例"，我了如指掌，都是听郭燕说的。郭伯教学兢兢业业，原本是副校长的唯一人选，却意外落空，就怀疑别人送了领导老鳖而端了他的锅。

郭伯复又坐回灶下，望着我连连苦笑。郭哥还算孝顺，冲上一杯热茶捧给父亲："不冤不冤！想想窦娥就不冤。"郭哥又踢踢装在蛇皮袋里的鳖，对郭妈说："我妈哎！这鳖别红烧也别清蒸了！我爸让鳖将了军，我得让鳖送一程。"

郭妈没肯定也没否定儿子的说法，却在郭伯面前恨铁不成钢跺了一脚："哪个像你？不识时务！"

郭伯被呛得急赤白脸，又不敢和郭妈明争暗斗，只好有火冲儿子发："你不学好？你想送人老鳖？"

"正是想好，所以才送。"儿子和老子抬杠。

只见郭伯像个足球守门员，一个侧扑，迅速将装鳖的袋子挪至自己脚下，犟着脖颈望儿子："你送儿子吃，你送孙子吃，难道我这做老子的就不能吃？"

郭伯的固执和幼稚逗乐了一屋子人，自己也不好意思笑了起来。一笑果然泯怨恨，他将鳖踢回原来的地方，再也不说一句话。这便是默许，默许他的儿子去给领导送老鳖。

两个月后，郭哥当上了制药厂包装班的班长。郭妈感慨老郭家祖坟冒了青烟，诞生了迁居江城以来的第一个官。官与民果然不同，郭哥手下有了十几个兵，得意得很。只是郭燕不买他账，郭哥想让王启东科长当妹夫，郭伯、郭妈也举双手欢迎，偏偏郭燕不举手。这令郭哥很头疼，也非常不解。这一天，郭哥终于发作："小燕啊！摊上你这个妹妹，做哥的算是难坏了！"

郭燕眼睛一闪："我没为难你，是你为难我可好？"

"我为难你？那我问你，王科长哪里不好？哪里配不上你？"

"我配不上人家嚩！我自觉嚩！"

"这……这……"郭哥拿妹妹没招，王启东偏又是个对爱情特别专一的人。郭哥不忍泼他冷水，只能胡诌：说郭燕正在考虑中。至于要考虑到猴年马月，郭哥没说。

郭燕迷恋着我，且恋得隐蔽。精明的郭班长竟没看出一丝破绽，手中的小权反倒被我利用。那"麦迪霉素"就像是我自家的，啥时想要、想要多少，郭哥都能及时办到。

邮局将"麦迪霉素"源源不断送至我的家乡，"麦迪霉素"也在那遥远的穷山村壮大了影响。这一天，我父亲来了，带来了家乡众多病号的梦想。父亲首先给郭哥和我讲了一个关于"麦迪霉素"的故事。

六七月是个闷人的梅雨季节，鸡瘟暴发。鸡们头天好好的，第二天便耷头耷脑病怏怏，体弱的第三天准死，就是雄赳赳气昂昂的大红公鸡也挨不过第四天。没有一点办法，家家户户都在鸡们尚存一息之时忍痛动刀，以图个新鲜。那一天，父亲正给一群瘟鸡放血，一旁抹眼泪的母亲忽然灵光一现。说那"麦子棉絮"能治活他要死的二叔，能治好老李家祖传多少代的"气管炎"，难道治不好老李家这群濒死的瘟鸡？

父亲拿眼把母亲当作怪物瞄一瞄，又拿手试试她前额："高烧四十度！说胡话了？"

母亲果断将父亲的手挡开："我没胡说！鸡也有心、有肝、有肺，和人一样一样的。再说成俊昨天又寄来了十瓶神药，不紧张了！我想让鸡试试。"

父亲摇摇头，不再言语。心想：瘟鸡已让老婆子心疼得走火入魔，让她瞎折腾去吧！母亲抢走了父亲手中那只待杀的芦花母鸡，父亲没拦，并停了手中刀，点燃一根烟，蹲在那里眯着眼看母亲给鸡喂药。母亲抱着芦花鸡，那鸡闭着眼，一动不动，仿佛连呼气、吸气的劲都没有了！一副早死早投生的消极模样。母亲几乎没费力便撬开它的长嘴，揭开药的胶囊，食指一弹一弹，胶囊里的颗粒便一半滚进鸡嘴，一半滚落地上。鸡的头歪着，嘴张着，没有一点把药吞下去的意思。母亲又用食指弹鸡嘴，那鸡咕噜咕噜抽气，这才把嘴里的药末带进肚里。药沫渐渐来劲，鸡很快挣脱了母亲的手，鸡头垂在地上，鸡腿乱蹬。蹬了几个圈圈后，耷拉在地上的鸡头竟然渐渐挺了起来。又懵懵懂懂转了几个圈圈后，那芦花母鸡彻底来了精神，它扇了扇翅膀，两腿错开，咯蛋咯蛋地叫着向外跑。路过父亲身边时，竟呼噜一声屙出一大摊稀屎。惊得父亲两腿一直蹦了起来，手中的刀背一拍屁股："奇了怪了！"

"麦迪霉素"的名声，一下子在偏远落后的山村里飞黄腾达。家禽家畜偏又是农户们的主要经济来源。这下好了！"麦子棉絮"让他们看到了希望。老李家三个"顶梁柱"蓦地成了"雄霸一方"的顶梁柱。前来买药的乡邻络绎不绝。因为父亲是位极具威望的村长，乡里乡亲又在这片热土上共生、共存了多少代。父亲在这关键时刻是不能袖手旁观的！父亲像当年包公陈州放粮那样放开了他的"药库"。这一放，父亲才清醒：他那点药原本沧海一粟。前村告急，后村告急，左村、右村统统告急！

面对乡邻们送来的一堆买药钱，父亲急得焦头烂额，又有一种受命于天、救万民于水火的豪迈。他拎着一个装钱的破书包，日夜兼程赶到了江城。

当父亲把六千多块买药钱一股脑倒出来时，我首先惊得半天合不拢嘴。我从来也没见过这么多钱呀！郭哥虽然尽力维稳自己的情绪，但还是掩盖不住喷涌而出的惊愕。郭哥迟疑了一小会儿，牵着我衣袖进了厨房。父亲只当两个年轻人去商议买药的事，就没有跟过去打扰。

厨房里头的郭哥兜头给了我一顿黑眼风："你莫非说了偷药事？"

"哪里话？我孬好也活了二十多年！怎会抓屎糊自己脸？"我相当委屈，"我只说郭哥当着厂里大领导，后门还是有的！"

郭哥笑了，一颠一颠拍打着我肩膀："这个牛可以吹！可以吹！"

再来会见父亲时，郭哥就安慰他安心住下，他这就出去活动活动药的事。

郭哥的屋里只剩下父亲和我，父与子小别重逢，也有许多要说的话。都是皖北老家里的话题，大多牵涉老李家和村南头老韩家的纠结。韩三爷家老弟兄六个，小弟兄三四十，再加上没出五服的本家，轰轰烈烈一百多条汉子。势大力沉啊！顶着小窑堡大半个天。相比之下，老李家要弱得多。好在父亲当着村长，韩云山乡长已退休。软实力方面李家要略高于韩家，综合起来一比较，态势基本平衡。自从韩三爷家独女韩圆圆离家出走后，老韩家仿佛塌了天。韩三爷先把辣子做在吴德才头上，识过秤来后，又把辣子做到我父亲头上。韩三爷怀疑闺女的出走，与李村长家的独苗儿子我有关，苦于手头没得把柄，只好隐忍。闺女韩圆圆已给家里汇了两次钱，都是江城的邮戳，详细地址却是假的。以致韩三爷两次私底下再去江城还是扑空，加上吴大头帮忙寻找的那一次，该是事已过三了！但韩三爷不死心，竟发挥家族人多的优势开会研究方案。集思广益之后，韩家人笃定韩圆圆十有八九和村长家的"独苗"在一起。寻女心切，韩三婶三番五次去了我家，并有意放出韩氏家族非常开明的家风。说女大不由娘,如今婚姻自主,她这个做娘的还有她老子,都不想干涉伢们的婚事了。但伢们也该替她娘老子想想,大户大村的,一对娃儿不明不白跑了,娘老子的脸往哪搁?也坏了乡风啊!韩三婶的话的确开明,绝对能代表整个韩氏家族,这一点,我父亲深信不疑。父亲也晓得韩三婶此举无异于主动提亲,却不敢轻易松口应承,他虽然也推测韩圆圆十有八九和我在一起,但毕竟是推测。为此,他已给我写了两封信落实情况,我都没承认。然而父亲仍然怀疑,并一厢情愿推测我不承认的原因:成俊面皮薄胆子小,不好意思承认。说心里话,父亲真的盼望我和韩圆圆在一起,但他又怕出现万一!万一两娃真不在一起哩?你应承了可就是件不得了的事!到时韩家登门要人,你交不出,那个韩三爷岂不跟你玩命?因为有着这层担心,面对韩三婶有意无意地提亲,父亲统统装糊涂,回复的尽是些不疼不痒的敷衍话。于是小窑堡就冒出了闲言碎语:一家养女百家求。到了韩三爷这儿咋就变了呢?!变得倒过来了!

　　韩三爷越想越窝火了,笃定村长拿他韩家不吃劲。形势不断恶化着,这一天,韩三爷的忍耐到了极限,他寻了个由头,并无限扩展,接下来便自以为师出有名,统领着几个侄子登上我家门。韩三爷果然暴躁,好像下了决心要打架似的,话越讲越冲。父亲努力压制着火气,倒不是含糊谁,而是总隐隐觉得己方理亏,具体亏在哪儿呢?看不见、摸不着。父亲被一种无形的力量捆住了手脚,并堵住了嘴,眼睁睁看着韩三爷冲着自己直捋袖子。父亲良好的涵养使得韩三爷没了继续捋胳膊的理由,但韩三爷的嘴仍一如既往地骂骂咧咧。父亲虽不回嘴,眼却气得越瞪越大。韩三爷像是寻着了把柄,一个箭步上前,一把揪紧我父亲衣领,说:"你翻老子眼?"父亲说没翻。但三爷笆斗大的拳头还是直奔父亲面门而来。幸亏几个侄子比三爷明白事理,奋勇上前把本家三爷死死拉住。父亲的额头冒着青光,太阳穴处鼓出几条蚯蚓一样的青筋,垂落两肋的双手一会攥成铁拳,一会又软绵绵地松开,嘴唇不停嚅动着,像是有一肚子话要说,却又说不出一个字。父亲的忍耐最终让韩三爷无法下手,也让几个后生觉得本家三爷过分了!他们几乎是把三爷架住,纷纷劝解:一人做事一人当,要打也打李成俊,李成俊总有回来的时候,到时你三爷坐镇指挥,我们小一辈上去干他。韩三爷眼子都鼓了出来,骂声惊得一路鸡飞狗跳:"我要你们干?我干!不干死狗日出来的独种,我就不是娘养的。"韩三爷要玩命了,蹲在大门口大明大放地磨刀。刀是东洋长刀,还有本土短刀,韩三爷时常练刀,门前一排排盏子粗的白杨,全被他劈成奇形怪状的树桩。

老李家三个台柱子又气又急,父亲想找三爷拉拉,可三爷除了练刀就是闭门不出。父亲天天盯着三爷家闭着的门发愣,竟然接连失眠了。二叔的对策要直接得多,三爷磨刀,他就磨斧。二叔打算和三爷拼命,竟获爷爷支持。爷爷苦叹自己老了,拼不动了!只有让二叔上。二叔身患肺病,半条命哩!拼了他韩三爷划算。幸亏父亲明事理,一次一次压了下来。父亲写信和我摊牌,勒令我没他允许不准回家。我只好野鬼一样在外漂着。

这天晚上,郭哥没回来,父亲和我谈了一夜心。他既气愤又委屈,因为他亲眼看到了我和韩圆圆真的不在一起。

"狗日的韩三爷!"父亲骂一句。

"狗日的韩三爷冤枉人!"父亲又骂一句。

我劝父亲不必与韩家计较,韩三爷那也是急昏了头。宝贝女儿没了踪影,我哩!确实又有让人家怀疑的地方。不要紧的,韩圆圆总有回家的时候，到那时一切误会自然解除。听我这么一说，本来躺着的父亲一骨碌坐了起来，盘起腿，像打坐的和尚。他又开始一字一顿叮嘱我不可大意，说人的犯浑都是一时冲动！韩三爷那烈脾气沾火就着，万一在江城碰上，千万要跑远远的。父亲还要求我不要把地址透给任何人，韩三爷钻劲大！会顺藤摸瓜找来的。父亲坐在床上又讲了半天，另一张床上的我却不知啥时打起了呼噜。

父亲伸两下颈子，又向呼噜的源头眨巴眨巴眼，脑袋一摇："小东西，说着说着就睡着了！"

其实我是醒着的，我认为父亲对我的担忧出格了。我不信韩三爷是那种不讲理的人，可又不好生硬拦截父亲的唠叨，便装睡了，以便父亲的嘴巴尽早歇下来。父亲很快没了声音，复又躺下，父子俩各想各的心思。我想到了韩三婶飘飘歪歪的背影，以及气得失态、都快疯了的韩三爷。现在的事实证明，韩圆圆父母还是认可我的，韩圆圆不计后果地出逃过分了，压根没有考虑她娘老子的死活！我忽然滋生出一份怜悯之心，并内疚没有尽力帮助韩家寻找女儿。当晚，我的脑海里浮现的都是韩家人，我终于找到了韩圆圆，并一路护送她回了小窑堡，韩三爷欢天喜地，设宴感恩，我喝了许多酒，韩三爷仍在劝，我推挡说："三爷！我不能再喝了，再喝醉死了！"三爷……韩三爷不依不饶，恶狠狠拍了我一巴掌。

梦中的我被拍得拐个弯，就醒在了床上，原来是被父亲一巴掌拍醒的。我一骨碌坐直，揉揉眼，这才意识到自己做了一个稀奇古怪的梦，并将梦中秘密通过梦话露了出来。清醒了的我望着父亲讪讪笑，父亲没笑，他愁容满面望着我，不停追问："韩三爷把你咋了？是往死里整吗？你说说，我要找刘半仙断断这个梦。"

我安慰他："我伯伯你真操事！韩三爷正在梦里请我喝酒，你却把我打醒了！"我说了这话后，一侧身继续睡觉。朦胧中，我听见父亲反复嘀咕："梦是反的！他请你喝酒，其实就是下毒！"父亲滋了一额头冷汗，心里仿佛压上一块千斤重的石头。

第十二章

星期日这天，郭哥开着一辆面包车进了长寿院，车上装着两整箱"麦迪霉素"。郭哥把我父亲喊上车，然后直接向轮渡码头开去。

父亲回小窑堡后，头等大事并不是分散"麦迪霉素"，他首先给韩三爷送去两瓶"口子窖"，说是我特意捎给三爷的。三爷当时不在家，韩三婶没怎么客气就收下了。我父亲的心仍有点悬，好在后来韩三爷并没把酒打发回来，韩三爷可能是被"口子窖"送进了误区，认为我作为女婿已开始承认他这个老丈人了。父亲是清楚的，他深知两瓶酒带不来长治久安，但他深信韩圆圆会回家的，她常给家汇钱，足以说明她心中放着娘老子。漫漫消了那口气，她就会回来的。目前，只要暂时稳定住韩李两家剑拔弩张的形势，等到圆圆姑娘一回，是非功过自然水落石出。父亲这一手挺管用，还真把烈脾气韩三爷引上了歧途。再遇韩三爷时，三爷的牛卵子眼果然不对他翻了。就连那些爱在三爷面前搬弄父亲是非的闲人，也在瞬间完全收敛。这类人往往都是见风使舵的主，眼看韩李两家有了成为亲家的潜质，谁还去当那日后极有可能挨骂的长舌条。长舌条们纷纷掉转枪口，在韩家夸李家，去李家又夸韩家。韩三爷虽然嘴严不表态，但心里已将我父亲视为未来亲家了。

小窑堡终于因韩李两家关系的显著变化而宁静。我那颗漂泊在外的心也定了许多,我在长寿院的耍猴地界,一如既往制作着人们需要的家具。每当下班的时候,耍猴地界总是聚拢一堆一堆吹大牛的工人,只是逢"吹"必到的郭哥从此却很少来了。

不久,我又接到了父亲来信。信中的父亲说:他都不好意思开口了!三番五次给郭领导添麻烦!可不麻烦不中啊!乡下人什么都不多偏偏病多。"麦子棉絮"又是个灵丹妙药,人、畜、禽通用。这用量与日俱增啊!那个破书包又被乡亲们塞满了钱,退都退不回!咋办?成俊我儿,你说咋办?!

还能咋办?找郭哥呗!

郭哥很好找,郭哥更乐意帮忙。他不像上次那样直接用车子干了,他已学会了化整为零,然后再化零为整。反正包装班组的钥匙在他兜里,下班可以顺带,休息天也可进去拿两瓶带出来,就是领我进厂洗澡,往往也是打开车间的门双双满载而归。郭哥还给自己定了任务:每天至少偷五瓶,少了跟不上供应。五瓶是个什么概念呢?五瓶"麦迪霉素"当时价值一百五,是郭哥二十天的工资!这笔收入对郭哥的诱惑太大了,也使他不再重视其他,比如招揽木工业务所挣的那份"毛毛雨"。少了郭哥这个代理人,我的木匠业务陡然下降,渐渐到了"三天打鱼两天晒网"的地步。我可是以木匠手艺为生啊!我替郭哥江南、江北往返跑,他也仅提供给我一笔路费钱。每次送药回来,我把钱交给郭哥后,都会望着郭哥情不自禁叹气。这一天,郭哥终于救世主一样站在了我面前:"我知道你急,可我比你更急。你急在脸上,我急在心上!好在以后你我都不用急了!黄木匠转正了。已被我调入包装班,基建科那边也摆平了。"说到这儿,郭哥顿了下,一拳塞中我的胸口:"下个礼拜就可进厂里木工房了。"

郭哥说:"皮球工"虽然像皮球那样可以随时踢走,但转了正就踢不走了。你可要记住了：干满三年拥有转正资格，满五年就是非转不可。黄木匠天生一个死脑筋，否则也不会熬了五年才转正！

郭哥的话给了我一个无限向往的空间。我做梦也没想到会这么快干上工人，虽说是个"皮球工"，但也风吹不着、雨淋不着。况且三年后就有了转正资格。转正！乖乖！一转正可就是堂堂国营正式工了！铁做的饭碗啊！祖上有灵，这才是真正的祖上有灵！

木工房里没有多少事，等于养着一个闲人。工资与正式工相差无几，也是按月拿，也有礼拜天。黄木匠临走时送我一张床，床仍摆在木工房里，也就等于有了住处。住在郭哥家毕竟寄人篱下嘛！况且郭哥一结婚，自己就得搬走！朝哪搬？还往中江桥档里搬吗？不用了，再不用受那罪了。我已进了长寿制药厂木工房，成了黄木匠的工友。

黄木匠一调进包装班，郭福敏就成了大爷。茶有人泡，烟有人点……这个托卵高手找着累，别人不愿干的事全是他的。郭福敏这班长当得轻飘飘，蓦地成了厂里的明星班干，又蓦地被拔高到了车间主任的岗位上。林子大了，啥鸟儿都有了。针对众多吊儿郎当的主人翁们，郭主任用了手段，首先任命心腹黄木匠为考勤员。黄木匠成了文员，可那股认真劲儿一点没变，讲究"丁是丁卯是卯"。不管是谁，迟到就是迟到，早退就是早退，旷工就是旷工。这便把自己摆到了司炉工费广海的对面。

费广海与郭福敏同年进的长寿制药厂，也算个老资格，资格一老枪就倒扛，并对先进工作者黄木匠十分不屑。每当郭主任劝他学学黄木匠，他总是扑哧一笑："学他？菜货。"一次卫生部门来药厂例行公事,对药品原料池里的苍蝇有意见,厂长很被动,这时费广海站了出来,说:"我厂苍蝇是吃药的,又不是厕所里吃屎的苍蝇。"人家不跟他计较,却给厂里来个重罚。厂长板着脸训他,他反倒抱怨厂长不识好歹:"不是为你,我才不烦那外国神!"

费广海就是这么个呱呱叫的人物头!压根受不了黄木匠那"丁是丁卯是卯"。开始他还算尊重人,满脸堆笑向黄木匠敬烟,黄木匠推不过就接,但考勤簿上该咋写还是咋写。费广海吃了两次哑巴亏后,不再递烟了,说迟到是老子生活习惯,干活时卖些力不就中了?有了争执,去找主任郭福敏。郭主任当场支持黄木匠,费广海自愧不如人家嘴大,再违纪时便不磨牙,留一句:"记记记,看你能将老子两卵子记掉一个?"

有了费广海这个发火头,不愁没有跟风者,黄木匠渐渐心灰,恳请郭主任给换个差。郭福敏晓得黄木匠难处,嘴张了张,闭上;再张,再闭,最后还是张了:"凡事求个小差大不差中了!这考勤是吓吓君子的,费广海是不是君子你清楚。唉!别看我们长寿药厂不是很大,却堂堂国营!谁不是主人?若按一个萝卜一个坑的道理,最多用人两百,可我厂竟养了五百多口!一律的梁山好汉啊!要恁多好汉干啥?吃饭?还就是吃饭,吃饭也是社会效益!"郭主任拍拍黄木匠肩膀:"悟悟,悟悟就通了。"

黄木匠最终没悟通。一根直筋不折不扣:人蛮!怎么能睁只眼闭只眼?让贤。拿定主义的黄木匠,身披夜色,手拎两瓶"洋河"去了郭主任家。说主任我晓得你信任我,可我一个榆木疙瘩、一个菜货挑不起重担啊!黄木匠很动情,还有一种深思熟虑后的沉稳。郭福敏盘腿坐着,面色凝重,喃喃自语道:"服了你!人家求人都是向上,你倒好,拎着酒来寻找下坡的路!"

黄木匠眨巴眨巴眼,双手一捧成了个球,球和头同时冲郭主任一点:"厂里对我不薄啊,给我转了正。我这辈子都不用下田栽秧了,我做梦都没想到能有今天。可不敢拖累了厂,干不了细的就干粗的,只要是出大力流大汗的事,你郭主任尽管吩咐,哪怕是再回木工房干木匠……"话到这儿,黄木匠恍然大悟顿了下来。

黄木匠腾出木工房后,郭主任的老表也就是我迅速填了进去。郭福敏为了让我干上"皮球工",可是费了九牛二虎之力!黄木匠是知道的,知道了还要回木工房,岂不是跟郭主任作对挤我滚蛋吗?

黄木匠话锋一转:"噢!只……只要不回木工房,扫厕所都中。"郭福敏眼一亮,望着黄木匠哈哈笑,他觉得黄木匠很滑稽。他将盘在椅子里的脚放到地上,轻轻拍拍黄木匠耷拉着的肩膀。说:"你不愿向上我不能逼你,但怎么也不能让你去扫厕所。放心!放心吧!"

黄木匠当上了拉煤工,和司炉工费广海狭路相逢于锅炉房。费广海有事做了,巴不得买个放大镜来挑剔黄木匠的不是,却很难如愿。费广海正失望时,黄木匠奶奶忽然死了。黄木匠请了三天假送奶奶上山,第四天刚上班,郭主任便黑着脸来了:"黄木匠啊黄木匠!你可以了!敢擅自旷工了!"黄木匠一怔,懵懵懂懂仿佛不认识郭主任似的。

然而郭主任的怒火确有来由,就在黄木匠送奶奶百老归山时,厂里的生产受到了空前制约。司炉工在锅炉房按兵不动架着二郎腿,锅炉冰凉,制药车间因此停产。

"搞的什么名堂?"郭福敏怒审司炉工。

"没煤拿手烧?"费广海的二郎腿对郭主任颠颠。

"黄木匠呢?"郭主任问。

"是啊！黄木匠呢？"费广海耸动肩膀反问。

郭福敏差点气得憋气，说："煤堆又不是十里八里，你不能拉两车对付一下？"费广海阴阳怪气笑道："我可不敢串岗。"他确实因串岗而尝过被罚款的苦头，所以回答"不敢串岗"时，理直气壮，也喜上眉梢。直气得郭福敏跺脚围绕锅炉转圈圈。锅炉没温度，他脸上的温度却直线上升。几名曾受过黄木匠考勤气的职工也挤过来，指手画脚，七嘴八舌提意见，一双双不怀好意的目光齐刷刷刺过来，似乎在说这回看你郭主任的了。

郭主任有了压力，不得不说官场话："严惩不贷。"所以黄木匠今天一来，郭主任便来严惩，罚了他半月工资。黄木匠满脸委屈，两手伸在郭主任办公桌上方中风似抖动："我跟你请了假呀！"

郭主任脖子锈了的车轴似的转了过来："混话、胡话、谎话，你的魂跟我请了假？"黄木匠一急，肚皮一拱赌了咒，又滔滔不绝帮郭主任回忆当时请假的情景。非常具体，连办公室里酒气熏天的气味，以及郭主任趴桌边呕吐的细节都没遗漏。黄木匠说："我为你倒了茶，端了洗脸水，干完这些活后，才说了请假一事，你点头答应可以的，并接过请假条子塞进了抽屉里。"黄木匠这些话几乎是一口气倒完的，顿都没打一下，栩栩如生，活灵活现。郭主任托着下颌发会愣，又将托下颌的手移进抽屉里乱翻，自言自语："请假条子？怎可能有请假条子？怎可能……"自言自语忽然卡了壳，面部肌肉一抽："我弄他三爷，还真有你的请假条子！"

郭主任蔫了，挤出几丝尴尬笑纹，一边拍膝盖骨一边自责："喝酒误事！真误事！"黄木匠长长舒口气，一边给郭主任杯子里续水一边安慰："主任是个大忙人，忙中出错正常，纠正就是。"郭主任挠挠头，说："按理是该纠正，可这事已当众宣布过了！若……若是收回来，旁人会怎么想？他们会怀疑我受贿！至少要骂我前头讲话后头摇尾巴,这日后的工作还咋做?"

黄木匠蓦地呆了,半天方才回过神:"你跟职工讲清来龙去脉嘛!"

"讲不清!天上讲到地下都讲不清!"郭主任摇头如拨浪鼓:"现在人思想乱了,不论何事,一律往坏处想!大大咃!你就捏捏鼻子兜上吧!权当支持我工作了!"

黄木匠翻翻白眼,心一软,糊里糊涂开了口:"我想想。"见有一线希望,郭主任不失时机趁热打铁,从小利益讲到大利益,从局部讲到全盘。黄木匠脑海里终于进了糨糊,恍恍惚惚乱点头:"那……那就这样吧!"

背着一根"旷工"的冤枉梢子,黄木匠飘飘歪歪进了锅炉房,却发现原本空空的煤池里堆满了煤。费广海正拿毛巾擦汗,眼睛不时透过毛巾打量黄木匠。黄木匠盯着满满一池煤出神,表情复杂。想对费广海道声谢,却怎么也"谢"不出口。费广海讪讪笑着,一副欲言又止的样子。黄木匠不望他,目光仍落在煤池里。费广海横着步子往他这边靠,尴尴尬尬张了口:"呔!黄师傅哎!我可不是有意害你。我是不服厂里的头们,郭福敏和我一年进的厂,他混进了中层,老子还在这锅炉房吃灰!求他给老子换个岗,他说老子是个有司炉证的人才,是锅炉房的栋梁,缺了不可。"费广海的牢骚十分生动,一下把黄木匠忧郁的目光拽了过来。费广海继续演讲:"老子有司炉证反倒成了罪人!天天关这锅炉房里改造!"

"嘿嘿嘿……"黄木匠的笑脉终于通了,"你们城里人啊!就是让人捉摸不透!这烧锅炉无非按按键钮送送气,哪里不好?哪里不好噻?我来烧锅炉可中?自己拉煤自己烧,一人干两人事。你让郭主任给你换个岗吧!"费广海有点措手不及,死死瞅着黄木匠，反复追问他说的可是真话？黄木匠反复肯定着，态度坚决。费广海嘴巴皮一翘，笑了。

天上真的掉馅饼了，正好落在费广海端着的空碗里。他被幸福包裹着，心想：这可是桩愿打愿挨的工作调动，想必郭福敏再没了把自己安在锅炉房的理由。可一想到郭主任那张翻过来能讲、翻过去也能讲的大嘴，又不禁心中打鼓。他阴了一会儿，忽然露出一股匪气，红着眼睛冒大话，他知道黄木匠是郭主任的跟班，他就是想让黄木匠把他那威风凛凛的大话传给郭主任。他的大话原汁原味："姓郭的这次如再卡我，老子就用小攮子捅他，让我不好，他也别想好。"

可能出于向往锅炉房的私心，黄木匠还真把费广海的大话透给了郭哥。郭哥佯装淡定，说我办公室的门天天开着，他姓费的照来不误。尽管嘴硬，但郭哥的心却堵了一天。下班时，郭哥当众粗门大嗓叫住我："老表吔！老妈喊我俩去吃晚饭。"郭哥从不避亲，全厂上下都晓得我是他老表。郭哥当着领导，得罪人是难免的。每当与人口舌，我总是及时出现，不用说话，只冲那一站，我那一米八六的魁梧体格就让对方不敢放肆。

我经常随郭哥去他父母那里蹭吃，郭伯、郭妈已不把我看外，但我确实和老郭家八竿子打不着，没有一点亲戚关系。我是在给郭福敏做家具时，才与郭家结上缘。郭福敏只有一个妹妹郭燕，也是一个标准的独萝卜秧子。郭妈心细，总是怕"独萝卜"吃人亏，就对外宣称我是郭伯姐姐的儿子。郭伯也说我和郭哥前生是兄弟，今生才有缘聚到一起，理应相互帮衬。郭妈听了，立即笑没了眼睛，说："两个大小伙一文一武的，只要抱成团，鬼见愁。"尽管郭妈信心满满，可听到费广海要跟儿子动刀，还是发愁。我劝她不用担心，对付费广海这号人我有的是办法，明天就让费广海给郭哥赔礼。郭伯和郭妈同时松口气，郭哥却紧张起来，郭哥不想费广海赔礼，郭哥说就当费广海说的是屁话。这人无赖，不能沾，还是离远点好。郭哥要我背下把他镇住就行了。我当即表示："听郭哥的，郭哥说咋办就咋办。"

许多年后，我总是笑自己当初幼稚，不知不觉做了郭哥几年保镖。

第十三章

郭福敏在车间主任的位置上越坐越稳，已稳成了厂里的头号人物。但他偷药的毛病始终没改，这着实让我雾里看花！都当上了车间主任，咋还偷哩？！再说"麦迪霉素"已不像先前那么紧俏了，整个药品行当，早完成了由计划到市场的历程。也就是说有钱就能买得到。当着村长的父亲，再也不用因为"麦子棉絮"的紧俏而忧国忧民了。然而，父亲仍然在乡下代理销售"麦迪霉素"。原因是帮儿子忙，帮儿子的领导忙。我是按照郭哥所教的说法求父亲的：郭哥当着厂里领导，领导不像以前那样轻松了，都有了自己的销售任务。父亲对我的说法当然深信不疑。他拍拍脑袋骂一句："什么世道！这变得也太快了！"

变幻莫测的世道确不是父亲这个老村长能弄明白的，也无须明白，尽管照儿子说的办便是。他动用了一个老村长的人脉关系，努力在乡下拓展着"麦子棉絮"的销售渠道。

郭哥这边天天偷，我每隔二十天就得向老家送一趟药。起初，郭哥还给个差旅费，后来断了。郭哥让我也要学着发点小财，反正常年住在厂里，天黑以后，向东走个一百五十米，就到了包装车间。"麦迪霉素"就放在一排一排的工作台上，工作台紧挨着窗户，我个子大胳膊长，站在窗外就能轻易将"麦迪霉素"捞到手中。

这确实是个发小财的好办法，但毕竟是偷！我干"皮球工"目的是转正。一旦"偷"的名声传出去了，还转个屁？！只怕"皮球"木匠也干不成！

我如实把心中的担忧亮给郭哥，并一再强调自己天生不是做贼的料！

郭哥翻了一下白眼，猛地一戳自己鼻子："你是说我天生贼骨头？！"

我一下憋噎住了，望着郭哥讪讪笑。

郭哥没笑，反手指点我的鼻梁："嘴龇得荷花样！谁有你潇洒啊？不声不响占领了我厂木工房。你当是天上掉馅饼了吧？你知道我在背后是怎样求爹爹拜奶奶的？一要设法把转了正的黄木匠调走，这叫腾位子；二要设法确保这个腾出的位子让你坐。容易？不花钱能行得通？你隔三岔五江南跑到江北做生意（送药），厂里不是照样发你工资？你的本事？还不是我的面子。我的面子哪里来？钱换来的。钱哪里来？卖药挣的。循环，这就叫良性循环。你的'环'还多着哩！一环扣一环。转城市户口，转正式工人。没有钱你转转看？你生双大眼看着黄木匠转！"

郭哥的牢骚像连珠炮，轰得我一愣一愣。愣着愣着就觉得自己比郭哥矮。是啊！郭哥说的是啊！郭哥的班长一职，是三只老鳖立下的功劳；郭哥由班长到主任这段路可能就是钱铺的，包括自己木工房的位子，恐怕都是偷药偷来的！这社会跟高中老师教的完全不一样啊！木工房里的我有了烦恼，常常盯着屋梁出神：郭哥怎么这样了？怎么能教唆我做贼呢？郭哥是围棋高手，不会是想把我围住坑一顿吧！可再一想郭哥平日里的点点滴滴，我又打消了这种顾虑。郭哥虽然心眼多，但绝没有坑我的必要和动机。思前想后，我的心儿变成了随风颠簸的小船，一会被埋进水里几乎窒息，一会又露出浪尖看见阳光。

权衡一番利弊后，我还是听了郭哥话。一有机会便将长胳膊探向包装车间的工作台。太简单了，跟探囊取物一模一样。厂里的保卫科就是个摆设，有一次，正在"探囊取物"的我突然撞上一个巡视的厂警。我的腿当时就软了，正待上前求饶，那厂警却将脸转到反方向，佯装什么也没看见，然后照直不打弯走自己的路。这委实给了我一个莫大的鼓舞，也怂恿我的偷瘾越来越大，一天不去"探囊取物"就不踏实，就觉得一个任务没有完成。不偷不行啊！郭哥说了："死头脑子黄木匠熬了五年才转正，榜样放在那！你李木匠只要听话鬼捣鬼捣花些钱，三年也能转。钱？不挣钱不中。"

偷来的钱财也能壮胆！我渐渐开朗得像个城市人了，比正式工黄木匠的精神还要开朗。黄木匠是个念旧的人，常来他发迹的木工房转悠，一副功成名就的样子，如老干部视察革命老区那样踌躇满志，动不动就用"爬雪山过草地"的亲身经历鼓励我，还祝我早日转正。他说："你比我有优势，有郭主任这棵大树撑着，你转正的事要不了五年。"凡事都在人为，凡事也都是人做的。我的嘴巴虽跟他谦虚，但内心已被开导得足够辽阔、亮堂。我就这么和他相互奉承，很快成了铁杆。

这一天，黄木匠拉着费广海一道来了木工房，七个八个陪我穷扯，后来扯出一个正题：那就是求我去表哥郭福敏那里捅路子，以助他们早日圆了"愿打愿挨"的梦想。

我肩负重任去找郭福敏，郭哥的态度就一个字：行。但后面又加了几百个字，字字冠冕堂皇：捣锅炉可是个特种行业，就像特务，没经过严格训练不成，拿不到司炉证不成。锅炉操作不慎会炸的！一炸全厂都要报销的！一听后果如此不堪，我的心先凉了半截。郭哥瞄了我一眼，说："这样吧！你让费广海尽快将黄木匠带出师，我再找个机会送黄木匠去劳动局镀下金，黄木匠就有证了。"

天大的喜讯空降了锅炉房，激动得黄木匠语无伦次。费广海的态度仅两字：喝酒。

酒场摆在黄木匠家。黄木匠在江城本来没有家，是用几年的木匠积蓄在近郊买了两间旧平房，虽距长寿药厂四公里，但骑车也就十五分钟的事。黄木匠的家有点旧，但拾掇得清清爽爽，堂间和房间隔着个布帘子，有淡淡的兰花香气从房间渗出来，一看就知黄木匠是个家藏贤妻的主。遗憾我和费广海这回没能见到贤嫂，贤嫂英子早晨回了乡下老家。英子没有正式工作，在家里替火柴厂糊制装火柴的盒子，多糊多得，不糊大不了不得，因此她的时间分配相当自由。约二十平方米的堂屋，几乎被英子糊盒子的工作台占了三分之一，另三分之二被灶具、饭桌以及各色必须杂物悉数占领。黄木匠在灶台上手慌脚乱忙，我和费广海绕着平房前后转悠。房前屋后各有闲地六七十平方，都种着碧绿的菜。费广海忽然冲着菜地一瞪眼，像是和菜地有仇似的："都说黄木匠菜货，果然是个菜货！前后这么好的空地，盖房子多赞！一遇拆迁可就是不得了的钱！他种菜？菜货！菜货……"

费广海不改平常的大嗓门，引得隔壁住着的一对夫妻探出了脑袋，可很快又缩了回去，双双侧立门洞内向这边的两条大汉张望。那男的生副三角眼，一脸横肉。女人普普通通，看不出有何特点。因为有人注视，我就劝费广海小声点，这里不比厂里，多少得给黄木匠留些面子。费广海不再吭声,摇头晃脑领着我去别处转。我看见那对夫妻已站到门外,盯着我们不眨眼。

吃晚饭的时候,黄木匠穷尽了地主之谊,一个劲地劝吃劝喝。酒过三两,费广海又提了房前屋后的空地。又拿"菜货"一词形容黄木匠。黄木匠就叹气,就闷着头向我们诉说了一个比黄连还苦的苦衷。

隔壁三角眼家的房前屋后也有这么两片地。前年,三角眼老婆闲不住,在两片地上开了荒,种了菜。黄木匠说你那两块地巴掌大,我这前后两块闲着也是闲,你不如也开出来多种些,日后还我就是。三角眼老婆满口应承啥时要啥时还。黄木匠转正后,英子跟了过来,刚进城的英子看啥都新鲜,尽管环境陌生,但有丈夫黄木匠在,她不怕。她小鸟依人那样天天早晨伫立门口目送丈夫上班,傍晚又靠着门框盼夫归来,晚上睡觉,总是抱着黄木匠的一条胳膊贴得很紧,好像把自己的将来都贴在那条胳膊上。贴着贴着,英子便有了身孕,黄木匠在高兴的同时又感到肩上的担子重了许多。想到即将诞生的娃儿,黄木匠就有了盖个厨房壮大家业的计划,他过去跟三角眼家协商退地的事。不料隔壁两口子的眼同时一瞪:"什么什么?这大白天的你说什么梦话?你只在我们村里买了屋,前后的地你又没买,再说这地可是我一锹一锹开出来的……"起了争执,公讲公的理,婆讲婆的理。黄木匠去找派出所,干警说人民内部矛盾找村委会。村主任来找三角眼,见三角眼瞥来一束蔑视的目光,女主任就晓得对手的蛮横至今没改。苦口婆心讲了一大堆,换来的却是三角眼一通恼火:"我说大主任!你可不能拿人的手软、吃人的嘴软……"

人微言轻的主任就这么窝了一肚子气,临走招呼黄木匠上访去。

有了村主任这颗定心丸，黄木匠心中由菜地里吹来的阴霾一扫而空，他肚皮朝天斜卧在床上，巴掌对着站立一侧打听风声的英子挥挥：烧锅，烧锅，菜地或麦地的事都不是你的事。英子不好打听了，一心一意整出三个菜给丈夫喝酒。第二天，黄木匠去了区信访局，挺紧张的，他的苦水都是在信访局长的循循善诱下断断续续倒出来的。

局长一个电话挂到村委会。女主任再见黄木匠时露一脸爱莫能助的表情："我说黄师傅，这硬货非派出所啃不动啊！你得要求局长给派出所挂电话，给我挂还不是等于没挂？"女主任要黄木匠直接往局长家上，说有些事在家里处置更有效率。黄木匠想想也是，向主任咨询去局长家是否要烧烧香。女主任脱口而出："你问我这个就菜货了！其实你把空地让别人种就已经菜货了！"

黄木匠迷迷糊糊回到家，脸不洗，脚也不洗，又斜斜地卧到了床上。自从转正后，他已养成了这么个习惯，只要进门，十有八九对床上一歪，然后抓着遥控器选择电视台，碰上好看的节目就看，没有好看的就微闭双眼养精神。洗衣做饭、抹抹扫扫的事都归英子。如果他不开电视机，且歪在床上睁着眼瞅天花板，说明心中一定有事了，至于好事还是坏事，英子不用问，看一下丈夫的脸就知道了。现在，英子已猜到丈夫今天的攻关不顺。可丈夫没有说不顺，只摇头抱怨跑了多少多少路。英子就叹气，却不好当面驳他。丈夫乃堂堂国家工人，是她的主心骨，是整个家庭的脊梁。在这个家里，她已养成了夫唱妻随的习惯。

星期日这天，深思熟虑后的黄木匠去了局长家，局长在家门口散步。见黄木匠来了，局长装作没看见的样子眼光一掠便飞了。可听见黄木匠怯怯地叫他时，又显得和蔼可亲："你好你好！小黄。"黄木匠拧紧的思绪缓解不少，再说事时就从容不少："又麻烦你了局长！那菜地……"

"你真有干劲！都摸到我家来了！"局长瞄瞄黄木匠拎着的一嘟噜礼物："你这样大包小包拎着，我反倒不敢让你进家了！"局长真没让黄木匠进门，但很耐心地向他宣传了一组有关房屋买卖的法规。农村的房子没证，只能供村民自住，如有买卖便是违法。局长最后拍拍黄木匠肩膀："小黄啊！明白我的意思了吗？这事只能靠村里干部协调啊！"

黄木匠再歪到自家床上时，电视没开，眼睁老大盯着没声音没图像的屏幕发呆。英子像早已料到这个结果似的，挂一脸胜不骄败不馁的神态。她对丈夫说："算了算了！就是没有那个法规，结果也是一样的。你想想，一个堂堂局长会为了你那个芝麻事出头露脸？村主任的话没谱哩！她动动嘴，你跑断腿！你跑赢了，她出了口三角眼拿村主任不当干部的恶气；跑不赢，她至少也踢走了你这个缠人的皮球。"

这可是英子婚后首次跟丈夫唱对台戏。黄木匠不由自主打个激灵，盯电视屏幕的目光拐个弯盯到英子脸上，嘴巴张了张，却没能说出声音。但他心里还是不服，更不信漂漂亮亮的女主任是个踢皮球的人。第二天，黄木匠专门请了假，首先去了村委会。找到了女村主任，原原本本把昨天局长传授给他的那个法规陈述一遍。女主任正儿八经听着，然后开始眨眼睛："你讲的是法律知识哎！我还真的不大懂！给你指条路吧！你搭三十路公交，三牌楼下，然后直走一百步就是赤诚律师事务所。"

老实巴交的黄木匠上了三十路车，三牌楼下，直走一百步果然有个赤诚律师事务所。律师的建议和那局长如出一辙。黄木匠自此彻底断了对两块空地的梦想，也从不提及。今天说出来，只想在工友们面前证明自己不是菜货，而是磕掉门牙往肚里咽的那种深度无奈。

黄木匠的无奈像把锋利无比的锥子，扎得酒至微醺的费广海呼噜一下站得笔直。他一巴掌拍在桌子上，震得酒杯、碟子，还有黄木匠统统一跳。我的眼也被怒火烧红，但要比费广海冷静。我劝费广海先忍忍，伸手不见五指的夜晚，确不是操事的时候，反正这事没完，后天就是星期天，再来找那三角眼好好理论。费广海一字一顿从牙缝里向外挤字："理论个啥，打！一个菜鸽子（菜农）也敢啄人？"

星期日这天，费广海真带来三个陌生人，加上我，一行五人浩浩荡荡。费广海昂着头，三个陌生人横着眼，我流露出一身正气。费广海冲黄木匠挥挥手，算是招呼了，然后一言不发领着我们四个人在屋前屋后转悠。这时三角眼夫妻正在栽菜，大概知情不妙，佯装什么也没看见，只顾埋头干活。费广海终于在地头一站，冲那对夫妻一亮嗓子："来来来，我们是政府的，专门来解决你们的菜地纠纷。"一听"政府"两个字，三角眼反而一跃而起，一个箭步蹿过来："我管你们是哪级政府的，我只晓得菜地是我的，你们……"

啪！这边蹿出一条横眼汉子，照嘴甩了三角眼一巴掌，这个嘴巴实实在在，扇断了三角眼滔滔不绝的牢骚。三角眼直打趔趄，蒙了："咋？咋咋？政府的咋打人？"

"这事还用政府？"横眼汉子又一抡胳膊，三角眼的脸爆出第二声脆响。横眼汉子始终面带微笑，仿佛不是在打人，可眼窝里冒出来的森森杀气却令三角眼不寒而栗。三角眼明白这回遇上硬茬了。他捂着火辣辣的腮帮子，怯怯后退。可那横眼汉子又似笑非笑地逼了过来，森森地摆一副置他于死地而后快的架势。三角眼的小腿肚弹起了土琵琶，两个眼珠子滑溜溜地四下求索，居然看不见一个乡亲。他彻底软了，哆哆嗦嗦直朝老婆身后钻。那女人反倒显示出大丈夫气概，一步跳到三角眼前头，双臂张开拦住横眼汉子，连声说："兄弟息怒，息怒，有话好说，好说！"

以后的话果然好说多了。黄木匠家屋后竖起来的小厨房就是明证。从此黄木匠开始在这一带扬眉吐气，进村和出村的脚步比先前重了许多，像打夯。费广海和我也理所当然成了黄木匠家常客，渐渐都和英子熟络了。英子热情大方，颜值可与郭主任的妹子郭燕媲美。背地里，费广海总是这样评价英子，说英子会治病，专治阳痿，无论多严重的阳痿患者，只要瞄一眼英子就不阳痿了。费广海如此崇拜英子，这便注定要发生后来的故事。

第十四章

黄木匠摆了拜师酒，就摆在锅炉房。烧锅炉就像开汽车，最忌讳喝酒，但师傅说能喝便是能喝。我是证人，亲眼看见费广海摆足了师傅架势。他叮嘱黄木匠好好学，他一定贴心教。一旦司炉证到手，便是人上人了。脏是脏点，但自己管好自己就中，自在。我也捧场：这也是一桩手艺嘛！荒年饿不死手艺人。

黄木匠有些飘了，死喝！酒精上头，话也大了："我图的是个自在。其实搞锅炉不难，又不是搞原子弹，关键是水位要保证，气压不能超。就是大意把气压烧高了，炉子也炸不了，安全阀不是吃素的，它会嗷嗷叫着自动排压，动静大得像火车，司炉工就是睡死过去了，也会被它吵活过来。再把风机一关、炉门一开，三分钟内安定。"

黄木匠就是这么个人，酒前和酒后完全两样。酒前讲话疙疙瘩瘩，酒后张嘴反倒顺溜许多。费广海不说话，阴在那里若有所思。黄木匠一看师傅表情不对，一下清醒不少。他谦卑地站直，一边冲费广海哈腰，一边给他斟酒。脑壳却斜成四十五度找我说话："兄弟哎！老哥今天的小成就全托师傅教得好！"拽拽我的衣袖，"咱哥俩一道敬哈子我师傅。"

费广海果然是个抹顺毛的货。他笑了，话也问得像个师傅样："搞锅炉有三要素，你只讲了水位、气压两个，还有一个呢？"黄木匠先翻白眼后摸脑袋瓜，语塞。

"排污。"费广海似乎对徒弟的粗心大意不满："记好了！三要素缺一不可。锅炉的'锅'字和'祸'字只差个偏旁！大意不得，锅炉一炸全厂报销！"黄木匠连连点头："记住了！记住了！排污就是把锅炉屁股上的闸阀拉开关上，再拉开再关上，反复三下，以排掉锅炉肚里的污水。"

费广海没肯定也没否定，身体上的各个部件仿佛都在瞬间凝固，呼吸也憋住了。约莫过了三秒，有了动静。一串清脆的"呜呜"声由费广海的屁股处冒了出来。我和黄木匠忍不住笑了，费广海用筷子头一本正经直点黄木匠："有甚笑的？这就叫排污。"说完嘴一咧，炫耀道：黄木匠今天的成就，完全得益于他的形象教育法。黄木匠今生如再把排污忘了，只能说明脖子上扛着个猪头。

黄木匠有点不悦，勉强挤个笑脸应付场面。费广海不在乎徒弟情绪，倒是关心徒弟前程。他把目光集中到我身上，说："我这徒弟不笨哎！进步快得火车追不上，能独立了！完全能！就差个证了！"费广海把干了的杯子对桌上一磕："就看郭主任的了！劳动局的司炉工培训班，年年办。只要郭主任开恩把黄木匠送进去，一个月,根本不用一个月零一天,司炉证十拿九稳弄到手。"

一个月后,黄木匠如愿以偿拿到了司炉证,费广海却不再提换岗事了。黄木匠不但能干且肯干,他几乎包办了锅炉房里的所有事。费广海成了货真价实的甩手掌柜。一甩就是几个月,领导不找他,他倒要找领导的麻烦。锅炉用的煤都是煤贩子送来的,煤贩子不止一个,用谁不用谁的煤完全厂长说了算。费广海虽然左右不了煤炭买卖,却在煤炭质量的认定上相当有一套,他抓一把细煤一捏成团,再将巴掌平展开来,他通过煤的散开过程和煤炭的色质,就能估摸出此煤的热值是多少多少大卡。煤贩子要想把孬煤卖出好煤的价钱,先要过了费广海这一关。关把严了,他自然成了煤贩子们心目中的能源大臣。他说质量行就行,他说不行厂长也不好说行。煤贩子只好给他烧香。"香火"滋润着费广海,也使他乐意混迹锅炉房。

转眼间又混了一年多,领导仍没找他,但却召开了全厂职工大会。第一批下岗风就这么刮来了。没有什么转岗不转岗,只有下岗,下一半。人人自危了!亲情友情都在这激烈竞争中不复存在。黄木匠庆幸自己及时捞到了司炉证,这便有了竞岗的优势。凭表现和在领导心目中印象,他深信费广海不是对手。费广海很后悔,骂自己不该教导黄木匠走上烧锅炉之路,真是搬石头砸自己脚啊!真是教会徒弟饿死师傅啊!但费广海不服气被徒弟挤走,他决心放手一搏。眼下他正谋划着对付黄木匠的有效办法。

我的紧迫感比谁都强,正式工都要下岗,我这皮球工还有啥说的?唉!刚刚有了点希望就起了变故!命!苦命!我躺在床上思谋后路,觉得自己是世上最倒霉的人。

下岗之风越刮越烈,曾在黄木匠考勤簿上"驻过点"的"好汉们"大多都在下岗之列，从这一点来讲，一些"好汉们"饭碗被砸确实与黄木匠有关。费广海害怕丢了"能源大臣"的日子，一门心思挑选黄木匠污点。黄木匠曾经造成全厂停产的后果无疑是最著名的污点。抓住这一点，费广海找了厂领导，说："造成全厂停产的责任人不下岗，我也不下。"加之死在黄木匠考勤簿上的"好汉们"一附和，黄木匠就这么率先成了下岗工人。

黄木匠觉得窝囊，天天歪在床上想心思，陪坐一旁的英子心思好像更重，她做梦也梦不到体制会改，堂堂国家工人也要下岗，但现实就是这么无情地摆着。黄木匠真能歪，一连歪床一个多月，脸上原本白里泛红的颜色歪得蜡黄，两眼无神，像死鱼眼那样白的多黑的少。英子渐渐有了二话："这家是我一人的呀？洗呀涮的都是我！该的？"黄木匠恍然醒悟，歪床的时光减了一半。渐渐地洗呀涮的也干得风生水起。但是不照，英子得寸进尺，说："一家三口，加上你大你妈五张嘴！牙齿敲敲一大捧哎！我不吃饭中，可老的小的咋办？"英子的二话越说水平越高，"你那几个下岗生活费管哪门子经？你再不想办法，我就得想办法了！洗头城正招小姐哩！"黄木匠一激灵，歪床的习惯彻底改了。他急得到处乱窜找事干，却始终没窜出个玩意头！最后鬼使神差跟着一远房亲戚学了擦背工。

长寿制药厂的首批下岗工各奔东西了，但基本生活费都还在厂里拿，这便注定彼此每月仍有一面之缘。见面时，大家脸上都洋溢着幸福的笑容，春风得意地声明自己现在的收入是原来的几倍几倍，仿佛下了岗正好使他们得以开脱。这些大话，尚在司炉岗位上端着铁饭碗的费广海不爱听。他喜爱炫耀自己的长处，他的长处众所周知："嘣嚓嚓"（跳舞），三步、四步都赏心悦目。一进舞场一大堆女青年求他带哩！黄木匠老婆英子虽说进城不满两年，但已进化成半个城市人了。她天生一副窈窕身材，这身材在农村挑抬不中，但进了城市的舞场却是天生我才必有用。起初，她只跟教她跳三步的两个姐妹跳，根本不敢让男人搂她腰，可时间一长尤其认识费广海这个舞伴后，她的思想便渐渐跟上了形势。英子平时很少去长寿制药厂，偶尔去了，总能引起工人们远远近近地围观，还远远近近地感叹，他们感叹黄木匠艳福不浅，也感叹英子一朵鲜花插在牛粪上。这就令经常搂着英子跳舞的费广海倍感骄傲，一骄傲嘴巴便没了把门的。于是同事们都晓得黄木匠老婆英子和他合跳的舞潇洒、飘逸。面对人们神头鬼脸的表情，黄木匠很不自在，有时难堪得简直想找地缝钻。

第十五章

英子不上班，火柴盒也带糊不糊的。她喜欢跳舞，看舞伴比看丈夫顺眼，这舞伴偏又是黄木匠竞岗时的对头费广海。黄木匠央求英子："你跳舞我不反对，只求你撇开费广海另找对子。你不晓得熟人风言风语多难听！"英子不在乎："费广海怎么啦？又不是特务。不是人家，你家的厨房还挤在堂间哩！"

黄木匠一憋噎，怔怔瞥瞥后门口新建起来的厨房，头一耷拉，咕咚咕咚吞咽着满腹乱拱的辛酸。

说服不了英子，黄木匠肚子天天是满的，动不动抱怨她："跳舞，跳舞，除了吃饭你就是跳舞。"英子先不吭声，老讲老讲就吭了声："幸亏你是个擦背带捏脚的东西！要是做官做府还有人日子过？"

黄木匠的脸皮立马白变青、青变紫，哆哆嗦嗦一张嘴："好好好！我让你！"

出了门户的黄木匠漫无目的地撞，就鬼使神差撞进了"万诚酒店"。此时的黄木匠看得很开，心想：挣钱给英子邪花还不如自己花。黄木匠决定拿钱出出气，可登记的一刹那又视钱如命。

"请问住一晚的价钱？"

"有八十的。"

"还有哩？"

"有四十的。"

"那……那还有吗？"

"没有了。"

黄木匠眉一皱，不知不觉走了出去。大街还是繁华的大街，男男女女花花绿绿。这时，花花绿绿的英子又浮现于眼前。黄木匠就骂自己出息不大，没头苍蝇一样又折了回来，眼一闭，开了个连住三天的标间。去餐厅吃饭时，那女人一眼识破是个吃自助餐的主，涂了口红的两片唇一启："十八块。"

"有孬点的吗？"

"孬到底了。"

黄木匠脸一红，正掏零钱的手突然转向内衣，拽出一张百元大家伙，哗哗一抖。

黄木匠有了一份自助餐，一吃方知饭没热气菜没热气，便吃出一脸牢骚。刚吃一半，一教师模样的人拍了他的肩，指指已散了人的邻桌："师傅！我桌上的牛排几乎没动，端来吧！"

黄木匠没谢，隐隐觉得被那教师扇了一嘴巴，木讷讷嘀咕一串谁也听不清的话后，一股劲点了几个高级菜，大口大口吃。一吃三天，荷包的六百块吃光了。

起初有点心疼，想想也就算了，该哪去还得哪去。穿街过巷来到老地方，"喜得贵族浴"的服务员们直蹦，纷纷把擦背工来了的捷报电告那些常年客。这个洗澡的地方设施一流,但若少了擦背工这个软件,"贵族"们也不来或来了又走,可见黄木匠所演角色非同小可。

首先被电话喊来的是郭福敏——黄木匠的老领导。黄木匠倒霉下岗后,厂里的变化很大,保卫科王启东科长当上了厂里一把手,郭福敏也被提拔为分管供销的副厂长。

郭副厂长腆着肚子颠进"贵族浴",见黄木匠点一个头,黄木匠还他两个,然后咧咧嘴随他进了八号间。郭副厂长对黄木匠不薄,觉得干主任时对不住人家,把他不明不白整下岗了。在黄木匠看来,郭哥哪儿都好,就是懒。不仅喜欢按摩、擦背,连身体也要别人洗。他常给黄木匠小费,很大的小费。大到什么程度,完全取决郭哥当日心情。郭哥今天心情颇好,黄木匠也平添了一笔精神财富。

郭哥先脱上衣后松裤带,冬瓜样的身体向后一压,床"吱"一声托稳他。两条粗腿顺势冲黄木匠一跷,黄木匠趋前一步,分别捉住悬在眼前的两只裤管,轻轻一拽,郭哥便脱离裤子的束缚。光溜溜地站起来,双臂缠绕胸脯,上下牙咯咯一磨,说一句:"好冷的天!"直朝浴池钻,然后死鱼一样在小池子里一睡笔直。

黄木匠上岗操作,有条不紊,井然有序。郭哥也不含糊,该肚皮朝天时朝天,该大马趴时就趴着不动似胖鳖,相互配合得天衣无缝。临了,黄木匠特别在郭哥裆部抹了两遍。郭哥怪!始终认为那零件贵重,又极易染脏,要求黄木匠加倍关照。久而久之,黄木匠习惯成自然,总不忘在那物件上多摸摸。直至郭哥感觉良好,才愿上床接受按摩。给郭哥干这活向来没有时间界限,什么时候睡熟什么时候算歇。至于时间长短,郭哥自有一本大账。这大账也是他付出小费的重要尺码之一。所以黄木匠盼他天长地久睁着眼。可人总有睡着的时候，眼下的郭哥就发出了沉沉的呼噜声。黄木匠挪脚去了吧台，购得一条红色新裤衩，对着郭哥裆部一铺，那个明目张胆袒露着的东西不见了。黄木匠坐下来，瞅郭哥睡姿出神，那四仰八叉的姿势极随意，鼻尖有层细密的汗珠，嘴巴半张半合，似笑非笑，狡黠，警觉，令人捉摸不透而心生敬畏。

一觉醒来的郭哥容光焕发，出手便是一张"老人头"。这对身无分文的黄木匠来说无疑雪中送炭，也诱得一个月才挣三百至五百的服务员们眼冒红光。黄木匠蓦然高大，目光里饱含一种人人平等的幸福。

"黄师傅开业大吉哩！"吧台里送来一句奉承。

"也不吓人，就百把块。"黄木匠装作满不在乎，可眉宇间显然溢满得意的神情。他瞧一眼吧台，那女的正冲他笑。黄木匠陡生一股豪迈，哗啦啦一展"老人头"："我请客，请你们吃酸葡萄。"黄木匠很懂娘们味口，请得十分对路，可娘们个个按兵不动，好像酸葡萄也不咋样似的。黄木匠很失望，很没面子，便盯住唯一的男性："王疤子，你跑哈腿。"因为自己出钱，所以指使王疤子的口吻很有大家气概。王疤子十分反感，脸一板："我又不吃酸葡萄！"黄木匠的脸唰地比酸葡萄还要红，自己给自己找台阶："不吃就别怪我舍不得了！"

按兵不动的小娘们开始起哄，一致推选王疤子请客。说他独一个站着撒尿的，眼下的酸葡萄又不是太贵，买两斤大家尝尝噻。王疤子赖不过，掏出五角钱冲娘们晃："买斤把够了，不就四个人吗？"娘们不嫌少，笑咯咯接钱朝外颠。黄木匠无法坐得住，孤单单去了别处。他气伤了！人家怕沾他，仿佛他身患重疾。尤其王疤子那句胀肠子话："买一斤够了，不就四个人？"明明五个人呀！难道我不是人？

黄木匠甩墙一巴掌："没意思！干这贱活真没意思……"黄木匠还打算甩墙一巴掌，却被边上急促的电话铃声拉住。抄起话筒一贴脸，吧台小姐的话语直朝他耳朵里灌："恭喜发财了黄师傅，十号包厢有请。"黄木匠没搭话，痴乎乎盯着话筒出神，嘴里唠叨："不干了！给成千上万的钱也不干了！"

黄木匠失神落魄地站起来，拧开门失神落魄地走了。

走出"贵族浴"的门，不知下了多久的冷雨正恭候着他，雨点不大，却使他打了好一阵哆嗦，他真真切切感受到了外面的冷，也忽然间觉得世上还是家里好。他一步一步向家的方向走去，到了。英子正手扶门框朝这边望，黄木匠心窝窝蓦地一热，只当她和当年一样依门盼夫归。黄木匠忍不住利用假咳吸引英子目光，英子果然望见了他，但仅一眼便鼻子一翘缩了回去。黄木匠望望已关上的门并不难过。女人就是这么个东西，再错都不认错，再虚面上都硬得像肫。算了，男子汉弯弯腰算了。黄木匠弯腰翻出一串钥匙对号入锁，门开了，他低声下气地走近英子。英子靠床上声色不动地织毛衣，见丈夫面对自己龇着嘴，仅翻眼瞅瞅他，没有一点答他啰唆的征兆。黄木匠有点尴尬，默默靠到墙上，想说点什么，偏又不知由哪下嘴。英子眼皮一耷，不瞅他了，心无二用织毛衣，脸面冰凉。黄木匠瞪瞪眼，肚里就渐渐窝上气，前门后门来回颠，颠过来五步，颠过去还是五步。就由着腿颠了出来，他在蒙蒙细雨中前前后后转圈圈，转着转着就看见费广海打着雨伞从那边走过来。费广海边走边盯着他家大门洞不眨眼，走到黄木匠身边才吃一惊："哟！哟！你回来啦？"说了这话才知道这话说得外行，正欲做些补救，黄木匠先发制人："去哪哩？"

费广海回过神，心里话："都到了你门上，还能去哪？"不卑不亢回一句,"不去哪。"

　　黄木匠不冷不热"唔"一声,仍没有请他屋里坐的迹象。这时门洞内探出英子头:"还当哪一个!来来来,来喝一盅。"碍着黄木匠,费广海有点进退两难,装模作样看日头:"早早的天,都吃饭了!"英子食指戳得表壳笃笃响:"早?差十分十二点,做贼还早。"

　　费广海乜斜着黄木匠,期待黄木匠挽留他,这样要自然些。但黄木匠偏偏不表态,脸上有雨丝蚯蚓样乱爬,映衬得那张阴沉木一样的脸格外难看。费广海站那里进亦难退亦难,这时英子又站门外嗲嗲地招呼,费广海顾不得许多了,头一扭自顾自进了门洞。厨房里飘出说笑和炒菜的声音,气得门外的黄木匠一鼓一鼓,巴不得找颗手榴弹直接扔进去。

　　那浪浪的说笑声,就像一把刀子乱扎黄木匠心脏,他垮了,不顾细雨淅沥,直接瘫地上抽烟,越抽气越足,于是脚一蹬站起来,对准厨房嚷起来。尽管极力装得轻松、大大咧咧,但那音调还是因为羞愤交加而显得不伦不类、古里古怪。

　　"烧好了?"

　　厨房里头没反应。

　　"菜烧好了?"黄木匠补一嗓子。

　　门洞里这才探出英子头:"酒和菜都放在桌上,就你蹲外头。"

　　黄木匠伸下脖子,狠狠咽口气,虎虎地没入了门洞。一声闷雷在门外炸响,隆隆地滚向远方。少顷,大雨如注,密集的雨丝疯了般抽打着玻璃,玻璃上形成的瀑布蓦地将清朗的窗外变得模糊起来。黄木匠将无精打采的目光由疾风骤雨中收回,头脑好像被抽空。桌子上纹丝不动放着几样大菜,坐对面的费广海主人似的吃喝,反倒关照黄木匠多吃些。

酒香菜香，黄木匠吃得却不香。

　　"排骨甜了。"黄木匠找排骨茬。

　　"甜就甜吃呗！"英子口气平淡。

　　"麻辣鸡丝咸了。"

　　"咸就咸吃呗！"

　　"大鲫鱼哪是这路烧法？"

　　这回英子瞪了眼："就你也拣三挑四的？先照照镜子呗！馆子里烧的好你再去就是。"

　　黄木匠的嘴巴猛一张，像个黑洞，牙碰牙地挤出一句话："好好好！这回老子真让你。"黄木匠跟跟跄跄跑进房间，把柜子和箱子好一顿乱翻，边翻边嘀咕："走了！走了！让你让你……"黄木匠的嗓子哑哑的，像在渗血。费广海讪讪过来拉，但黄木匠还是拎着个大包坚持说："走了！走了！"不知是招呼英子，还是和拉他的费广海告别："走了……"

　　雨越下越大，埋进雨里的黄木匠晃晃悠悠的，一会儿望天，一会儿看地。像个刚从精神病院偷跑出来的疯子，形单影只在凄风苦雨中毫无头绪地奔走，不看路标，不分方向，引得路上行驶的大小车辆统统小心翼翼应对这个恍恍惚惚的人。人们看到，一个灰色的影子在昏天黑地的雨幕中越飘越远，那柄罩在头顶的绿伞左右摇摆，像污水沟里一片半死了的荷叶。

　　受了英子一个窝囊气，黄木匠铁了心不干擦背工了。她清楚英子拿他不吃劲，主要是因为他的工种。当年他在长寿药厂木工房时，英子就不是这样的。那时英子围绕他转，几乎天天把他捧着。自从下岗干了擦背工，英子的态度就转了一百八十度。黄木匠没想到进入擦背行业会招来这么多屈辱，外人小瞧也罢了！可内人也看不起！这个行当还能继续干吗？思前想后，黄木匠决定跳槽。其实刚下岗的那会儿，他就有重温木匠的想法，也试了，但难度很大。七年前他是个呱呱叫的木匠，七年后再干却发现今非昔比！养活人的国营药厂木工房，已将他木工技艺养报废了，除了养一身肥肉，当年艰苦卓绝磨炼出来的木匠绝活，已原封不动还了师傅。颇有自知之明的黄木匠不敢献丑，加之亲戚怂恿，把擦背工的好处说得天花乱坠，他也就稀里糊涂入了行。现在终于发现此行当极伤自尊，他实在受不了，决定退出江湖，永不回头。干木匠去！毕竟基础在那，操练一番照样还是呱呱叫的木匠。

黄木匠跳槽去了辉煌家具厂。早在长寿药厂享受风调雨顺日子的时候，我常带他去老乡吴大头的家具厂玩，他也就和吴大头混熟了。当时黄木匠喜欢拍吴老板肩膀称兄道弟，下岗后就自卑得不敢拍了。每每比较吴大头，黄木匠就叹气："人家是木匠，我也是木匠，可我咋就这么倒档哩？"

家具厂里的木匠共分两个组，每组六个人，实行以组为单位的计件制，多劳多得。好家伙！那些木匠也不知从哪找来的，个个拼命三郎，铁人似的！天没亮起床，几根油条一吞，就打赤膊干上了，这么热的天，中午也不歇一会，碗一丢就干，那汗真跟撒尿样的。晚上不到十一点不收兵，收兵后淋下自来水躺倒就睡，睡得着醒得快，早晨六点钟呼啦啦都起来了！天天如此啊！天天都干十五六个钟头，穿着裤衩干。呼哧呼哧的锯子声，伴随哧啦哧啦的刨子声掩盖了一切，主导了一切，干活的木匠们似乎将世间的一切都忘到九霄云外，脑子和心里仿佛只有手头上的活。黄木匠咬牙切齿坚持到第四天，终于在第五天的中午热昏了过去。黄木匠坦言：若不是同行们照顾他干些最轻的活，这昏倒命运肯定得提前三天。干不下来！真干不下来！也不好意思往下干了，他自家晓得自家，他的效率真不如同行们的一半！人家挣的血汗钱啊！他没脸再拖人家后腿了。

黄木匠苦歪歪向吴大头"打退堂鼓"。吴大头看他确实是个老好人，摇头晃脑问他可有去处。黄木匠苦歪歪回答没有。吴大头说："没出路就留下来吧！平常烧饭都是两个班组轮流来，你就在这儿先当个职业厨师吧！"黄木匠说不出话，泪水老在眼眶里转圈圈。

黄木匠烧锅燎灶还是中的，顺手得很，不知不觉烧到手一个整月的工资。手中有钱心中想家！也该想了，他已三十多天赌气没回家了！三十多个日日夜夜早消磨了英子加给他的怨气，也使他对英子的牵挂渐渐复苏。牵挂之余，他莫名其妙恐惧起来。他恐惧家庭坍塌，恐惧和英子的婚姻折断。这恐惧又在瞬间化成一股拯救家庭和婚姻的力量，督促他义无反顾来找我。他清楚我在英子心中的分量，他想让我从中劝劝英子。他现在已不干擦背工了，想和英子重过往日的宁静生活。

黄木匠轻车熟路来到长寿药厂木工房，我正靠在床上闭目养神，黄木匠瞄瞄我身下的床，有点儿触景生情。这张大床是他当初转正后留给我的，如今他这正式工人都下岗一年多了，我这个"皮球工"却睡在他的床上岿然不动。其实这也是我自己没想到的，我本来已经做好了滚蛋的准备，郭哥却问我为什么滚，同工同酬，哪有什么正式工、临时工之分？再说木工房就你一个木匠，你滚了不是还要另外找人？

分流下岗那几天，厂里热闹非凡，骂爹、骂娘、拍桌子、砸板凳。但喧嚣过后，该留的留，该走的还是走。那几天，就算木工房安静，没被任何人提及。也许人们心中压根没把我这皮球工当碟菜，也许都认为皮球工滚蛋是板上钉钉的事，不需也不值一提，这便是另一种"灯下黑"了。直到我去财务科领当月工资时，管钱的会计才忽然像记起什么似的。她让我坐下等一会，她去去就来。她去找生产副厂长，副厂长说："我只管生产，木匠也好，瓦匠也好，只要不误生产，我就没有二话，至于工资不工资那不归我管，你去问大老板。"大老板就是刚提拔上来的王启东，把握全盘的王厂长。从生产厂长的口气里，会计已晓得该给我发工资了，但她还是找了王启东大老板。王启东的话一针见血："杀人偿命，干事拿钱，这有什么好问的噻？"

我就这么无惊无险、无风无浪奇迹般地躲过了下岗。

木工房里，我招待黄木匠喝茶。他坐在那里不望人，耷拉着的头像是长在裤裆里。两个胳膊肘分别撑在两个膝盖上，两个巴掌连在一起，一会用左手抠右手指甲，一会用右手抠左手指甲。我猜他一定揣着心思，不忍立刻打扰，伸出脚钩来凳子搁茶杯，凳子的四条腿带着与地面摩擦出来的噪音，四平八稳落在黄木匠面前，凳面兜住了他下垂的目光，搁在凳子上的茶杯冒出腾腾雾气直朝他的鼻孔钻。黄木匠这才茫然抬起脸。他的脸憔悴不堪，让人见了顿生怜悯之心。他咂了几口茶水，情绪稍有安定，接下来就用疲惫沙哑的声音向我诉说。

"我丑！我真丑！没哪个做丈夫的像我这样窝囊！"黄木匠作践自己，一脸的无可奈何，一脸的幽怨。

我心里不禁一咯噔，我也听过一些关于费广海和英子间的风言风语，我估计黄木匠的幽怨可能是针对英子，但不敢肯定。我摸出香烟给他撂去一根，自己嘴上插一根。我本是个与烟无缘的人，破例抽烟一般有两种情况：要么酒喝八成后抽烟助兴，要么摊上事了抽烟思索。我捏烟的动作比较笨，很滑稽、很外行地深深吸一口,哈一声吐出个滑稽的烟球在脸前悬着,烟球慢慢涸成一片淡淡的蓝雾。我透过蓝雾默默审视黄木匠那张苦瓜脸:"黄哥,你也别多想,想歪了反而不好。"我的话很笼统,没有针对具体事项,像打太极。但黄木匠却打出炮拳,嘴角的纹线一牵,牵出一缕古怪笑容:"嘿嘿!我想歪了?兄弟吔!在你面前我也没啥不好说的,你黄哥都戴上绿帽了!"我一惊一乍打个激灵,样子有点夸张,我冲黄木匠眨巴一下眼,又眨巴一下:"你瞎讲噢!英子姐不是那样的人!"黄木匠眼一鼓:"你不信?你还不信?你不好问,你让郭燕问问她就信了!我就是被她气出来的,我都无家可归了!"黄木匠淌下两行浊泪,那张脸更像一个苦瓜了。我不再坚持为英子姐辩护,凭直觉我已对黄木匠的诉说信了八成。我掉转话头,一个劲劝他回家:"夫妻间闹别扭正常,一个大男人怎能动不动就离家出走哩!你这一走,像啥话嘛!"我坚持要送黄木匠回家,但黄木匠不干,说:"都在气头上,抵着面还是吵,你和郭燕去劝劝她更好些。只要她愿改,我包一拎还不就归家了!"

在我和郭燕眼里,英子是位好姐姐,她一直像亲姐那样待我们。我与郭燕偷偷摸摸的秘密也只有他两口子知道,我和郭燕没有少吃英子姐做的饭,吃饱了,英子姐总是拉上黄哥出去有事,故意把房子腾出来方便我和郭燕骑马。郭燕心中有数,常夸英子姐人好,命也好,找到了黄哥这么个实诚的夫君。可是我的英子姐啊!想不到你和黄哥的感情也会变,这生变的因素偏又是黄哥的对头费广海。费广海是啥样人?是无赖,是打流混市的二吊蛋,你咋想起来上了他的贼船?

我要郭燕陪我一道去劝英子姐,郭燕红着脸推辞:"这样的事叫我一个姑娘家如何张得开口?你去!你去!"我单枪匹马上了黄木匠门，英子姐正三心二意糊弄火柴盒子，愁眉苦脸的，像是瘦了一圈。见我来了，她的愁眉苦脸有所改写，慌慌地把赤着的脚塞进鞋里，哧溜一下站直，抻抻衣角，拢拢头发，趿拉着鞋迎上来招呼，又折回把码在方凳上的半成品火柴盒子挪到操作台上。她顺手抹了抹凳面，把干干净净的凳子放到我身边。我显得非常局促，竟没有像以前那样喊声"英子姐"。我是受黄哥之托，来帮忙灭人家"后院"之火的，干这等"消防"差事，我还是头一回，就像郭燕说的那样，一时真还找不到下嘴的地方。情急之下，首先来了个明知故问："我黄哥呢？"

"你黄哥？神经系统出了毛病！"英子姐心里明镜似的，一眼瞅出我的来意，话也说得一步到台面，"世上竟有这样的活宝男人！见不得老婆跟别的男人讲话！再说这费广海，他和你一样，都是我们家的老朋友了。人家来玩玩，他犯了神经，你没看见他当时的死相，搞得人家坐也不是站也不是，结果他犯神经走了，费广海坐不住也红着脸走了。成俊吔！你说我这日后还能见人家吗？"我看见英子姐激动得浑身颤抖，没有丝毫做作和装的成分，一切都是那样的自然和凛然，我怀疑可能是黄哥疑神疑鬼了。面对英子姐，我露出了讪讪笑容，一边挠头一边开门见山："黄哥昨天去我那了，一身的心思，我就晓得老好人遇上了看不开的事。英子姐！你别跟他计较。"英子姐一听到"老好人"三个字又激动起来，右手掌背对左手掌心一砸："老好人？倔驴一个！早前还好，自从下岗后，就变得疑神疑鬼了！尽说些不三不四不着道的伤人话，望这不顺，望那也不顺。这下岗反倒把他下成了大爷……"英子的嘴就像江城地区最大的响水涧水库开了闸，滚滚而来，滔滔而去。听得我一愣怔一愣怔。本是来劝说英子姐的，不料反被她说教得哑口无言。我不由得略带尴尬摇巴掌："英子姐！不说了！不说了！"但英子姐的嘴巴拦不住，像是早憋着一肚子冤屈，专等着我来听她诉说似的："现世活宝也不想想，我是那样人吗？我若真有二心，靠你疑神疑鬼就行了？你打、你杀、你用麻绳拴也不中啊！我不就跳个舞吗，还从不敢跟陌生人跳。舞伴都是熟人，且大多是女的，男的只有费广海。其实费广海也就嘴巴坏，人还是安分的，不像一些色鬼，专门想捞美女油水。何况我也是偶尔才跟费广海跳几步，他就把人家当作眼中钉了！说什么只要撇开费广海，跟谁跳都照。你看看！世上能找到第二个这样的男人吗？"英子姐的右手掌背又对左掌心一砸，砸出的声音比先前弱了许多。涨红了的眼、紧绷绷的脸也渐渐松弛。她似乎下了不少气，眼光对我扫扫，又扫扫，好像在等待我对她刚才的说法做个总结。我真不知说些啥，将嘴移向杯子，吹一口，喝一口。半杯茶水下肚，我的头缓缓抬了起来，看见英子姐已坐在桌子的对面，胳膊肘支在桌面上，巴掌托在前额上，怨气未消，胸脯一起一伏很有节奏。我放下茶杯开了口："我说英子姐，你俩老这么僵着也不是事，我去把黄哥劝回来吧！他回来了你别呛他，好好沟通沟通。"英子姐托前额的手哧溜一下滑了下来，腰一挺笔直："我才不稀罕他回不回哩！回也照不回也照，看他自愿，你别劝他。既然作勺不拿锄头拿锹（翘）走了，就由他去。我的乖乖！明知我一个外乡人无依无靠，动不动就跑，吓唬谁呢？我有手有脚，糊个火柴盒子照样能活……"英子姐越说越委屈，涌出两行泪泉，堵不住擦不干。

第十六章

我的"救火"行动始于自信终于失败，垂头耷脑返回木工房，继续过我的旱涝保收、风调雨顺的日子。

木工房确是个养老的好地方！站累了可以坐，坐累了可以躺。木工房里堆满了报刊，都是花钱买的，不花不中，离了报刊闷得慌。我天长日久从报刊里吸取大量营养，谈吐水平一下上了好几个台阶。后来又不务正业爱上了写作，上个月头，我投给《中江晚报》的一篇文稿，竟然登上了副刊头条。我当时的心情想必写文章的作家们都有过体会。偏偏郭燕不当回事，但我发现她不当回事是假，她表面上的无视并没有掩饰住内心的担忧。那年头的文学青年比现在厉害得多，动不动就能收到痴情少女写来的求爱信，郭燕正是不放心这一点，所以才反对我写稿。她反对我便少写，本来就是写着玩的。每月写两篇，至少能发出来一篇，十块钱稿费，每篇均值五块钱，玩嘛！日子一长，郭燕笃定我玩不成大气候，也就睁只眼闭只眼不再反对了。甚至说：八小时之外，你若不钻书里去，就会钻进麻将室，坏的还会朝那些不理发的发廊里钻。我就笑，心里话：不理发的发廊就是为你亲哥哥开的。

应该说这段时间，我过的都是神仙日子。相比之下，黄木匠就相当不堪了！由于我的"救火"失败，他只好放下架子自己灰溜溜地回家，守着英子姐小心翼翼过日子，但英子姐真的阴差阳错移情别恋了！

黄木匠起初的离家出走怪不得英子。英子当时刚刚学会跳舞，瘾大！费广海偏偏又是舞池里的明星。英子想长舞技，便随费广海"嘣嚓嚓"。费广海当时嘴上炫耀的，也只是他和英子合跳的舞飘逸洒脱，压根没有更深一层的东西，但黄木匠还是产生了误会。

"黄木匠啊黄木匠！你冤枉我了！"费广海像是受了一个牴牛大的冤屈，肚子一挺一挺发泄怨气，"我又不是没有老婆，我从没有动一动英子的念头啊！咋就背了个欺负朋友妻的恶名……"

一个月后，费广海的心绪才平静下来，却渐渐被一桩奇怪的感觉纠缠住，他的脑海里老是浮现英子的音容笑貌，修长的腰身，白皙的肤色……费广海的脑子里有了想法，常常莫名其妙盯着某一个固定的东西愣神，愣着愣着浑身就莫名其妙躁动。这一天，他终于忐忐忑忑去了英子家，家里只有英子一个人，黄木匠当时仍赌气死在外头。英子脸面红泛泛的，全失了先前的从容和淡定。费广海也很局促，但他这次毕竟是有备而来，心中早有了周全的计划和大纲。他的表达虽有些零乱，但始终不离主题："英子！我……我冤哩！我都抬不起头来了！"英子安慰："你还拿他当个数？不是人！你跟他计较就等于跟猪计较……"话到激愤处，英子不时抬起手臂擦眼泪，声音也哽咽起来："都是我害了你，你吃亏吃我亏，呜呜呜……"抽泣着的英子惹人怜爱。费广海心一悸动，意识开始脱缰了。他站了起来，信马由缰伸出巴掌给英子揩泪。英子一颤抖，本能地后退一步，正想说些什么，却被跟上来的费广海一把抱住。费广海的眼窝也汪着泪，不住呢喃："英子！我好冤好亏！你也好冤好亏……"英子抖得更凶了，推卸费广海的双手皆因颤抖而显得无力。费广海很容易箍住了她，很紧，又抬脚一撩，半开着的大门便关得严严实实。费广海的巴掌钻进了英子衣服里，向上一滑按住她的奶。费广海的喘息越发沉重，这是一对他在想象中多次见过的奶子啊！此刻真真切切摸到了。英子的身体软了，无力推他，闭上眼轻轻呻吟。费广海仿佛得到了呼应，心中最后一抹顾虑荡然无存。他迫不及待松了她的腰带，贪婪的巴掌迅速地蛇样地向下一滑，英子"哦"一声，一双胳膊软绵绵缠着他的脖颈。不住呢喃："我也不冤了！我也不亏了……"

英子就这样稀里糊涂成了费广海的俘虏，仿佛是做了一场梦。

倒霉透顶的黄木匠就这么有了绿帽子。

然而，屋漏偏逢连夜雨，船破偏遇顶头风。这一天，我照旧在木工房埋头看书，忽然门框里闪进一条影子，抬头一看，是黄木匠。他很颓丧，一落座就气急败坏地喊冤："兄弟咙！这回老脸丢大了！我被人家活生生撵出来了！"

把黄木匠撵出辉煌家具厂的是吴大萝卜。大萝卜三十有二了，讨老婆的甜念头早已丧尽，忽然祖坟就冒了青烟。云山大爷去了趟江城后，吴德才一家便被宣扬成小窑堡一带的头号贵族。吴大头也被云山大爷包装成了我们包公镇有史以来最神秘的人物，比历史人物包拯还要出名。这样的大户人家怎么可以出光棍？媒婆们开始行动了，络绎不绝踩踏吴德才家门槛。短短的日子里，竟有三家如花似玉的丫头一眼相中了大萝卜。大萝卜用那双望人像望天的眼在花丛里挑呀挑，挑出一个最如花似玉的发展感情。一对人的感情很快由小窑堡发展到江城。大萝卜决定利用手上的权力给对象在辉煌家具厂里谋个差。家具厂里最适合女人干的事莫过于烧锅燎灶了，大萝卜便盯上了烧锅燎灶岗位上的黄木匠。他开始天天找黄木匠的茬子，第一天抱怨饭煮烂了、菜烧咸了，第二天的抱怨又倒了过来，变成：饭硬了、菜淡了，第三天更上一层楼，干脆骂黄木匠烧的饭菜猪都不愿吃！还能干吗？不能干就趁早滚蛋。大萝卜在整黄木匠时用了策略，没让兄弟吴大头得悉一丝风声，直到黄木匠提出撂挑子时，厂长吴大头还认为他跳槽。黄木匠是不会把自己遭遇的不公向吴大头说的，人家毕竟亲兄弟，误认为没有吴大头的默许，大萝卜也不敢犯横撵人走呀！黄木匠就这么被吴大萝卜赶走了，委屈得要死。他心事重重落座于我的对面，良久无言，半天无言。傍晚时分，我请他下馆子，路过"老好人烟酒店"时买了一瓶酒。像是受到了"老好人烟酒店"的启发，饭桌上，我就劝黄木匠这个老好人也开个烟酒铺子。我说郭福敏老婆开着个烟酒批发部，有路子，要黄木匠去找下郭哥。黄木匠的眼亮了下，又亮了下。

我陪同黄木匠一道去见郭福敏，郭哥接待我俩时的姿态是上级对下级那一种，随意、从容，优越中蕴含着对黄木匠深深的关怀。我首先来个开场白："郭哥！黄木匠眼下正落难！你看能否撑他一把，帮他开个小店糊口？"郭福敏没有及时回复，皱眉陷入思考之中。黄木匠抓住时机，脸一苦，滔滔滚滚诉说起近来所遭受的种种不幸。黄木匠在诉说英子不足之处时，郭哥始终微闭着眼，当黄木匠撇开英子话题，亮出开办烟酒店想法时，一直沉浸在英子故事中的郭哥似乎不尽兴，可黄木匠再不提英子了。他说英子无非是为摒弃擦背行当寻找理由，铺垫完了，自然要上正题。

"其实我早想转行了，郭厂长。"

"其实擦背也不赖，县处级的收入。"

"窝囊！连老婆也拿我不吃劲！"

"英子还好，不就玩心重些吗？"

"不提她，再不提她！我这回一家伙把存折、现金都带了出来。搞个小生意够了。"

"搞生意？生意可不是人人都能做啊！你太老实了！"

黄木匠的眼窝顿时白的多黑的少。憋了一会才吞吞吐吐地说："什么都是学的，学学就不老实了。"黄木匠脑子很乱，弄不清为啥惧怕"老实人"这样的溢美之词。老实、厚道之类的词可是对一个人品质的肯定啊！咋就不如"城府""精明"更令人神往了呢？

郭哥嘴角动了动，牵出几缕笑纹，又把深埋沙发里的肥腰略略前倾些："那我考虑考虑再说。"

黄木匠开始度日如年地等，等待郭哥的考虑尽快成熟。他已经立下了破釜沉舟的"从商"之志，只要郭哥撑一把，前头便可一马平川赚钱了。

这一天，郭哥终于拨了黄木匠呼机，他很快找到了回复的座机。

"是郭厂长吗？"

"是郭某。"郭福敏开门见山，"丑话在前，你是自愿下海的，日后万一在海里淹死可不能怪我。"

郭哥有个同学在松营村干村长，村里有个"松柏烟酒店"，集体的，只会蚀不会赚，村里想把它承包给外头人，郭哥便替黄木匠把它揽了下来。

黄木匠手抖、嘴抖："老天有眼！真有眼！我好人好报哩！"

郭哥也高兴，一高兴竟把自己准备去做的一笔现成生意交给黄木匠，说是让他先实习实习。

这是一笔关于布的买卖，松营村办服装厂急等一批灯芯绒布从事生产，这种布市面上早不流行了，可一旦急用就是宝。厂里找不到货源，神通广大的郭哥却晓得：大新丰布庄的老板正为这种压仓货头痛，只需耍个手腕牵个线，便有五六千元的进项。这样的果子能拿出来与黄木匠共享，可见郭哥确没把黄木匠当外人。

黄木匠踏上了经商路，首先去了大新丰，老板待他像救星，货源不是问题了。又马不停蹄去了那头的服装厂，厂长亲自接待，边接待边抱怨："黄老板，也不先来个电话，我派车接你呀！"黄木匠哪受过此等礼遇，有点晕。精明的厂长就看出对手是只很嫩的鸟，很低调地请求黄老板关照关照他们的小厂。

关照就是压价，这让黄木匠挺为难。郭哥早早给他设了底线，说少了就不谈。黄木匠没了直视厂长的勇气，但生意还得往下谈。

谈的都是郭哥教的话，虽不怎么流畅，却也谈得厂长连连苦笑。厂长明白这笔生意没有他主动的地方，厂里等米下锅，能联系上货源已算是祖上有灵了，哪还敢在价格上斤斤计较。厂长给黄木匠敬烟："开个价吧！黄老板。"

黄木匠想报个上上价，想想不忍心，就报了个中不溜的。厂长欠欠身子，弹弹烟头上燃尽的白灰，眼睛望着烟灰缸："客气点吧！"

黄木匠没多想，一步把价格降到郭哥规定的底线。

"再客气一哈子吧！"

黄木匠爱莫能助直摇头。厂长看出面前的是个傀儡，大人物一定躲在幕后，这个价小傀儡也不敢瞎降了。不再磨损嘴皮子，厂长叹口气接受了这个价。

黄木匠的嘴动了动，没说出话，直把厂长当怪物瞅，似乎不敢相信刚敲定的生意是真的。他觉得厂长接受这个价就像郭哥报出这个价那样不可理喻。但不可理喻的事偏在他面前变成了现实。粗略一算，五千块已赚定了。前后不过半天！乖乖！这钱来得也太快了！好像是拿刀抵着厂长抢来的。黄木匠带着复杂的心情起身告辞，却被厂长死死留住喝酒，说打铁要趁热，吃过饭就把交易做了。

酒桌上，明知挨宰的厂长没有怨气，反用一种感激涕零的态度款待黄木匠，陪酒、劝菜。酒精很快上了黄木匠头，断断续续一句话要分几次讲。

厂长仍在谈正题："运输方便吗？黄老板。"

黄木匠压根没想到这是一个套，胸有成竹请厂长吃定心丸："放心，放一百二十四个心。工农路的巷子是偏、是窄，但四吨的汽车还是能进的。"

厂长浑身一抖,指缝间的半截烟一头栽到地上。随后即以"方便"的名誉出了门,随后就拨了供应科长的电话。

厂长重返包厢后,仍陪黄木匠喝酒。黄木匠喝他喝,黄木匠不喝他也喝。这就容易醉,散席时,厂长眼里冒出的尽是散光,当黄木匠提出签订交易合同时,厂长说改日,今天实在醉得不能动了。

黄木匠改日再去服装厂,已见不到厂长了,一科员以略带嘲弄的口吻转告了厂长意思:生意不成仁义在,这笔就算了,今后有的是机会。

黄木匠深感大事不妙,匆匆去了大新丰。老板发泄般直嚷嚷:"没货没货!有货都不给你!你心太黑!松营服装厂已帮我清了仓,你猜什么价?吓你一跳……"

黄木匠的脑袋嗡地一响,一声没吭,跟跟跄跄走了。

第二天,害怕郭哥嫌他出师不利而断他生意前程,黄木匠咬咬牙,由自己荷包掏出一沓钱往郭哥面前一呈:"赚的,五千六哩!"

郭哥眉开眼笑:"可以可以!是块生意料,其实菜货有菜货的优势,容易赢得人信任。"郭哥在那沓钱上揭下二十张,剩下的全塞给黄木匠:"你准备准备吧!松柏商店的事我再给你催一催。"

第十七章

黄木匠融入了生意场,适才明白经商比擦背复杂得多。毫无转机的蚀本现实使得他的愁结越来越大,连站店的杨子也有些沉不住气。"松柏"的前程连着她的前程,她担心的是树倒猢狲散。为了"松柏"之树常青,她建议黄木匠求求村长,争取减少部分上缴金，本村人承包时，从没人规规矩矩上缴过，能缴上一半算好的。

黄木匠认为言之有理，找了郭哥，恳请郭哥帮忙找村长。

郭哥不久传来话，说是已和村长通过气，村长态度不错，叮嘱黄木匠趁热打铁再去活动。黄木匠去了，村长态度果然可以，首先抬举黄木匠经营有两手，生意搞得红红火火。黄木匠猝不及防，一肚子危机被村长堵得无法说出来，含含糊糊陪村长扯一些不着调的话后悻悻告辞。村长笑眯眯送他出门，然后站那儿望着他渐行渐远的背影嘀咕："哼！表面蛮老实的一个人，也会哭穷！说不赚钱？不赚钱还敢付工资请人站店？老婆不能来？养得白白胖胖杀了吃？"村长拍拍脑门，不禁为防守黄木匠哭穷成功而沾沾自喜。黄木匠蔫头耷脑回到店里，想把活动的前前后后跟郭哥说一下。电话一拨就通，那头的郭哥先声夺人："黄木匠我正要找你，英子来了，找你哩！哭哭啼啼蛮可怜，你回家看看吧！"黄木匠一时愣住，说不清气愤还是兴奋。愣了好一会终于一闭眼："她是她，我是我！"

"瞧你说的！都小半年了，多大的气也该下去了。"

"她本事大，她……"

"不说了，万事总得有个收尾，她主动找你，也算给足了面子。回去吧！今晚就回去吧！"

黄木匠仍犟："不回去！我啥都听你的，就这个不能听。我心被她气肿了……"

电话里的郭哥见说服无效，不再坚持，干笑两声："嘿嘿！你再好好想想，想通了再回去。"

电话那头已是忙音，黄木匠莫名其妙有些失落，话筒仍意犹未尽贴在耳朵上，他打心底还想听听英子的更多信息，可郭哥那头偏偏是没了信息。他的脑子里开始装上了英子。整个下午，黄木匠都在想英子，想了她的前前后后，结果英子的过还是大于功。想到天黑，黄木匠还是不能原谅英子。这时，郭福敏又来了电话，要黄木匠陪他出去办点事儿。

晚饭的时候，黄木匠以前所未有的速度扒下两碗干饭，提前十五分钟到了郭哥指定的碰头地点。郭哥尚没到，正着急，一辆出租车嘎一声在他跟前停住。副驾驶位上探出郭哥头，又探出手来冲黄木匠招招，两眼仍在远处搜索郭哥的黄木匠一激灵，一颠一颠上了车。

下车后，郭哥领着黄木匠横着一插，就进了路边的红玫瑰发廊。老板娘迎了上来："双飞？"郭哥把黄木匠朝前一搡："他双飞，我洗个小头。"

黄木匠不知"双飞"是个什么东西，直到左右胳膊分别被女人挽住时，才隐隐感觉氛围不对。有点不知所措，拿眼找郭哥，郭哥正挽着一位高他半头的女人往楼上爬。

黄木匠知道将要发生什么，开始晕乎，瞄一眼左边的，再瞄一眼右边的。乖乖！左边是花，右边是玉！黄木匠的呼吸和先前不一样了，但仍扭捏着作小幅度的挣扎。"花"和"玉"有了意见，"花"说黄木匠笃定是个农村漂过来的，假正经。黄木匠受不了"花"和"玉"的冷嘲热讽，老老实实跟随两女人进了郭哥隔壁的房间。他和郭哥只隔一层五合板，黄木匠的小心脏已蹦至嗓子眼，血液极度膨胀起来，但仍斯斯文文坐床上一动不动。"花"有点儿不耐烦，一个前扑将黄木匠压倒在板床上。"玉"迅速上前扒了他的裤子，黄木匠的家伙露了出来。

离开"红玫瑰"时候，黄木匠有点儿无颜面对郭哥，郭哥却一脸无所谓，他领着黄木匠步行。一路讲了很多话，都是劝黄木匠摒弃前嫌与英子花好月圆。英子现在已不欠你什么了！她玩心重，也仅玩了一个费广海。你呢，你今晚可是把"花"和"玉"都玩了！

黄木匠的脸红得像猴子屁股，后悔今晚做了荒唐事。郭哥说："你又假正经了，照你这个论调，美国总统岂不更荒唐？敢在总统办公室脱莱温斯基裤子！他老婆希拉里没说一个不字，梦想上总统宝座的人要弹劾他，美国人民还不答应哩！说明什么？说明七情六欲是人之常情呗！看得太重，人活着就累了！"

黄木匠不再说什么了，好像认可郭哥的话有些道理。郭哥见黄木匠诚服了，这才自我批评："我说的你也不能全信，一大半属于歪理邪说。中国的传统不能丢，家庭不能丢。你就这样把英子抛了，还算男子汉吗？费广海哪块比你强，你就不能跟他争一争？我晓得你不平衡。今晚带你下水也是迫不得已啊！想让你心理平衡呗！人的心理一旦失衡，看什么都会不顺眼！"

黄木匠开始走两步停一步了，眼珠老在郭哥身上绕。那已不是一米六七的身材了！恍惚间已高大、伟岸了许多。

当晚，黄木匠脑子里的空间又被英子占领。

此时的英子也满满一脑袋黄木匠。自从稀里糊涂成了费广海的玩物后，英子很快感到自己做的是噩梦。黄木匠的长久不归，使得她渐渐明白了跳舞之类的精神文明必须以摸得着的物质做基础。自从没了财源，费广海玩了她几回后，已不大情愿带她这个穷人逛舞厅了，这家伙专吃女人饭，贪钱、贪色，英子曾数次目睹他在舞厅摸姑娘们奶。每次临幸英子，总是在床上随心所欲摆姿势，英子也愿配合，觉得这就是书上所说的浪漫。可强弩之末后，这浪漫就如同那汹涌浩荡的洪水一样一去不回头。费广海的温情会迅速丧失殆尽，倘若英子再拿不出上好酒菜招呼，麻木便成为他脸上的全部。

"这是浪漫吗？"英子问自己。

"这浪漫与流氓对女性的玩弄又有何区别？"英子又问自己。

没有人给她回复，她沦陷在茫然的思索中，眼神凝固，一份淡淡的忧伤写在她的脸上。

日子热热凉凉地过着，月圆了缺，缺了又圆，可负气出走的黄木匠仍不回来！费广海来得也不勤，他老婆比英子年轻，他就算十天半月来一回，也是在英子身上找一下刺激就走。望着费广海吊儿郎当渐渐远去的背影，英子的心就像晚秋的天，一天凉过一天。她越发对费广海有了新认识，常常蒙住头想母亲想黄木匠，越想越觉得母亲的话是对的："衣是新的好，人是旧的好。女人一旦错了道，一生都是眼泪啊！"

母亲在乡下，六十多了仍在土里自食其力，母亲没别的念头，只盼儿女们平平安安。自从英子和黄木匠闹翻，母亲的心一直悬着，她从骨子里看不顺费广海，总觉得他就是女儿的陷阱。

英子是上午进村的，阳光下，倚门盼望的母亲早迎上来，一声"我英儿"自个先哭了起来。吃饭的时候，母亲凝望英子，良久才恍惚问："就回来你一个？"英子顿时迟钝，思绪一下飘去了很远的地方。

"伢哩（黄木匠）也是！两口子拌嘴，哪有男人出走的！"母亲奚落女婿，又怕伤了英子心，果断刹了话闸。可多日积压在英子心上的隐痛还是被勾了出来，化作两汪清水在眼里转。母亲轻轻叹着气，继而又替女婿找了许多不回来的理由。英子晓得母亲苦心，仍像霜打的瓜叶起不来精神。母亲哽咽着再没下文，又不愿在女儿面前轻易流泪，忙忙起身走向里间。

望着母亲脑后那绺稀疏白发以及白发下飘飘歪歪的身子,英子的脖颈一软,迅速伏桌掩面,居室内很安静,只有英子含含糊糊的哽咽声。

不知过了多久,英子掐断如麻思绪,一抬头,蓦地发现母亲偎在门旁望她,一动不动,凝固成一座望儿塔:"英儿!回去吧!趁早。"

母亲一心一意打发她走,又有些舍不得她走。母亲用她那枯瘦的手摩挲英子脸、英子的长发,拖着慈祥的尾音:"英儿!听妈话去找伢哩(黄木匠),衣是新的好,人是旧的好……"

后来,英子不知怎么出的娘家门,回到江城不久便鼓足勇气去求郭福敏。英子晓得郭福敏是黄木匠心中的神,英子现在真的渴望黄木匠回家过日子。

英子几夜未眠,想想费广海想想黄木匠,想想黄木匠又想想费广海。终于发现黄木匠身上的光芒要比费广海多得多,她深刻内疚对不起丈夫。然而,费广海偏在这个时候又来了!英子眼皮抬抬又耷拉下来,费广海随手把带来的一些菜扔厨房里,挨英子坐下,抬手在英子脸上一拧:"寡妇相,脸拉得一尺长。"英子把费广海手拿开,费广海顺势躺倒,双手做枕垫头:"黄木匠回来了?"

英子瓷人样不答话。

英子脸蒙一层灰,猛地掀下费广海压在她腿上的脚。

费广海翻翻眼,心里有点堵。他晓得英子不顺心,黄木匠断了她财路,搁谁都不顺心。这么一想,费广海心里不堵了。他坐了起来,按住英子肩:"好了好了!下厨吧!我请客,请你这个潘金莲喝红高粱。"英子像没听见,费广海自嘲地笑笑,"好好好!我来下厨。"

气罐阀开了，蓝蓝火苗舔得小锅嗞嗞响，费广海忙得乱窜，毕竟新来乍到摸不到锅灶，不时探头问英子："油呢？"

"油在油那。"

"盐呢？"

"盐在盐那。"

费广海隐忍住。好在厨房不大，油、盐无法藏住，被费广海一一请了出来。一个菜烧好，再烧第二个，第三个，电饭锅也开始冒泡泡了，顶得锅盖一颤一颤。就在这生米即将变成熟饭的时候，英子吼了起来："死烧，死烧，我家液化气是偷的？"

费广海无法隐忍了，眼睛一下子鼓成鸭蛋，手中的锅铲子一扔，虎虎地出了门，想想又折回来："寡妇，你就是个寡妇，黄木匠离你八丈远，我乘个二，离你十六丈。"

英子不管他，英子的脑袋填满了黄木匠。

第十八章

日近黄昏，吝啬的太阳一沉，便收了最后一抹余晖。站店的杨子捧着现金和账簿走了过来，账多钱少。黄木匠溜一眼账簿："咂！开饭店的赖头秦又是赊？"

"皮货。"在杨子眼中，赖头秦一直是皮货。

"是皮货。"黄木匠合上账簿，"也不管别人死活，只晓得赊！"

"我说过不能赊的。"杨子推卸责任。

"还赊？再赊就倒了！"

"我早就说过不能赊。"杨子又推责任。

黄木匠不吭声。杨子在赊账问题上曾和他意见相左，杨子认为：一手交钱一手交货应是本店制度。无奈黄老板嘴大，说都老主顾了，抹不下面子，再说谁的手头没个不济的时候？赊吧！赊吧！杨子只好赊。这一赊便没完没了，账面总数飙上了一万五。赊者赊账时一律信誓旦旦：过两天给钱，讲话算话。然而十天都过去了，也没见给钱。皮厚者再来时还是赊，只换了个说法：过段时间结总账。

架上货急需补充，补充需钱，可黄木匠手中偏偏是账。他已欠下郭哥一万多块货款了。人家虽没说啥，但黄木匠确没脸皮再去拉货了。

"明天还赊吗？"杨子一边给圈闸门上锁一边问黄木匠。黄木匠手直摆："不赊了。"杨子应声"好来"，拎上坤包由耳门走了。

望着杨子下班回家的身影，黄木匠也有了回家的欲望，但骨子里冒出的尊严又像盆冷水试图浇灭这种欲望。他的心乱得很，卷闸门上的耳门开了关，关了又开。他最终强迫自己坐下来，做慢条斯理状喝茶。

开饭店的赖头秦一进"松柏"，便拿出上帝的姿势往柜台上一趴。双目炯炯瞄货架。站店的杨子缓缓移过来，眨巴着眼一副似笑非笑样："还账来了？"赖头秦晓得她说的不是好话，苦苦一笑："钱嘛！好讲，你放一百二十四个心，我饭店在那，家在那，跑……"

"跑不掉。"杨子一脸不屑，抢先把赖头秦要说的话给背了出来。赖头秦面皮以及一毛不生的头皮都红了，嘴一张，像个无底洞，一时寻不着语言对付杨子。便把目光放到货架上游离，像对杨子说又像自语："唉！没茅台酒哒！算了算了。"赖头秦拍拍闪光的头皮抽身欲走。

"哟哟！怎么就走了？不是说过两天结账吗？这都过去几个两

天了?"杨子哪壶不开提哪壶。

赖头秦双手一摊:"这几天手头实在紧!我饭店的白条堆一尺厚了,两三万哩!"言下之意无非是:不能怪我,人家赊我,我只好赊你。三角债,全国都有三角债,中央正在想办法解决。

"哭穷。"杨子兜赖头秦老底,"谁不晓得你秦老板财大气粗,掀了二楼盖三楼?"杨子的头不怀好意向赖头秦探探,"眼下正装修是不是?单装修工钱就一万五是不是?"

"是又怎样?不偷不抢,有能耐你也装啊!"赖头秦被扎痛,"我还没见过你,少有。"

这回被扎痛的是杨子,她的脸一拉:"不晓得哪个少有?拿别人钱装修,还有脸炫!真是醉了,好意思?"

"店是你的?"赖头秦脚一跺,"我赊黄老板东西,有你这个站店的多嘴?"

杨子脸涨得赤红,足足瞪赖头秦半分钟,才由牙缝里挤出两字:"皮货。"

"你……你骂谁皮……"赖头秦抄起抹布想砸,但忍住了。

杨子毫无惧色,家门前的塘,谁不晓得深浅。赖头秦只敢欺负外乡人,断不敢在她这个本土人士头上动土。杨子有条不紊地回复赖头秦:"谁皮货我骂谁皮货,你不是皮货,就别自己揽虱子上头。"

赖头秦面色苍茫、乌紫,耳根上的青筋像根绳子,牵扯着腮帮子一抖一抖。整个一副想吃人的样子。杨子不怕,懒洋洋斜倚在货架上,似笑非笑蔑视赖头秦。

赖头秦没有下台的梯子,进退两难。黄木匠出来圆场,连连给赖头秦这个上帝赔不是,赖头秦借坡下驴:"看在你黄老板面上,我不跟她计较了。"

黄木匠就觉得自己面子不小,一高兴竟忘乎所以:"都不是外人,老朋友了,需要什么你再拿。"

赖头秦倍感意外,转转眼睛一口应道:"行,反正在哪都是买。"

对于赖头秦这种生意上的照顾,杨子不领情,仍纹丝不动倚在货架旁。黄木匠很后悔,后悔自己的客气话不该这么坦白、到位。都闹到这一步了,他估摸赖头秦一定不好意思再赊,再说他要赊的茅台,本店没有呀!断没料到他还赊,需赊之货根本不是茅台。黄木匠眉一皱,尽管明白上了当,还是装出笑脸把赖头秦要的货全部备齐。

赖头秦提上货,瞟杨子一眼,走了。杨子微闭双眼,像在思谋着什么。赖头秦渐行渐远,杨子似闭非闭的眼才明晃晃睁开:"黄老板。"平静的口吻中夹杂一股阴森。黄木匠心一紧,看见杨子肩膀已挂上坤包:"我走了!辞职。"没等黄木匠反应过来,杨子已杠杠地出了门。黄木匠跟跄着撵出来:"喂喂!咋说走就走哩?!"

"受气。"

"不是干得好好的?"

"受气。"杨子义无反顾走了。

杨子的辞职对那些手头不活泛的烟鬼、酒鬼来说,不啻是个福音。在黄木匠面前,他们只要给个承诺,再搭上两句好听的,黄木匠"不赊账"的防线就会立即崩溃。账越记越多,钱越进越少,晚上盘点后,黄木匠便躺在床上瞅天花板叹气:"唉!这买卖!这买卖已成快要熄灭的蜡烛头了。"

日益稀疏的货架无法弥补,思来想去,黄木匠还是硬着头皮打电话向郭哥求赊货源。

第二天，郭哥来了，并带来英子。黄木匠直对郭哥赔笑脸，当目光滑到英子脸上时，黄木匠变了表情，目光一收，脸一冷："你来做甚？"英子没答话，泪汪汪站那儿一动不动，凝固成一块望夫岩。黄木匠也莫名其妙有了两汪泪。

郭哥一巴掌落在黄木匠肩膀上："瞧你说的！问人家来做甚，你说来做甚？做你老婆呗！"郭哥又说，"戏得你俩唱！我去菜市场转转，转两个菜来喝酒。"

郭哥转菜场去了，英子开始稀溜溜抽泣，黄木匠六神无主坐在凳子上，欣赏自己皮鞋尖。英子抹把泪，也不征求黄木匠意见，自顾自进了后场。后场零星堆了些货，摆了一张床，还有做饭的灶。英子主人般往床上一躺，顺手扯来被子，把身子蒙个严严实实。

约莫过了半小时，郭哥提一兜菜进来了，没见英子，笑容顿失。问黄木匠："人哩？"黄木匠的嘴噘成个包子直朝后场努。郭哥心领神会，一探头果见床上有人，他冲黄木匠扮个鬼脸，继而冲床上喊："咦！真是个福人，一来就睡到床上去了。"郭哥手中菜对砧板上一撂："烧锅烧锅，快起来烧锅，今天中午我得好好喝两盅。"又喊黄木匠，"她新来乍到，摸不着你的锅灶，你来给她指导指导。"

黄木匠和英子互不答话，各忙各的。郭哥当了站店员工，好大时辰不见顾客光临，正闲得慌，赖头秦来了。光芒四射的秃头一昂："人哩？"郭哥迎上去，有点小不快活，心想：我就在你跟前，你却问人哩！难道我不是人？独没想到这是赖头秦的心理战术，他知道对头杨子走了，他要给这个新来的伙计安排个下马威。

赖头秦对郭哥扬扬下巴："哦！新来的吧？有福！黄老板待伙计特别好！我和他老朋友了，就是看中他的为人。"赖头秦不愧是开饭店的，寥寥几句既和郭哥套上近乎，又顺便把自己与黄老板的关系炫了出来。目的是铺垫一下赊账的坎坷小道。郭哥一时没把准赖头秦心思，很像一回事地提供服务，然后等着接钱，可等来的却是赖头秦打的白条。"收好，可要收好了！"

郭哥直愣怔："可……可我不认识你。"

"外地人吧？本地人没有不认得我的。不过没关系，刚来嘛！今后会认识的。"

郭哥一憋噎，侧脸喊黄木匠，黄木匠佯装没听见，郭哥再喊，黄木匠才出来。赖头秦一见，抢先抱怨："黄老板成幕后人物了，见都不想见我！"黄木匠心里话：我还真不想见你。能这么想，却不能这么讲，他既爱又恨的英子就在后场，一些没骨气的话他暂且还不想说。

不说就是默许，赖头秦丢下白条，拎上货走了。

郭哥疑疑惑惑望黄木匠，没说什么。但喝酒的时候没忍住，"赊账的秃瓢不像个好货，像皮货，欠你不少吧？"

"一万五。唉！"

"哦！还就是个皮货！"

黄木匠想把生意场上的无奈露露，可看看英子又没了露的勇气。郭哥是个明白人，没深讲他，但意见还是提了两条：一、今后不能再赊账了；二、已赊出去的账要设法讨回来。黄木匠如数应下，郭哥就望英子："我看这店离不开你。"

"我也觉得离不开，我不走了。"

"帮你丈夫把把关。"

"嗯。"

郭哥又望黄木匠："你说哩？"

黄木匠一低眉："我没得说。"

"那你跟英子干一杯。"

黄木匠一时放不下架子，磨磨蹭蹭不知如何好。英子不想冷场，她不邀黄木匠，自顾自干了杯中酒。于是黄木匠也学她的样子把杯中酒干了。

黄木匠和英子的婚姻在劫后重逢，英子堂而皇之成了"松柏"的女主人，头半个月当助手，后半月就独当一面了。她专职站店，原则特强，缠劲再大也别想赊账。生意是少了些，但都是现钱。黄木匠轻松不少，真正成了幕后人物。然而幕后人物也不好当，尤其进货让他头痛不已。郭哥的夫人已不让他的白条流通了，说黄木匠最需要的不是货而是磨炼，否则永远是生的，难以成熟。为了尽快让黄木匠认得什么叫生意，郭夫人铁了心要逼逼他，不但不许黄木匠继续使用白条，而且催他拿钱换走昔日亲笔书写的白条。黄木匠急得驴上墙了，天天重复讨债路。一些零星欠账被零星地要了回来，几个债多不愁的大户却成了他讨债路上的拦路虎。一趟白跑，两趟白跑，都第三趟了，白跑还是白跑。黄木匠这才发现世道变了！欠债的都成了爷，讨债的反倒成了孙。这一天，黄木匠又一次踏进赖头秦饭店扮演孙子。赖头秦不冷不热对黄木匠点点头，懒洋洋带他进了雅间。黄木匠每次来都是进这间与阳光隔绝的雅间，不同的是这次赖头秦没给黄木匠配茶。黄木匠大人大量不计较，反倒点头哈腰给赖头秦敬烟，赖头秦手一划说不抽，又说："你真喜欢跑！不是说过一有钱就给你送过去吗？"

"可……可你没送啊！"

"你看你！真迂！没送就是没钱嘛！"赖头秦有点不耐烦。

"那……那你啥时有啊？给个准话呗！"

"一有钱就给你。这不是准话？"

黄木匠不敢杠了，苦脸一展："我真山穷水尽了！要不哪个想跑？"

"跟你讲话真累！我不讲了！愿跑你跑吧！跑不跑都一样一样的。"

久缠无果，黄木匠回来后，荷包是空的，肚里气是满的。

"又是白跑！"英子好眼力，一看一个准。

"白跑！"黄木匠叹气。

"真是个皮货！"英子也叹气。

"何止皮货！还是赖货哩！"黄木匠一屁股夯到凳子上。英子忧思："你这柿子软惯了！叫人捏惯了！"

黄木匠的心被刀伤了下，他最怕英子视他为软柿子。黄木匠的脊梁一挺笔直："我也不怕哪一个，只不过撕不下脸皮子。"

英子立马打住，她深知和生分了的丈夫和谐不久，虽说还是原配，但毕竟有了一段弯路。彼此间总像是多了一道若隐若现的隔膜，难亲难疏，相处留意。总担心一不留神引得对方误会。然而这种担心的结果往往只能在原有的隔膜上再加一层。比如英子说丈夫软柿子，这搁以前就不算事。可走了弯路后她这么讲，黄木匠就不乐意，就多心。这也是黄木匠心中或隐或现的痛，不管有心还是无心触及，都属于哪壶不开提哪壶。

受了英子刺激的黄木匠果然敏感，不依不饶呛了英子一串搬不动抬不动的整头脑话，很是难听刺耳，英子没回嘴，哑哑呜忍了。黄木匠终于做了一回顶天立地的大丈夫，但内心仍然无法平静，他决定摆出大丈夫的姿势去赖头秦的头上动土。不动不照啊！店里急等资金周转，收了赖头秦的欠账，不但能缓解资金压力，还能在英子面前竖一竖大丈夫的刚强形象。

决心一下，再去赖头秦饭店时，黄木匠把脸拉得老长，语气也是硬的。可赖头秦比他久经沙场，脸也拉长，捧来一沓食客们留下的白条，呼啦啦堆在黄木匠面前："我的白条比你多，我可没像你这样不给人家面子。你是遇到我，换个别人不骂你八丈远！"

黄木匠头一重，觉得自己已被骂出了八丈远。赖头秦的婆娘堪比母夜叉，连珠炮般呛得黄木匠直缩脖子，又果断一挥手："出去。"

黄木匠晕头转向，但心里明白自己是债主，债主怎么能被老赖赶出去哩？不出去，我就不出去。黄木匠暗地里给自己打气，可两条不争气的腿却不知不觉挪到了外头。外头的黄木匠瞅着饭店大门犯痴，痴着痴着忽然一跺脚："我去找派出所。"那婆娘撵了出来，唾沫纷飞给黄木匠指路："你向东二百五十米，右拐一百米，那门头挂国徽的就是派出所。"

黄木匠进了派出所，接待他的干警说了一堆不便插手的理由后，推荐他去找法院。法院没推，让他等。

黄木匠等不及，也不愿等。万儿八千的搁赖头秦身上好比九牛一毛，他盖了三层楼，十几万的装修，还买了轿车跑出租。赖头秦显然有钱不还账，专门捏他这个软柿子哩！黄木匠越想越气，越气越急，整天和英子埋头商量。这一日，英子终于憋红脸吞吞吐吐："我说这债还得要，想点办法要。他既然敬酒不吃，可否罚他？"

黄木匠眨巴眨巴眼，似乎已猜中英子心中的办法，无非是走降服三角眼夺回菜地的老路，这就得请费广海出山。想到费广海，黄木匠阴着脸不吭声，想想又吭了声："有啥好的办法？你说说。"

"万……万一不行，只好找……找……"英子的脸热气腾腾，肚里的半截话再也说不出来了，一副不堪回首往事的样。

"该找谁你说嘛！"黄木匠鼓励英子，"不是为了这烂债，我们不麻烦别人。"

"费广海。"英子声音很轻,音速很快,说了就低头不看黄木匠。

费广海如约而至,略略了解一下情况后,开始制定战略方针。当天下午,招来两助手,一切皆按既定方针办。

两个小时的等待好漫长,但终于等来了赖头秦家的出租车。开车的是赖头秦大儿,他一点没料到麻烦就在眼前,很听话地把费广海送到指定地点。费广海下车前,先把车钥匙拔在手中,赖头秦家出租车就这么被扣了。赖头秦夫妇来交涉,碰到几个歪叼香烟的小青年,头皮不由得发麻。两个大个子二吊蛋迎了上来:"想打架?"二吊蛋很随意地问一句,像随意扔进水塘里的一个试探水深水浅的石子。

"我五十岁人了,打什么架!"赖头秦故作镇静,却透露出了他的江水并不深。

"那就滚吧!我们替别人看车。"这么浅的水,二吊蛋压根不放眼里。

挨骂的赖头秦不气,还讪讪笑。那母夜叉此时也"立地成佛"了,不但不发作,还劝丈夫:"走,我们走,找黄木匠去。"赖头秦跟着女人走,想想窝囊,抖威:"找黄木匠,我看他不想开店了。"但二吊蛋毕竟不是黄木匠,岂容这秃瓢耍威风。几个人呼啦啦围上去,领头的一把掐紧赖头秦脖子:"想死么?你个老狗别欺人太甚,你敢找黄木匠碴子,老子割你蛋,还割你儿子蛋。"对方眼里有股灼人的火焰,吓得赖头秦夫妇吭都不吭。

第二天,赖头秦起个大早拜访黄木匠,说:"黄老板我算认得你了!"然后清了全部账。

黄木匠捧钱的手抖个不停,怀疑自己在梦中。恍惚间,他看到了阴暗、光明，也看到了绝望和希望。嗬嗬！赖头秦呀赖头秦！你也是个爱吃罚酒的货啊！他得意扬扬，轻飘飘返回房间，腿一跷重新上了床，抱住英子，大刀阔斧做了回久违了的快活事。

第十九章

　　黄木匠撼动赖头秦的庆功宴坐满了人物。有费广海、郭哥、松营王村长，我当然也在应邀之列。不是吹牛，我当时是黄木匠最信赖、最亲、最铁的哥们，每每遇上顺心或不顺心的事，他都跑进木工房一五一十对我讲，从不蒙我，否则，好多有关英子的私密事我也不会知道。一次，黄木匠还泪流满面托我给他办后事，说他经常梦见费广海拿刀杀他，英子端着个木盆接血，然后把尸体绑上石头沉入青弋江。黄木匠说他真的好怕，万一自己真的失踪了，成俊老弟我可要替他申冤报案，一定要把奸夫淫妇的事报告给公安局。那段日子，黄木匠被恐惧罩着，精神世界几乎崩塌，是我留他在木工房睡了好多天，他内心的恐惧才慢慢消失，他说和我这个身大力不亏的人睡一起，他感到十分踏实和安全。"孤苦伶仃"的黄木匠都把我视为靠山了。

　　王村长早猜到是个鸿门宴，本不想来，无奈老同学郭福敏缠劲大，就来了。黄木匠小心翼翼给各位斟酒，始终做恭听状，并不时点头，以肯定别人的话都是一百分。其实人家压根没有在意他的态度，一圈男人都在用目光有意无意触摸英子脸，喝了两杯酒的英子格外开朗，索性露出最妩媚的表情给人看。人们的谈兴果然更浓，郭哥趁机把降低"松柏"租金的话题提了出来。但村长不表态，模仿市长的样子做深沉状。良久才冒一句不疼不痒的话："'松柏'还可以吧！"又坐那有意无意瞄英子。英子凭直觉嗅到了希望，正信心百倍准备攻关，不料略有醉意的费广海横着插来一杠子："嗬嗬！小儿科！租金全免又能怎样？中山路旁的'鸽子笼'，那间月租不过两千，人家还不照样赚大钱、发大财？"费广海俨然一副财经专家派头，这派头让所有人大吃一惊，黄木匠和英子更是冷了半截。

郭哥被费广海拆了台，有点儿恼，茶杯向桌上一墩："松营和中山路，一个闹市一个偏郊，不能比的！"郭哥用力不小，茶水都溅了出来，惊得旁边的黄木匠一抖。费广海没抖，仍慢条斯理普及财经："'松柏'是偏了点！但在这偏僻的松营行政村也算个小香港。"费广海一本正经，食指弯成铁钩一擂桌："搞批发，唯一出路是干批发。"费广海把郭哥墩在桌上的茶杯端起来，咕咚咕咚喝水，故意腾出时间让别人评判他的"搞批发"。

"搞批发！"村长若有所悟，"想法不孬！我们这里有的是搞零售的小门面，没有一家干批发的，这也算填了我村一项空白！"

黄木匠没反应，脑子里全是糨糊。英子虽对没降下租金耿耿于怀，但费广海的"搞批发"似乎弥补了这一点。英子看费广海的目光不禁一闪一闪，这给了费广海相当大的鼓舞。他做出谦虚状邀请郭哥谈谈看法，他晓得黄木匠拿不出干批发的资本，郭哥这棵大树不点头，这批发生意的设想便是空想。此时的郭哥隐隐感到被一根无形的绳子套住，眼睛半闭半睁："主意倒是个主意！只怕摊子大了，黄木匠撑不起来。这年头的生意人可都是仙家！黄木匠实诚，不如小打小闹图个安稳。"郭哥半闭的眼对着村长缓缓睁开："老同学，你说说呗！"郭哥实指望同学村长捧场，但村长也有村长的打算，他只想"松柏"这团面，能发出个无限大的包子。村长对郭哥展个笑脸，挺官腔道："胆子要大一点，步子要快一点。如担心撑不住门面，那么我要说这个担心纯属多余。我们村支部就是为私营经济保驾护航。"

郭哥脸上的肥肉嘟噜一颤,刚睁开的眼皮又吧唧一声耷拉下来。费广海趁机起哄:"够朋友!村长和黄木匠无亲无故,这样关心黄木匠就是够朋友。郭厂长!你就杀人杀个死,救人救到底吧!你家的买卖反正也是先斩后奏,东西销了才给厂家钱,几十万的货堆你那是堆,拨些到松柏来也是堆。"

郭哥不快活,冰冷地冒一句:"现成话我比你会讲。"

费广海愣一下,又一展笑脸:"郭厂长,你总是要求我们干什么像什么。可今天黄木匠的生意就不像个生意,死不死活不活的,你就能看得下去?"

郭哥脸上的肥肉又嘟噜一颤,眼皮再次撑开,望着费广海捉摸不定地笑:"是不能让他这样下去了!你费广海也杀人杀个死,救人救到底吧!你帮黄木匠筹个万把块,我再为他想想法子,这批发生意也就转起来了。"

郭哥将了费广海一军,一下子把他难成了哑巴,风云变幻的脸由黄转红又迅速转紫。郭哥见玩笑大了,不动声色补救:"你们俩都是我的老部下,又曾在锅炉房合作过,黄木匠实诚,老吃人亏,真想费广海拿出资金和黄木匠合伙干,那样我就放心了。"郭哥这么说无非是想给费广海一个下台的梯子,并非真的希望他俩合作。但费广海却像捡到了金元宝:"好吧!我听郭厂长的,我和黄木匠合伙干。"

郭哥压根没往心里去,所有人都认为费广海说的是气话。然而所有人都想错了。

第二天,费广海揣一万块来见郭哥。郭哥挺被动,说:"开句玩笑你当真了?!"费广海诚恳哀求:"郭厂长!其实你不开那玩笑我也要求你。你是知道的,厂里又开会动员下岗了,我这次就算祖上显灵留岗,长寿制药厂也是兔子尾巴长不了。不早早找条退路,今后喝西北风?我早想跳出来试试生意了,只恨没人领路。别看我平日吊儿郎当,其实本质不坏,脾气虽然暴了点,还都不是为了自己暴,都是替别人抱打不平。不是犟嘴,单黄木匠我就帮过他两回了!帮他解决了两个大问题。我图他什么?喝顿酒而已。现在到处刮着下岗风,人人如坐针毡。想想人就是贱,有安稳工作时,都七混八混的。把厂混倒了,又都急得像热锅上的蚂蚁!造漆厂、橡胶厂、火柴厂、食品厂等等都在争着倒!长寿制药厂也不得长寿的!大势所趋,不找后路不中了!郭厂长!你就先让我在生意场上试试吧!哪天觉得我不行,你给句话,我立马走人。"

郭哥的脖颈不似先前那样直杠杠了,灼人的目光忽地浓缩进一杯茶水里。再看费广海时,眼里便有水雾升腾,语调也是润润的:"你的意思我晓得了,等我和黄木匠商量商量再说。"

费广海告辞,走的时候脊梁有点弯。郭哥当即约来黄木匠,明白郭哥意思后,黄木匠当即变成瓷人,心里一百个不情愿,却又没有伤及郭哥颜面的勇气,于是闷着头不吭声。郭哥没逼他立即表态,要他先考虑考虑。

之后每当郭哥提及,黄木匠都以"没考虑好"之类理由搪塞,以期先把事情冷下来,然后不了了之。这可急坏了费广海,他把业余时间几乎全用来恳求郭哥。好话说尽,催得郭哥接二连三找黄木匠。黄木匠无法再推,干脆放个响爆竹:"我听郭哥的吧!"

黄木匠和费广海搞起了股份制,法人是黄木匠。在郭哥的主持安排下,黄木匠占股55%,费广海占45%。资金很快到位,郭哥家的批发公司又开始以白条的形式向"松柏"供货。

鸟枪换炮,费广海天生一块生意料,他不但把商品批发到各个零售店，连居民家的日用品只要物值超过五十元，也可来"松柏"享受批发价。有钱当然有货，没钱的写张欠条也有货。起初黄木匠尚视赊账为虎，渐渐却发现这种担心多余。凡向费广海赊账的人都很信用，从来没出现过皮货。费广海越发像颗星星了，英子先跟他保持距离，后来保持不住而成了追星族。对于英子时不时释放出来的妩媚，费广海每每都能完美克制。郭哥的告诫历历在耳：朋友妻不可欺，英子对你没得说，但那是兄弟姐妹间的友谊，你可不能不识好歹想歪了！黄木匠的实诚和厚道有目共睹，你若欺负这样的老好人，你就昧良心了。

费广海晓得轻重，时时刻刻扮演正人君子。然而有些事总是歪打正着，费广海的自律反而在很大程度上吊起了英子胃口，使得她早已蔫了的旧情春风吹又生。她常被一种难以捉摸的东西搅得心绪不宁，像有飘忽不定的幽灵缠绕脑海，驱不走，赶不走。渐渐地，她开始不习惯费广海的温文尔雅了，甚至有点怀念他昔日的野蛮和粗鲁。打理完生意的空闲之时，她的眼睛顾盼生情，时不时扭动腰肢，有意无意在他面前飘来飘去。

这一天，英子的娇柔终于洞穿了费广海的底线。他先盯着英子匀称的屁股愣会神儿，然后径直去了后场。英子目送着他，目光怔怔盯着通向后场的门，就见费广海的头很快探了出来："英子，火腿肠哩？我想喝一杯。"英子骂一句"酒鬼"，袅袅娜娜去了后场，推开门，看见费广海下身精光。一根火腿肠一样的东西正精神抖擞望着她。费广海一把搂过英子，抓住她的裤腰一拽，英子那松紧式的内、外裤便齐刷刷退至膝盖骨。

"我真忍不住了！"

"青天白日的，你胆子真大！"英子拍打费广海的手。费广海略略一挡，英子便脆弱地跌倒在床上。费广海压了上去，势不可当的"火腿肠"长驱直入,一泻千里。

第二十章

　　第二批下岗工人走了已有月余,我这个皮球工仍在长寿制药厂拿薪水,但也预感到了长寿制药厂气数将尽。远处的光芒暗淡了!我也开始考虑后路了。我并不怎么担心前程,郭哥说得在理:化肥厂倒,食品厂倒,各个厂都在倒。但化肥厂倒了,农村就不用化肥了?食品厂倒了,难道活人都要饿死?不会的。倒的是国营,私营纷纷起来了!也就是说眼下的环境对庸人而言是灾难,对智者来说却是千载难逢的机会。什么是改革?改革就是促进生产力,也是利益的再分配。你李成俊一身的木匠本领,你怕什么?不久的将来,向阳木器厂会倒的,市一建、二建、三建的门窗厂也会倒的。吃着大锅饭,工人混,领导孬,不倒就怪事了!一家欢乐一家愁。国营果品公司倒了,傻子瓜子起来!反过来说也成立:傻子瓜子起来,国营果品公司倒了!这次小平同志南方讲话,还特意给傻子撑腰哩!什么情况?鼓励一部分人先富起来呗!郭福敏说他的目标就是携手众多私营百货小店,齐心协力把市百一店、市百二店统统干倒!他还希望我联手众多两毛钱漂过来的木匠,齐心协力让向阳木器社和市建几个门窗厂尽快关门!他让我抓紧出来开个门窗店,说:"现在门窗材质都用PVC了!但尺寸、结构还是一样,仍属于木匠范畴。"

　　郭哥怂恿我干门窗店的理由是:社会在进步,生活在提高,已经有一部分人先富了起来,还将有大批公民跟着小康。人一富,最想改善的无非是住房。孙中山说过:中国将来最大的经济革命是住宅革命。伟人就是伟人!能看到几十年以后的事!孙大人说的是啊！"鸽子笼"（小而破的房子）是装不下富人的！就像小庙里装不下大菩萨！住宅革命正在兴起，而门窗就是住宅的眼睛。你想想这个产业该有多大？郭哥还劝我别写什么狗屁小说了，赶快把精力全部转移到经济建设上来。会写文章只能算个酸文人，会做生意才是大仙家。

我起初有点云里雾里，细一琢磨，还真是这个理。郭哥的见解并非做梦吃肥肉！我开始想入非非，开始想做仙家了。

说干就干，我本打算立即下海，转一想被木工房白白耽误了几年有些亏，便决定在木工房再赖段时间。当然不是为了赖几个工资。我要捞上一把才走，开门窗店要本钱，不捞钱不中。很简单的，向东走个一百五十米，就到了包装车间。"麦迪霉素"就放在一排一排的工作台上，工作台紧挨窗户，凭着我的个大胳膊长，站窗外就能轻易将麦迪霉素捞出来，像探囊取物。

"探囊取物"让我的荷包越发充实。有了钱的我并不瞎花。我将五分之四的钱存着，五分之一花在郭燕身上，郭燕的衣着鞋帽都较以前有了显著变化。两人想黏糊时，也不用再去占用青弋江大堤了，一个人先去江城饭店开个房，另一个偷偷摸摸溜进去就中。在我的记忆中，当时和郭燕行乐都是偷偷摸摸的。没钱时，偷偷摸摸上江堤；有钱时，偷偷摸摸进客房。我和郭燕都是堂堂高中生，我们从书中学到一个自然避孕法。就是以郭燕的经期规律，推算出她极易怀孕的日子。每月大概有七天易孕期，除了这七天，其他都是十分安全的好日子。后来的实践证明，这办法还真灵，我一整年的"巫山云雨"都没有把郭燕的肚子闹出动静。

然而百密终有一疏。就在我"探囊取物"、财运最旺盛的时候，那头的"桃花运"却出了问题：郭燕怀孕了！

起初郭燕疲劳嗜睡。睡就睡吧！反正待业没上班；渐渐上厕所的次数又越发多了，且伴有间歇性作呕。郭燕仍没在意，只当是吃五谷杂粮总有病的时候。但郭妈在意了，郭妈不动声色带领女儿去了医院。医生很兴奋，热烈祝贺郭妈有孙子了。郭妈一惊，竟然被孙子吓成了木头人。待她回过神来，郭燕却不见了。

郭妈躲在家里哭，郭燕躲在江城饭店206房间哭。木工房里的我无所事事，正用扑克牌给自己算命，腰间别着的呼机忽然响了。急忙忙请了假，急慌慌撞开206房间的门。见来了心上人，郭燕一头撞进我怀里放声大哭，又莫名其妙放声笑，哭一会、笑一会，又对我肩膀狠狠捶一会。

第二天，郭妈、郭伯都请了假，一左一右守在家里的电话旁。到了这程度，也没什么好法子了。老两口早已在女儿的问题上统一了认识，那就是哄女儿赶快归家。下午三点的时候，终于等来了郭燕来电。郭妈手快，一把抓起了话筒："小燕啊！"

郭燕没应，嘤嘤地哭。

"莫哭了！"郭妈劝女儿不哭，自己却拖起哭腔，"这……这样的事多的是，不……不丑哩！可这事你不该蒙妈啊！对象是谁呀？"

"反正不是王启东。"

"不是王启东就不是王启东！就算是个讨饭的，你妈并代表你爸都认了！"

"说话算数？"郭燕问得很有力。

"傻丫头！都到了这份上，你娘老子还能咋的？！"

话虽这么讲，但是，当郭燕把我这个漂过来的乡巴佬送给父母当女婿时，郭伯、郭妈还是猝不及防，默默无语大眼瞪小眼，默默无语比赛谁的嘴巴张得大。郭哥更是一蹦三尺高："耻辱！耻辱！老郭家的耻辱！"

我和老郭家三年多来结下的深厚友谊，就这么因郭燕的怀孕而笼罩上一层化不开的阴影。亲朋好友纷至沓来，都来劝郭燕悬崖勒马去打胎。郭燕始终不表态，亲朋们不厌其烦地劝，大有不达目的不罢休之势。我的日子更是一落千丈，天天被基建科调去掏阴沟。这还不算什么，更要命的还是保卫科从我的床头找到了几十瓶"麦迪霉素"，开除出厂已是板上钉钉的事了。长寿药厂之大，但已放不下黄木匠留给我的那张床了。我和郭燕终于被逼至墙角，一狠心，买了两张轮渡票漂去了江北。江北的老李家自然喜出望外，所有亲友都视郭燕为上大人，二姐更像对待慈禧太后一样把郭燕捧着。

　　后来郭燕说：那段农村生活令她终生难忘，农村人就是厚道，她把终身托付给李木匠是对的。

　　小窑堡沸腾了！一拨又一拨瞧稀罕的人川流不息。全村上下除了韩三爷家老两口子外，几乎都去我家讨得了喜糖，连韩三爷的几个亲侄也没有顾及三爷的感受。他们一边嚼糖一边打从本家三爷门前过，还不管不顾腾出嘴巴描摹郭燕活像某某明星。韩三婶关严前后门，垂头坐在纺棉凳上叹气，偶尔抬脸瞅一眼丈夫，三爷正狠命吸烟，目光复杂。

　　我父亲的心情也很复杂，本指望圆圆姑娘一回，是非功过得以澄清，万没料到郭燕抢先一步来了，并且挺着大肚子。精明的父亲心中清楚，自己平常那些有目标的暗示，已把韩三爷彻底引上了岔路，韩三爷虽没明说，但他的一举一动，早把父亲看作儿女亲家了！眼下正是村里班子直选的时候，韩三爷正默默替父亲到处拉票哩！

　　"哎哟哟！瞧这事弄的！"父亲六神无主。想去和韩三爷拉拉，却找不到由哪下嘴。更不敢提酒去了，三爷那火暴脾气还不要将酒当尿泼他一脸。但棒槌上天，大头总要落地呀！若不抓紧将三爷胸中憋着的气泄掉，鬼也难料韩三爷会做出怎样的事来！思前想后，父亲邀上了韩云山和吴德才，三位小窑堡最顶尖的人物便扮演过客，假装由三爷门前过，其实事前早定好了和三爷沟通的方案。一行三人，几去几回，韩三爷家的前后门都严严闭着，又不好擅自敲门，以避免敲动三爷那根敏感的神经。韩三爷越是闭门不出，父亲越是胆寒，天天盯着三爷家关着的门发愣。恍惚间突然看见那门洞开，韩三爷拎一把雪亮的东洋刀，疯牛一般向这边狂奔。父亲晃了晃，原来奔他而来的是一股阴风，父亲揉揉眼睛，发现韩三爷家的门仍严丝密缝关着。父亲摇头苦笑，当晚竟然失眠了。

　　第二天，父亲竟在床上一觉眯到小傍中。迷糊中，父亲被家门口的喧闹声吵醒，七嘴八舌的。侧耳倾听，他不由得打个激灵，摊上事了，江城那边来了公安。父亲一骨碌滚下床，趿着鞋，三步蹿到屋外。果然是来了公安，家里的一帮女眷正围着五个大盖帽辩理。

　　"怎么着！怎么着！都啥年代了！公安还干涉婚姻自由？"

　　"想带人走，你们也该问问郭燕愿意不？"

　　……

　　父亲站在一个不起眼的地方静观事态发展，他看见领头的大盖帽一步蹿到碾子上，接着开始演讲："大家静一静！你们误会了！我们哪敢干涉婚姻自由？我们是执行公务来的。江城的长寿制药厂出了一桩盗窃案，牵连到了李成俊，我们是来带他回江城协助查案的。"

　　纷乱的现场顿时安静，父亲的脸色煞白，不住踉跄起来。他终于明白拯救人、畜生命的那些"麦子棉絮"的来历了。他苍白着脸偎在一棵树上，脑子里飘满雪花。我更是失了先前的阳刚，在接受公安一番简单盘问后，我一步一歪接受公安指令走向警车。这时，我看见一直躲身二婶家的郭燕走了出来，挺着个大肚子，步履蹒跚。警车没有等她，不管不顾启动了，我在车内冲她挥手告别，她没反应，墨绿色的车玻璃将她视线完全挡住。她不紧不慢朝这边走来，全然不知这边的我已发生了巨大的变故。警车走了，依偎在树干上的父亲忽然摇摇晃晃追着警车跑，跑在他前面的还有几条狗。警车出了村巷，狗们先站住了，摇着尾巴冲警车的方向叫几声，便纷纷掉头回撤。父亲也站住了，像半截枯木桩立在那儿一动不动。这时，他无意中看到了韩三爷，三爷的边上站着韩三婶。三婶正双手并用轻轻弹着三爷衣服上的尘土。韩三爷的目光一直盯着警车。一手叉腰，一手夹烟，两腿呈三十度角戳在地上，稳重得像村东的太子山。三爷的目光终于照到了父亲，此时的父亲觉得他十分碍眼，忽然有了冲过去揍他的念头，但这念头在父亲的脑子里稍纵即逝，父亲是冷静的，他只用很硬很硬的目光与韩三爷对视。韩三爷渐渐生了怯意，一转身，没入自家门洞里，但父亲仍红着双眼盯着三爷家的方向不动。

　　因为郭燕肚子有了动静，我付出了沉重代价。"探囊取物"的事最终被王启东捅到了派出所。这也大大出乎郭福敏的意料，郭哥只想把我开除出厂、驱逐出江城，以拯救稀里糊涂的亲妹、拯救老郭家的尊严和脸面。万没想到事情像没了刹的卡车，不管不顾在路上乱冲起来，超出了他的掌控。

　　我被弄进派出所，最胆寒的还是郭哥。郭哥借送中饭的机会和我作了沟通。郭哥说："自己的事自己兜，别扯别人。扯也白扯，人家反倒要告你诬陷。"郭哥还安慰我别紧张，他会想办法的，尽量争取个"大事化小、小事化了"。那天的晚饭是郭妈送的，郭妈眼都哭肿了，并对民警说我是她女婿，郭妈说了三遍，声音很大，边说边拿眼角的余光扫我。感动得我清清脆脆喊了三声妈。郭妈颤抖着双手替我揩泪，颤抖着声音安慰茫然的我："小燕已去你老家待产了！这个你也知道。生就生吧！我们没有意见。你在牢里也别牵挂孩子，有你福敏哥哩！只要你福敏哥在，这个家就不会塌。"

郭妈说这些时，已经泪流满面。强烈的负疚感迫使我扑通一声跪在了她的脚前。

后来的审讯中，我把"麦迪霉素"的事如数倒了出来。但没有提及郭福敏，所有风雨都是用自己的肩膀扛了下来。这个担子委实不轻！涉案金额超过了五万块。五万块！当时买一套住房足够！

我被作为江洋大盗送上了法庭，适逢当时严打，法院认定我犯了盗窃罪和销赃罪，合并判处有期徒刑七年。

七年啊！人生能有几个七年！牢里头的我日益绝望。狱方怕出岔头，通知了家属。父母来了，郭燕生的儿子也来了。儿子取名天成。李天成简直就是我的翻版、复印件。我根本没心情跟父母说话，只是隔着玻璃，望着活蹦乱跳的小天成一个劲儿地傻笑。

小天成在爷爷的带领下，经常来探监。可到牙牙学语会喊爸爸时，却没有再来过。我在父亲嘴里获知：李天成已被郭伯、郭妈，也就是天成的外公、外婆接去了江城。起初李家人死活不干，小天成也不干。当郭伯拉着天成手，自我介绍是他爷爷时，李天成竟含糊不清不认可，那急匆匆甚至有些愤怒的表情仿佛在说："我还是你爷爷哩！"李天成的稚嫩、滑稽，愣是把一屋子人笑得东倒西歪，又个个笑得泪水盈盈。郭伯前后跑了五趟，主要是跑来和我父亲商讨李天成的未来。字字是情，句句是理。为了孙子有个更好的前程，父亲最终放弃了原先的固执，鼻涕一把泪一把地把李天成交给了郭家。郭伯、郭妈也很开明，每当我父母去江城看孙子时，他们都热情接待。父母常去江城，走亲戚似的。

再来探监时，父亲也把郭家的一些事传给我。

我坐牢后的第二年，郭哥家的批发部变成了大超市，有半个市百一店那么大！后来越变越大，竟在江城拥有了三家分店。郭燕就在其中一家分店里干会计，收入还行，养她娘儿俩够了！郭哥仍是长寿药厂的销售厂长，是真正的药品销售代理人。这类消息，我懒得听，听了心里泛酸、犯堵。直到进入新世纪，父亲才渐渐带来一些我爱听的消息。

2002年，落第一场雪时，长寿制药厂彻底倒闭。

2003年，已爬至卫生局副局长位置上的王启东被隔离审查；原长寿制药厂的几个头子好像都脱不掉干系；郭福敏一家三口虽然去了加拿大，但他的账仍留在国内。

父亲说郭福敏的账肯定有问题，是逃不掉的！公安百分之百要去加拿大逮人！每当说到逮人时，父亲总是精抖抖的。但我并不怎么关心。我关心的是："郭燕结婚了吗？"父亲答："没有。"我舒口气，神态怡然。可渐渐又变灰暗，心想：父亲骗人，是安慰我。年年都说郭燕没结婚，如果真没结婚，她咋不来黄湖农场看我哩？

父亲像是看出我的心思，心也灰灰的，想跟我讲些什么，终究什么也没讲出来。父亲一掉头，牵着满眼酸泪的母亲默默走了。父亲这回没有直接回家，他垂着头不停地对母亲挥手：去江城！去江城！我得设法把娃儿的心思原原本本搬弄给郭燕。

父亲走后的第三天，我迎来了入狱后最欢乐的时光。郭燕真的踏雪来了黄湖农场！会见室内，四目对视，含情脉脉。郭燕泪盈盈的，我没有给她安慰，首先怯怯地问："你结婚了吗？"郭燕吃一惊，抬脚扫在我的腿弯处："你这个害人精，还问这话！你待在这大牢里享福，我跟谁结婚？跟谁结婚呀？"我彻底舒口气，仰望天花板嘿嘿地笑："三年了！你都没来！我只当你把我忘了！"我尽管仰着脸，但热泪还是顺着下巴流了下来。郭燕原本的泪盈盈变成了哗啦啦，堵不住擦不干。一旁监视的狱警向这边瞄几眼，竟破天荒地让我们多叙了二十分钟。

　　三年了，郭燕不是不来看我，是有苦衷啊！哪家父母情愿让闺女嫁劳改犯？！可怜的父母已为郭燕操碎了心，郭燕再不忍心直接伤害父母了！她想慢慢感化父母，她常常怀抱李天成对父母说："为了天成，我这辈子不能嫁了！"郭伯、郭妈相互望望，默默无语。

　　这次会面，郭燕惊喜地发现我成了狱中作家，竟然有十几篇作品发表于省级报刊！文学成果居然比已爱好文学多年的狱方政委还要大，自然也成了政委众多文友中的一员。发表作品是有积分的，积分越多减刑越多。

　　郭燕曾反对我在木工房业余创作，万没想到，她曾竭力反对的东西竟在狱中帮了我大忙。她拉住我的右手摇了摇，乐呵道："瞧我！该死啊！差点扼杀了一个作家。"又摇了摇我的左手，"等着噢！过几天我再来，来给大作家送书。"

第二十一章

　　英子和费广海断了的丝又悄无声息续上了，黄木匠虽若隐若现瞧出了苗头，但没勇气轰轰烈烈吃醋，他唯一的泄愤方式是倾诉。郭福敏给他想了个不是办法的办法："你把费广海老婆招店里来噻！你看守不住的东西，他老婆作兴能。"黄木匠想想也是，一本正经照顾费广海说："生意忙得人手不够了，把你下岗老婆喊来再就业吧！"按说这本是打着灯笼难找的好事，费广海却不领情，回复："我们已不像夫妻了！就差一张离婚的纸，管她！再说店里人手暂且还是够的，不够再说不够的话。"黄木匠被堵了回来，陡然沉重起来，赶紧把费广海要离婚的事禀告郭哥。郭哥就感到费广海要端黄木匠锅了！真不是个东西！狗终究改不了吃屎啊！郭哥嘱咐黄木匠抓紧"松柏"大权，尽可能不把费广海当人待，再瞅个机会逼他退股滚蛋。按照郭哥的谋划，黄木匠精心实施。费广海很快有了"此处不留爷"的兆头。然而费广海天生不会坐以待毙，他表面上虽向黄木匠俯首称臣，暗地里却咬牙咯咯响：哼！不是鱼死就是网破。

这一日，费广海以讨好主人的姿态向黄木匠提供一个罕见的发财机会，说长街一家批发部因拆迁而大量倾销库存，尤其是香烟，八点五折。

这是一家老资格的批发大户，与郭哥家事业旗鼓相当。门口果然立一块"因拆迁亏本批发"的招牌。黄木匠进去后，才发现费广海的情报有出入，人家原本九点五折。黄木匠认为便宜不大，况且还要现钞，不想贪了。他走了出来，却见一亮顶男子跟了过来。黄木匠暗喜，估摸有戏可唱。果然是台好瞧的戏，亮顶表示：想图黄木匠回头生意，愿在价格上灵活些，但不可能灵活到黄木匠想的那个层次，如大家心诚，就一步到台口：九折。

黄木匠一拨小九九，有点儿心动。为了油水尽可能多些，他鼻子一翘吊人胃口："贵了！"亮顶眨巴眨巴眼，丢一句"还嫌贵啊？"转身就走。黄木匠一看偷鸡不成，漫不经心的表情顿时云散："哒哒哒！咋就走了哩？要的是价，还的是钱，你总不是金口玉言吧！"亮顶直挠头，挠得光溜溜的天灵盖起了几道红痕："我只是打工的！老板是不可能再让了！"话完又要走，却被黄木匠留住："好好！我也不愿放空，带点回去试试吧！"亮顶嘴巴撮成个包子，朝东北方一努："去仓库吧！门面不会多放货，货多税多。"黄木匠晓得此乃生意场上窍门，心悦诚服随亮顶来到不远处一幢二层楼房前。打开院子铁门，再打开一扇木门，满满一屋宝藏。黄木匠抽样开箱拆条，一律商标"阿诗玛"。

"阿诗玛"俗名"小姑娘"，是一种中等层次的香烟名，畅销得很。因烟盒上印着漂亮少女阿诗玛，所以江城烟民都称其为"小姑娘"。

黄木匠搭上所有的款子买了十一箱"小姑娘"，仍不过瘾，又以老板的口气命令英子把店里现金速速送来。

总共买了十八箱，亮顶招来一辆小货车，一路顺风将他和十八箱送到"松柏"。

十八箱齐刷刷堆进"松柏"后场，黄木匠直觉得完成了一桩霸业，虽挂一脸无所谓，但那踌躇满志的方步已淋漓尽致展示出他的伟大与了不起，仿佛是向英子表白：瞧瞧！你老公也是个大气魄男人。

当晚，英子果然主动出击，缠住黄木匠干了一番快活事。翌日早晨，太阳两竹竿高了，黄木匠仍功臣似躺在床上享清福，还做了一个自己掉进井里的梦。直到去了店里的英子又跌跌撞撞返回来时，井里头的黄木匠才猛然惊醒。英子火上房似的叫他赶快去店里。英子丢下这句话后，又急急向店里跑，好像店里着了火。黄木匠脸没洗牙没刷，马不停蹄赶到店里，发现英子正协助费广海舌战几个顾客。尽管对方几张嘴，却胜不了费广海的铁嘴。对方的眼睛个个瞪得像铃铛，也有人挂着脸嘟着嘴气咻咻走了。

不一会儿来了一拨工商，工商们挥汗如雨检查"阿诗玛"，领头的当场宣布："这哪是小姑娘?! 是嫂子！冒牌货！"

"松柏"就这么蒙难了，黄木匠罪人似的坦白出进货渠道。工商顺藤摸瓜奔赴源头破大案，结果撞了一鼻子。那家批发部压根没有假货，也没有亮顶这个人，更没有和黄木匠的成交记载。

"亮顶哩？"黄木匠问老板。

"不认识，我们这全是黑顶。"

"明明在你批发部嘛！咋会不认识？"

"你现在不也在我批发部吗？我也认不得你呀！"

黄木匠翻翻死鱼眼，哑口无言，再去仓库探查，才弄清那是亮顶租来的民宅两间，亮顶现已人去楼空。

十八箱"嫂子"被没收，还落个停业整顿的命运。尚没富出油来的"松柏"主人们哭丧了脸，黄木匠成了焦头烂额的罪人，默默承担着责无旁贷的失职后果。抱怨裹挟嘲讽由四面八方涌来，他被击倒了，连绵不断地高烧，体重直线下降，眼窝深凹，嘴巴变瘪。短短十日赛过十年风霜。"夹着尾巴"成了他做人的唯一标准。费广海偏偏又咄咄逼人，嘴巴皮一翻，翻出一串风凉话。

这一天，费广海面无表情赏了黄木匠一个立功赎罪的机会。他联系到了一批积压皮鞋，价廉得难以想象，且是卖了以后才付款，卖不掉可悉数退回。这还真是个弥补损失的好机会。再说店门被封，主人们都无所事事，不做这个做啥？

驮满皮鞋的三轮车上了大街。费广海和英子主卖，要求黄木匠暗中帮忙捧捧场，也就是扮演媒子角色。费广海说，此举乃新时期最先进的促销手段，见效得很。

黄木匠当媒子真是大姑娘上轿——头一回。干起来方知比吃屎还难。费广海不时嘹亮地喊："皮鞋皮鞋，大甩卖，三十块一双，买一双送一双。"尽管买一送一，青睐这陈旧样式的人还是不多。偶尔有人光顾，远远蹲在十米之外的黄木匠就感到责任重大。鬼头鬼脑凑过来，战战兢兢捞只鞋，摸摸，再摸摸。看一眼英子，嘴张了张，没有勇气问出来，又张了一下，还是不行。短短一刻，汗水已沁满额头，呼吸也莫名其妙重了不少。旁边正挑皮鞋式样和质量的老头瞄了他一眼，埋下头继续挑。此刻，正是一个媒子施展拳脚的时候，黄木匠偏偏无法施展。英子一急，拿眼示他，可他不看她。川流不息的人打媒子身边走过，神态安详，脚步缓缓，黄木匠就觉得这些人和英子一样，都在等他那句：呔！皮鞋几个钱一双？

啊呀！这哪是人做的差事！可这差事明明是他现在的职业。再看英子，英子的嘴巴噘得老高。黄木匠意识到背水一战的时刻到了，用手揩揩汗，又狠狠咽几口唾沫，眼一闭，生生来一句："呔！皮鞋怎卖？"

英子笑了，拿出一流态度待他："十五一双，两包烟的钱。"

黄木匠没说二话，又一闭眼："是的！是两包烟钱，还不能是好烟！拿两双。"然后扔去三十块钞票，搂起两双鞋就走，惊得正挑鞋的老头目瞪口呆，心想：怪了！这年头哪有这样买东西的？老头疑心丛生，嘟囔一句："媒子！"倒背双手头也不回走了。气得英子和费广海手痒拍打三轮车，恶毒毒盯着又蹲到十几米以外的黄木匠。黄木匠展开一张报纸严严实实挡住脸，眼睛不时透过报纸一角窥视三轮车前动静。车旁生意清淡，这正是黄木匠渴望的。忽又冒出个识货的，黄木匠心一沉，软乎乎站起来，软乎乎走向三轮车。费广海一见他漏洞百出的神态，就怕他再次黄了眼前来之不易的生意，果断出击："你这人老在这转，转什么转？买不起就别买。走走走！有多远你走多远。"

黄木匠一颤，怔怔望英子，英子不睬他。费广海那一吼，还真吼成功了一笔，英子正眉开眼笑接纳进项哩！

失去价值的媒子好恓惶，发誓再不去三轮车旁抛头露脸了。那里不是老好人的作为之地。不去了，坚决不去。哪怕没饭吃，没有裤子穿。费广海就嘀咕："儿子想干这丢人现眼事！还不都是吃你亏?!"

黄木匠死活不吭声，抱住头蹲到地上不动弹。

假烟事件让"松柏"元气大伤，黄木匠不再是幕后人物了。费广海当仁不让掌握了"松柏"主动权。费广海挺满意，只是流动资金奇缺，单欠郭哥家货款就超过十万。一时无力偿还，按说郭哥打个喷嚏"松柏"都要乱晃的。但是费广海毕竟不是黄木匠，他还劝英子不用急，说事物都是一分为二，比如这欠债，看起来像坏事，其实欠债也有欠债的好处。眼下的郭哥不是比以往更关心"松柏"吗？你知道为什么吗？就是因为"松柏"的利益连着他十万多块的利益，一旦倒闭关门，他那十几万块怎么办？

费广海在郭哥面前不似从前了。从前有些拘，现在不卑不亢了。"拘"是想求他挺一把，现在他已挺进来十几万，所以就不拘了。按计划分步骤慢慢还呗！不愁郭哥断货，断货就是让"松柏"断气，"松柏"断气了郭哥挺在里面的十几万咋办？郭哥已被套牢，只要费广海张口，郭哥对"松柏"的支持就不遗余力。

至于黄木匠，费广海支配起来简直得心应手，他总能兜来大量积压或清仓货，把个黄木匠装扮成大忙人，整天骑着破三轮走街串巷叫卖。尽管带不来多大利益，费广海还是乐意天天安排，他暗地里对英子说："你老公瘟鳖一只，有损'松柏'形象，不如让他骑着三轮逛街。"

大街逛多了，不免枯燥，黄木匠建议费广海另作安排，费广海就阴阳怪气笑:"因'人'制宜嘛!都是为了还债嘛!"黄木匠默默无言,再逛大街时就不那么卖力。进项一天不如一天,费广海沉不住气了,把黄木匠呈上的小钱一扔:"你看看!再数数!对得起一顿两大碗吗?"费广海不仅讲嘴,还以实际行动征服黄木匠,说不定哪天,他突然会接过黄木匠的三轮车逛大街。收摊后总是当黄木匠面一遍遍点钱。同样是逛大街,但他的进项令黄木匠望尘莫及,比黄木匠高出几倍甚至十几倍。黄木匠焦头烂额,又找郭福敏诉苦。郭哥嫌烦,形容他为扶不起来的猪大肠,扶也白扶,自生自灭吧!郭哥也许是气话,但黄木匠死活都不愿再去打扰他了。

更让黄木匠伤心的是英子,她的胆子越长越壮,当着黄木匠面都敢与费广海挤眉弄眼,再不像从前费尽心机掩饰自己的情妇角色。起初,黄木匠拨她一下,她的脸尚有红潮涌动,渐渐就不红了,反倒向黄木匠灌输一些自由化之类的新知识。黄木匠心里塞着慌,撵不走驱不散,吞云吐雾成了他闲时必修课。到了中秋,黄木匠已修炼成一个标准烟鬼。

"你又进了一步,会抽烟了!"

黄木匠晓得不是好话,不吭声。

"现世宝,我咋就瞎了眼嫁你这个现世宝!"

这下正中黄木匠痛处,他腾地站直:"你眼皮子浅呗!看中我当时就职药厂木工房。现在工人不吃香了!你悔了,就明是明的暗是暗的,明处是我老婆,暗地里都让姓费的包了!"

英子惊得腰一勾,翘着屁股瞅他小半天:"那……那就离婚吧!"

"我不想离婚。"

"可我想离。"

黄木匠耳内嗡嗡响，仿佛听到了来自地狱的楚歌。

中秋节前的事情确实多，"松柏"的合同也到了期，等待续签。费广海这才想到黄木匠是主，非常谦虚，一再鼓励黄木匠去找村主任，黄木匠顿时有了一种主权回归的感觉。

村主任在村委会接待了黄木匠，获知黄木匠来意后，两束不屑的目光由眼窝无遮无拦冒出来，脱口一句："就你？"意识到蔑视黄木匠的口吻过于赤裸，连忙改口，"就来你一个？"

"你……你是问费广海？"

"不是我问费广海，他是这地方名人，大家都相信他。"村主任笑了，笑得意味深长。

合同没签成，黄木匠知道村主任心里装着费广海，但他没跟费广海提起。在这个关键问题上，黄木匠不能让，合同上如再没有自己大名，那么今后在店里真没立锥之地了！黄木匠决定再找郭福敏诉苦，他已好久没麻烦郭哥了，回把回麻烦一下，郭哥作兴肯帮。

果然天遂人愿，郭哥带着黄木匠重托来到村委会，被村主任视为贵宾邀到酒桌上，并邀来费广海作陪。村主任本就直率，喝了酒更直，首先骂村办企业负责人统统饭桶，只会一往无前亏，不会源源不断赚。亏到转不动的时候，一个报告打到村委会，从头到尾都是要钱。理直气壮的，说经济效益虽差些，社会效益却不孬，解决村里几十号人就业便是件功勋卓越的事。再说村里也不忍看着一个企业因缺资金而困死，于是拨钱。有了钱该好好干噻！可他不！仍抱着老油条方法不松手，结果还是亏。久而久之，不亏的反倒认为自己孬子样的，赶紧模仿，赶紧大手大脚花，果然就亏了。于是村里又多了份报告。唉！我也不晓得如此下去怎么得了！村里目前是有两个，那都是国家征用土地对我们的补偿啊！败光了，子孙后代喝西北风？

村主任一腔悲壮做好了铺垫工作，默默神，直奔主题："其实市场竞争就是人才竞争。比如'松柏'，村里人干总是亏。是店小地僻无可救药？不是，事实证明不是。费广海主持工作后，就翻了一个跟斗，要不是黄木匠心粗把'嫂子'当成'小姑娘'，作兴能翻两个跟斗！"村主任拍拍费广海，"人才！绝对人才！"

费广海和村主任好像预谋好了似的上演双簧，村主任虽没明确表示合同该由费广海主签，但意思就是那么个意思，并不时邀请晾在一边的郭哥提提看法，这便很科学地堵了郭哥嘴，使得他无法把黄木匠举荐出来。

费广海最终取代黄木匠成了法人，他与英子联手主宰店里的收入与支出，把个黄木匠蒙在鼓里，报多报少全凭费广海一张嘴。出入大了，黄木匠生疑，这时英子总站出来包办："差不多！我说差不多就差不多。"黄木匠明知有黑账，却摸不到黑在哪里，只好捏着鼻子认下。久而久之，黄木匠麻木了，彻底成了任人宰割的羊羔，深感这么稀里糊涂下去没有前途，就求英子："你跟我回家吧！不开店了，我干木匠去，保证日子小康。"

英子觉得恶心，没好气说："你回吧！我不回。"

"你不想跟我过日子了？"

"你心里有数啊。"

"我死不离婚。"

"喊喊……"英子直冷笑。

"嘿嘿……"黄木匠也冷笑，像是和英子较劲。

黄木匠不想离婚，这与费广海恰恰相反，费广海已视婚姻为累赘，并为甩掉累赘做好了前期铺垫。费广海老婆害怕被甩，时不时跑来"松柏"大哭大闹,这便是离婚路上的障碍了。可费广海不悲观,说"猴子不上树,多打一遍锣"。他有的是谋略,既有办法花好月圆,也有办法分道扬镳。费广海老婆见和好无望,赏了英子几个耳光后,干脆放了响爆竹——离就离。

费广海如愿以偿摆脱羁绊。黄木匠措手不及,深深落入绝望之中,他担心的事终于发生了,像秋风扫落叶毁灭他的精神。在他看来,费广海老婆就像屹立于英子和费广海之间的天然屏障,有她在,费广海多少收敛些,至少不敢重婚。可如今,屏障轰然坍塌,态势不再平衡!黄木匠的烟瘾更大了,动不动呆望天花板,仰着头,像是不让泪滴,又像是面对苍天呐喊:"苍天啊!我咋这样倒霉!这怎么办哩?"

黄木匠彻底垮了,已在医院躺了三天。英子朋友似的来看他,与朋友不同的是,她的眼里蓄着歉意。她削掉一个苹果的皮,又剥下许多桂圆的壳,所有精力都集中在黄木匠的吃喝上,仿佛是在弥补些什么。

黄木匠口含食物,艰难地咀嚼着,仿佛正在吞咽有生以来的最大痛苦。他企求的目光始终逗留在英子脸上:"跟我回家吧!不开店了,我还去干木匠,保证……"

"不说这些了!"英子轻声打断黄木匠下文,嘴唇有些抖,晶莹的泪光里晃动着黄木匠憔悴的身影。

黄木匠凉飕飕的手颤巍巍伸过来,抓住英子呜呜哭:"英子,我要说,我要说,我要你跟我回家。"

英子木木摇摇头:"黄木匠,现在起我也喊你黄木匠了!我对不住你!你还年轻,再找一个吧!"

黄木匠拉英子的手缩了回来,他已触摸到了英子那颗冰凉的心,看得出她有离婚念头已非三日两日了!黄木匠闭上眼睛,植物人似的靠到床背上。天在塌，地在陷，手中的苹果也悄无声息挣脱他的手，落到地上，滚，默默地滚。他的眼微微撑开，斜斜地失神地望着地上缓缓移动着的苹果，像一尊泥塑木雕。

　　医院的病床无法挽留住心病缠身的黄木匠，他在一个月黑风高的夜晚选择了离开。他轻手轻脚走过病房通道时，满头乱发和那张没有血色的脸竟吓得值班医生一激灵，仿佛突然撞上一个鬼。就在医生愣怔的当儿，他不失时机将整个人埋进暗夜之中。夜的确深了！街上已不见行人，连大小车辆也绝了迹。夜风之中，天漆黑，地昏黄。星星点点的路灯把黑幕撕开一道长长的缝，照着野鬼一样的黄木匠游荡远方。他飘飘歪歪走着，像在一个阴森恐怖的大舞台上跳舞。

　　黄木匠从医院偷跑出去后，没去"松柏"，也没找郭福敏，只给英子打个电话，说他要走了，走得远远的。

　　两个月后，市报上登出一则启事，大意是：黄××，你妻英子要求离婚，法院限你三个月内到庭应诉，否则将按缺席判决。

　　三个月时间转眼即逝，黄木匠没有露面。

　　黄木匠真走了！谁也不知他去了哪，他也没看见法院在报上登的启事。直到半年后，黄木匠觉得该给父母打个电话，二老寻不见儿子踪影，岂不要急死？这个电话太重要了，母亲在电话那头边哭边诉："儿呀！都当你死了！都怀疑你被英子伙同奸夫谋害，沉入青弋江。真没料到你还活着！我们家早报了案，公安天天在查，查得狗男狗女吃不安、睡不着。松营一个村都轰动了！都骂狗女潘金莲，狗男自然就是西门庆。松营村百姓都说我儿实诚，都呼吁公安尽快请狗男狗女吃枪子。公安没抓到把柄不好动手，但隔三岔五就去'松柏'调查，也够狗男狗女喝一壶了。松营百姓觉悟就是高，步调一致抵制'松柏'商品，几百人自发堵住村委会大门，要求村委立即收回'松柏'经营权。说松营村一汪清水，断不能让两个奸夫淫妇给污了。"母亲越说越起劲，电话那端竟响起幸灾乐祸的笑声，"儿耶！有报应的，上个礼拜，狗男狗女撑不住了，灰溜溜被松营百姓撵滚蛋了。滚蛋也不行，滚到哪公安都会跟到哪。我们家真当你不在了！都成立了专案组协助公安办案。我和你爸天天在江边找，却找不到我儿尸首，原来我儿好好活着哩！"

那端的母亲哭一会，笑一会，骂一会，最后还给黄木匠出了个馊主意，她要黄木匠继续隐居装死，让狗男狗女不得安生。

黄木匠拿不准主意，也不知道这样做犯不犯法。他不跟外边联系，是因为戴着绿帽子没脸见人，是怕人家耻笑他不但做生意蚀本还把老婆做没了。他没有害人之心，他的出走，纯属歪打正着连累了英子和费广海。其实他就待在江城，他还能去哪？他只能饿狗一样硬着头皮又回了辉煌家具厂。黄木匠是皖南人，和我们皖北隔着几百公里，他在家具厂不跟外界联系，他的家人就摸不到他的踪影。英子早前只晓得他在什么什么家具厂烧锅，具体厂名不知道，只知道他后来在烧锅燎灶的岗位被人家撵走，独没想到走投无路的黄木匠会不顾脸面一个回马枪又杀回原来的厂。这一回，他在辉煌家具厂干木匠，已是濒临绝境，只有咬着牙死干一条路！终于是挺过来了。因为是干木匠的，和吴大萝卜没了利益冲突，也就相安无事。吴大头一直没把黄木匠当外，所以他的木匠干得还算顺心，只是到了年关才倍感孤独，就买张车票跑来黄湖农场找我谈心。

大年初一这天，黄木匠在黄湖农场跟我诉了足足一小时。他的声音急促，带着悲愤的喘息。不是郁闷已久，他是达不到这种几近崩溃的高潮。我心平气和地听着，黄湖这所"大学"已教会我什么叫不烦不躁。这回我没骂狗男狗女，我已在"大学"里悟出真谛：人生的道路总是充满变数，回避打击和挫折是不可能的，也无法回避，唯有面对、崛起才是汉子的选择。我要黄木匠别装死了！活过来，挺直腰杆活过来。

第二十二章

出狱了！外面的阳光真好！掐指一算，我在黄湖被关了近五年。总共判了七年，余下的两年多都让我的小说成果给抵了。这一年，我正好三十岁。

黄木匠找了一辆桑塔纳，直奔黄湖迎接我出狱。黄木匠的精神面貌较以前有了显著改观，谈笑风生，还不时冒出两句乐死人的洋话。

黄木匠说累死人的木匠活，硬是被他咬紧牙关挺了过来。没有其他出路，不挺也得挺！好在工友们不拿他当外，都视其为同门师兄。开起玩笑也是无边无际。黄木匠说："天下木匠都是活宝，尤其你们皖北漂过来的木匠，个个坏种，个个都揣着一肚皮笑料，才会扯了！比赵本山小品还要热闹。跟他们干活，再累都不觉得累。"久而久之，自闭的黄木匠竟渐渐开朗起来了，藏在心底的幽默细胞也渐渐被一帮"坏种"激活。

桑塔纳在小窑堡村后的老井旁停住，我和黄木匠下车后，那租来的车便掉头回了江城。我深深呼吸着家乡的味道，百感交集。啊呀！终于回来了，这儿是我的家，有我的祖坟。每当从远方归来站上这块土地，总能感到脚下有股力量弥漫至全身。但今天有些异样，脚下飘忽，就连身边那口滋养我长大的老井也莫名其妙显得生分。我有点尴尬地招呼正在井旁挑水的两个村民。俩村民先后答应着，虽然不乏笑容，但假得很，典型的皮笑肉不笑。我的心一沉，猛然醒悟这回并非荣归故乡，而是一个刚刚走出监狱的人回家了。我的灵魂颤抖着，不禁生出一种难言的陌生。五年了！坑坑洼洼的路没变，村前村后的茅草屋也没怎么变，但乡邻们眼里的内容实实在在变了！就像这坠落下去的日头，散发着暗沉沉的冷光。初遇这种冷光，我很是自卑，但很快释然，继而欣然。我是个犯过罪的人，是小窑堡的另类，理所当然让人不屑。千百年来，这个传承下来的"不屑"默默地从一个反面净化着这方水土，使得这片天空始终湛蓝如洗。

走进村巷，我的眼被一座两层小楼晃了下。那楼高高在上，鹤立鸡群。屋面上的琉璃瓦把夕阳的余晖折射得金光闪烁。坐落于它周围的那些一律平等的趴趴茅草屋，已被它映衬得不成样子了！

韩三爷家盖楼了？我问自己，又前后左右张张：没错！楼房确实是韩三爷家的。我第一反应是韩圆圆回来了。否则，喝酒抽烟且只会种田的韩三爷，就是卖了老骨头，也断然竖不起来这么堂皇的楼房。紧接着，我又有了第二反应：韩圆圆笃定在江城混出了大名堂！一股不如人的自卑忽地涌上心头：唉！若不是摊上个牢狱之灾，自己家的土坯配茅草，恐怕也变成小洋楼喽！

晚饭的时候，一家人围着八仙桌坐成一圈，父亲陪同黄木匠坐在一席。母亲、二叔、二婶都在，唯独少了爷爷。这几年老李家确实走了下坡路。我坐牢后的第二年，父亲竞选连任村主任失败，觉得很没面子，伤了精气神，变成瘟头鸡。爷爷看在眼里急在心里，好话歹话天天劝，说老韩家人多势众，打从记事起老李家就没胜过对方，何况你又跟韩三爷结了个说不清道不明的梁子！下来就下来吧！做个屁肚子百姓还不吃饭了？三劝两劝，父亲渐渐放下了包袱，爷爷自己却越发消沉颓废，很快就睡床上起不来了。也查不出什么病症，临终前仍自信满满，说他不会轻易走的，看不到大头孙子成俊出狱，他不会服从阎王召唤。我坐牢的第三年，躺在床上一直嘀咕孙子名字的爷爷不再嘀咕了，他最终没能等到苦苦思念着的孙子，没能实现见一面孙子再死的愿望。他的血肉耗尽了，留给孙子的是一份无法驱走的愧疚。想起爷爷，我无法自控了，默默走了出去，扶着屋后那棵老榆树，独自哭了一刻钟。我被判进黄湖不久，这棵龙钟老树在一个风雨之夜遭了雷击，茂密的枝叶被齐刷刷削去三分之一。奇的是，这毁了的三分之一后来竟长齐了，且比先前更茂盛，柔嫩的新芽顽强向天，蓬勃的生机风挡不住，雨也挡不住。我立在劫后新生的树下啜泣，树枝轻摇发出柔和的沙沙声，仿佛是爷爷来自另一个世界的劝慰，我仰头看天，东北方那片天际里悬着颗星星一闪一闪的，仿佛向我眨眼。我相信那就是爷爷化成的星星，他一定时时刻刻关注我、保佑我，我内心的风暴渐渐平息了。

我红肿着眼泡进屋后，一家人再不提及有关爷爷的伤心事。不提也罢！大千世界里的芸芸众生，谁也难逃生老病死的悲哀，但活着的仍在苦苦追求活他个轰轰烈烈。

我在牢里这几年，小窑堡最轰轰烈烈的事莫过于韩三爷家的洋楼了。父亲说，韩圆圆是去年中秋节回来的，一家三口，外加三个陪同。开回来两辆轿车，一辆奔驰一辆宝马。韩圆圆老公是个一米八五往上跑的大个子，浓眉大眼，一看便是人中豪杰。女儿三岁了，和韩圆圆儿时一模一样。那娃是在美国生的，一落地就是老美的人！一嘴的美国话。韩圆圆的老公在小窑堡村前村后看看就走了，一天都没待到头。韩圆圆在两位城里姐妹陪伴下，在家也只待了两天。她走后，韩三爷就盖了新楼，田也不做了，也不赌钱，除了和韩云山、吴德才结伴赶集喝茶就是坐在屁股塘埂上钓鱼。他这种悠闲的生活方式，据说是韩圆圆临走时一再交代的。韩三爷一生轴得很，可偏偏对女儿的话百依百顺。韩三爷住进楼房后，那简直是换了个人，再没跟谁杠过。谁家有个大难小难的，他都站出来帮一把。韩三爷以往不会笑，现在不一样了，即使被谁戗了硬话，他的笑容也不从脸上流失。

在父亲眼里，韩三爷确已脱胎换骨、得道成仙了。我虽有些惊讶，却深信不疑。毕竟爱好小说多年，对人性的研究还算有点成果。人就是这样，当你获得越多你就会越温柔，不会为一点别扭就气得暴跳如雷，也不会因为别人的否定就变得愤怒又消极。好的环境，确实能让人变得越来越有素质。现在的韩三爷就是这样，他和父亲的际遇正好相反。父亲正大步迈在"下坡"的路上！村主任下台，儿子坐牢。世界上所有的不幸仿佛都集中在他身上。我晓得父亲的下台有韩三爷的功劳，我已由二叔那里，将父亲和韩三爷所结下的梁子了解得清清楚楚。唉！说来真的比窦娥还冤！我确实暗恋过韩圆圆，但我至今没见过韩圆圆人影也是真的！无处可申的冤屈啊！没吃着羊肉沾一身膻啊！说不清道不明的，吃的是个闷蛋亏。我想发泄，却找不到发泄的对象，这冤屈就像父亲和韩三爷因此而结下的梁子，无影无形，看不见摸不着。我愣愣望父亲，父亲也愣愣看我。愣着愣着我终于找到了一个下嘴的地方，我开始询问父亲和韩三爷近来处得如何。父亲说："一般一般。"他望我笑，我望他笑；他对我点个头，我也还他一个。顿了顿，父亲补了句，"都是他先招呼我，他不主动，我就望天、望村东的太子山，就是佯装不望他韩三爷。"父亲精抖抖的很是自豪，我原本起伏的心绪莫名其妙平静了许多。我一捣身边一直托着下巴听我们父子讲话的黄木匠："睡觉睡觉！明天也弄两根竿子，去屁股塘陪韩三爷钓鱼去。"

我忽然有了见一见韩三爷的冲动，却没料到韩三爷更想见见我。

韩三爷是第二天一早来的，很欢快的样子，但我还是看到了他隐藏在笑容深处的尴尬。我搬条凳子送到他屁股下方请他落座，他屁股一扭，说："别慌，我得先把任务完成了。"韩三爷掏出一沓钱，双手捧着要朝我的荷包揣。我一头雾水直往后退，我退一步，三爷攻一步，说："犟伢仔！收着收着！我圆圆交下的任务，你不收，我没法跟她交代的！"我退到了墙角，再没了退路，但头上的"雾水"依旧，仍犟着不收三爷的钱。韩三爷一时无法得手，索性站住不动，嘴却一时不停："我圆圆说她本该去黄湖看你，可又走不开，厂里太忙了！厂是女婿独资办的厂，千把人，生意都做到了日本，女婿一年至少要在那边待半年，国内厂里的事都压在我家圆圆身上，太忙太忙……"我发现韩三爷比以前能讲多了，背书似的，既讲出了圆圆对我的友谊，又顺便带出了他女儿那桩吓死人的大业。会写小说的我竟被他的演讲惊得一愣一愣。韩三爷不愣，趁机将手中的票子揣进了我的荷包。韩三爷说："我家圆圆临走特意丢了五千块，要我无论如何交给你，没别的，就是一份小心意，就算她到黄湖看过你了。怎么说也是同学嚯！何况又都是喝屁股塘水长大的……"

我有点不知所措，茫然望着父亲。父亲的脑袋庄重地一点："那就收下吧！你韩三爷从来不玩假的！不收反倒显得不好。"父亲挪挪凳子，示意韩三爷坐下说话。韩三爷四平八稳落到了凳子上。他一边喝着我递给他的茶，一边用很亮的目光扫瞄我的脸："成俊！你也不是凡人！听我圆圆说你都当上了作家，动不动就发文章。江城的报纸把你生辰八字都抖搂出来了。"三爷边说边从荷包里掏出一张报纸,"这个也是我圆圆让我捎给你的。她早就晓得你在芜湖干木匠,只是没抽出时间去看你。"我没显出激动,反倒有点"当年不堪回首"的情绪。那一整版泛黄的报纸,我再熟悉不过了,上头都是评价我的人品和文品,还有我的照片。父亲的眼很尖,一下看见了报纸上的我,伸手一抓报纸到了他手上。他的双眼忽地睁成铃铛,铃铛瞪了会报纸,又瞪韩三爷:"咦咦!你咋没跟我说过?"正喝茶的韩三爷杯子一顿:"我跟你说?你懂个屁!"父亲被呛,摸着脑壳一个劲地傻笑。三爷笑得更欢,两眼挤成两条缝。

那一天,父亲和韩三爷扯了许多闲话。这对父亲来说十分难得,自从村主任落选,父亲已变得逢人只说三分话了。但父亲当天和韩三爷的交流毫无顾忌,越扯越不着边际。两位隔姓老弟兄,仿佛又回到了没有隔阂的既往,都没提起曾经的误会。也没的提,那个误会本就无影、无形、无踪。韩三爷当天在我家吃的午饭,酒过三巡时,他不时摸一下上衣口袋,似乎想掏出什么,可又没掏出什么。最终还是掏出一个小本本,那是一本通讯录。韩三爷说:"还有一桩事哩,不办不踏实。我圆圆留了电话号码,吩咐我谁都不能给,只可告诉李成俊。我那老憨亲侄求了我多次,我都回绝不晓得,不能给他们,质量太……噢不对!是素质太差,去了江城只能给我圆圆添乱、丢人!我圆圆临走给了她几个堂兄弟一人两千块,就是不给号码。"韩三爷捏着通讯本冲我晃晃,"成俊耶!三爷今天把圆圆号码给你,你可不能传给第二个人。"我敬了三爷一杯酒,说:"韩圆圆都信任我!你还不信?"韩三爷回敬我一杯,说:"成俊耶!我咋敢不信你?你肯定要去江城的,又是作家!你韩三爷和你大(父亲)的矛再长,也攮不到江城啊!你和我圆圆都是江城的单名小姓!就像小窑堡东北拐的口天'吴'!

吴德才祖上在小窑堡过的是啥日子？啥苦没吃过？可现在翻身了，翻了好几个跟头！我们做老的，就盼你们小一辈在外头相互照应，都能在江城混出个样子来。"

第二十三章

　　岁月一逝五年，当我再次来到江城时，这里已有了翻天覆地的变化。城市开始出现高层建筑了，还有高架。那葱茏的绿化更是把城市装扮得如同花园。我有些转向，恍如隔世，一股又一股说不清的东西电流一样传遍全身，往事在百感交集中一幕幕涌现。我想到了五年前的老郭家，我和他们家的纠葛是那样复杂！让我无法理出个头绪！是恨？是恩？哎呀呀！说不清道不明。还是把人家负我的都忘掉吧！把人家对我的好都记下来，无论如何，我的儿子李天成毕竟是老郭家中的一员。这条恩恩怨怨的人生长河啊！现在显然不是尽头，它注定还要不停息地向前流淌。

　　我在一个星期天的上午拨通了郭家的电话，我晓得物理老师郭伯星期天一准在家。我感觉郭伯要比郭妈通情达理，有些事还是跟他说好。其实也没什么大事，就是想看看儿子李天成，也想顺便见见郭燕。当我拨通郭家电话时，接电话的偏偏是郭妈！我的心自然而然紧了一下，话也自然而然说得不顺溜。但意思就那么个意思，郭妈肯定能听懂。可那头的郭妈半天没吭声，没让我去，也没让我不去。我真怕她突然把电话撂了，连忙对她说自己的要求不高，只看李天成一眼，十分钟之内保证走人。我清清楚楚听见郭妈叹了一口气，接着就听到了郭伯的声音，物理老师就是通情达理！他的回答用词不多，但一针见血："来吧！你来吧！"郭伯还用普通话向我通报了他家住址，这就多此一举了！我临来江城时，父亲早把郭家地址写成白纸黑字揣进我的兜。我虽然刚到江城三天三夜，却已"悄悄地干活打枪的不要"去了郭家楼下三次，都是晚上摸过去的，也就是每晚都去，不为别的，只想有幸见到儿子和郭燕。我的手曾在郭家门前举了放，放了举，终究没有勇气敲响郭家门。但无论如何郭家的门我还是要进的，因为里头住着郭燕，还住着我的儿子李天成。

接我电话的是郭伯，给我开门的还是郭伯。我小心翼翼喊了声郭伯，他没应，只淡淡地说了两个字："来啦！"郭妈坐在沙发上捧着个茶杯喝水，见我进来仍坐着，目不离杯子，根本不向我这边看，好像进来的我不是人而是一条狗。我没有和她计较的本钱，规规矩矩喊了她，她的喉咙发出一个奇怪的声音，像是应声又像是模模糊糊的咽水声。小天成坐在一块专用地毯上玩汽车，当我的目光接触到儿子时，我那冰凉的瞳仁立即变成燃烧的流星，迸射出暴烈的光焰。被惊动了的天成竟也双眸晶亮，手舞足蹈兴奋起来。我的脸因瞬间的血压爬升而涨红，我龇开嘴，咬紧牙，由牙缝里挤出来两个字："坏蛋。"每个字都是那样香甜。小天成像是听懂了我的话，小手一划，扔了手中"别克"。嘴一咧，变成一朵小荷花，一双小手高频率地冲我上下划拉，像少先队员欢迎来访的美国总统。我的脸唰地溢满笑容，腰身迅捷一探，双手把天成抱了起来。小天成却不领情，小腿直蹬，哇哇哭起来。郭妈走过来，无声无息接过孙子，小天成哭声立止，又手舞足蹈恢复了天性。我站在那，一动不动望着天成默默地笑，笑容凝固，和瓷做的弥勒佛一模一样。像是父子连心，短短五分钟，小天成竟和我混熟悉了，已愿意投入我的怀抱接受父亲的抚摸、亲吻。渐渐地，天成就在我宽阔、温暖的怀抱里睡熟了。我一看表，竟不知不觉和天成逗了三十分钟！我忽然想起了"十分钟之内走人"

的承诺，就觉得自己该走了。但郭伯和郭妈都不明白我的心思，都没有上来抱走在我怀里熟睡的李天成。我有点儿无所适从，忽然灵光乍现，我决定出一道题目考一考郭伯和郭妈对李天成的态度。我挺像一回事地抱着天成向外走，边走边诚恳地向老两口道谢："五年了！感谢二老抚养了我的天成！我现在回来了，再不敢劳驾二老了！就是讨饭，我也要把儿子养大。"我抱着李天成，一本正经拉开郭伯家的门，眼看就要跨过门槛时，左右忽然刮过两阵风，郭伯、郭妈风一般拥了上来，老两口嘴唇直抖，却抖不出一句囫囵话："咦咦咦……"

李天成被老两口抢走了，我掉过头，默默注视着仍在梦里不知天塌地陷的儿子，心里五味杂陈。我由内衣口袋掏出韩圆圆送我的五千块钱，双手捧着，哆哆嗦嗦放到台面上，然后一转身，头也不回地向外走。我下了楼，闷着头迈步子，忽然觉得身边又有一阵风刮来，一抬脸，我的心脏差点儿蹦了出来——郭燕竟泪人一样站在我面前。

我忘乎所以，一把捏紧她的手，心中顿时像春风骤起的江面，激荡出万千涟漪。许多往事突降眼前，我想一吐为快，却被潮水般竞相涌动的话语卡住咽喉。我默默地伸出那双大而硬的手，轻轻搭上郭燕肩膀，目光静静地轻柔地抚摩她的脸。这一刻，周围的空气都凝固了。郭燕抹了一把泪，不再哽咽了，几年来那种无依无靠空落落的感觉仿佛烟消云散，她静静地看着我，仿佛看着一个可以托付终身的港湾。

后来郭伯、郭妈没有公开反对郭燕和我交往，我和郭燕理所当然住到了一起。屋是租来的，郭伯、郭妈老两口住在一百三十平的大房子里，尽管孤寂，却没邀请女儿同住。郭燕晓得父母心中有个结，也没提。我们租了房，黄木匠如今也是一呼百应了，他呼啦啦招来一班工匠,五天就将那屋简装成安乐窝。

我和郭燕在安乐窝里领了结婚证,简单摆了两桌酒就算结婚。

"噢!不对。应该是补办手续,小天成已四岁了!李老弟会预支、会先斩后奏。"婚礼上的黄木匠前场说到后场,几年的木匠生涯已彻底蜕了他那身沉闷、忧郁的壳。正如他的口头禅,一堆木匠在一起,再苦再累都是天堂。

婚后,温暖和睦的家庭氛围复苏了我那颗因囚禁五年而变得孤独的心。我要接李天成过来同住,说孩子离开父母不利于成长。郭伯不吃这一套,说:"你莫跟我谈教育,我干教师几十年了,这个我比你在行。"郭伯视天成如命,他背地跟郭燕说:"养你兄妹俩个个不成气!我要把后半生精力全部放到天成身上,我就不信没个后人为我扳本。"

我出狱重返江城后,非常惊诧于江城的巨变,我决心以竞争的方式求得立足,决心先挣钱买个窝。我先随黄木匠在吴大头的家具厂干了半年现成活,后就起了变故。以木匠们的话说是:社会发展太快!大鱼吃小鱼,小鱼吃虾子!吴大头的家具厂是小鱼,半年前已被形成规模的大家具厂一口吃了。树倒猢狲散,散了的猢狲们化整为零,四处出击,干起了私人家庭装修。这私装还真是好行当!现在买新房的人恁多,都要装修,且喜欢赛着装。

我成了黄木匠的铁杆部下,两人捆一起吃上了百家饭。黄木匠是木工组里的头,手下尽管只有一个兵,但也不算光杆司令。官兵一致,这是黄木匠的做人原则,每当结来工程款,他都与我平分,并美其名曰:掼锅分铁。我不好意思,自己出狱不久,手生,又是黄木匠领的路,从哪方面讲,黄木匠都该多得。我提议四六分,黄木匠得大头。可黄木匠死活不愿,说:"我光卵蛋一个人,一人吞饱全家不饿,你不同,老婆孩子都张着嘴要饭吃!"黄木匠说得自信、自如，仿佛对别人的照顾也是一种享受。我说那是两回事。黄木匠说兄弟同心一回事。我如再坚持，黄木匠就翻脸："你把我当啥人了？不处不处也处八九年了！我是啥人你还不知？就按'攒锅分铁'的政策办，别再提什么分成了！再提就是骂人。"

我感激在心，干活总是埋着头。生疏了的木匠技艺很快复活，工作效率渐渐跃居黄木匠之上。

家庭装修程序是这样的：东家置办所有装修材料，找来木匠、瓦匠、漆匠等工种，东家分别和各工种先讲好价钱，后干。干好后，各工种分别拿上自己的汗水钱走人。后来装修队伍中渐渐诞生了人精，人精一般大智若愚，给人以厚道实诚的印象，其实都是投机倒把高手。他们独自从东家那里把活全部揽来，然后代替东家下派给各工种，也就是在劳务方面完全替东家代劳，俗称"小工头"。小工头也是先与东家讲好价钱，后干。干好后由东家手中接来总款，然后再按先前讲好的数额分给各工种，剩多剩少全部揣进自己腰包。这里头就有名堂了！并且名堂不小！所以人人都想当工头。又因为木匠负责着家具、吊顶、地板等等，愣是霸占着装修业务的半壁江山，所以工头的头衔一般都花落木匠家。然而并不是所有木匠都能当工头，黄木匠就不是这块料。黄木匠怕担风险，说承包这玩意运气好赚钱，运气背亏本，隐藏着巨大风险！这就与做生意差不多，走运了一口气吃个胖子；倘若霉运当头，风一吹就倒，饭碗摔了，糊一张嘴都难。哪有踏踏实实干手艺稳噻？古人不在了，但古话在啊——荒年饿不死手艺人哩！何况这太平盛世，还能少一碗木匠吃的？黄木匠有黄木匠的追求，他不干冒险事儿，他图的就是一个平平安安。

黄木匠带着我天天给小工头打工，开始每天能挣一百块，黄木匠相当满意,并无遮无拦把快活全部露在脸上。小工头心里有数了,再跟黄木匠谈价时便压了压,黄木匠每天只能挣九十了,仍相当满意,说一月能挣两千七,上市公司的工程师也就这个收入。我就说:"怎能跟工程师比?工程师天天吹空调,你天天汗水湿衣被!人家一天八小时,你干十二小时朝上跑!不能比的。"黄木匠听不进心里去,心满意足的样子仍挂在脸上。继续再干时,日均便只挣八十了。我渐渐有了意见,也渐渐修炼成了人精。

人精往往是不会满足现状的,看着小工头们个个壮志已酬的得意样,我也萌发了干小工头的理想和决心。我横竖那么一想,自然想到了韩圆圆,我有了联系韩圆圆的冲动,这位昔日的同学加老乡已在江城混成了人上人,或许能成为我走上小工头之路的领路人。我一个电话拨给了韩圆圆,讲了足有半小时,我激动,她好像比我还要激动。

这一天,韩圆圆的宝马直接刹在我租住的平房门口。车上下来三人,一律女将,韩圆圆一脸笑容。她还是做姑娘时的身材,似乎还要高挑些,也比从前更加白里透红,她一身的贵气,已寻不着丝毫小窑堡人的样子。这让我和郭燕忽然间都拘谨起来。我端坐于韩圆圆对面,心脏无缘无故突突地跳,手和脚也不知道放哪儿更为合适。郭燕极不自在笑着,低着头泡茶,泡好后,便以要烧开水为由,抽身去了厨房。我小心翼翼陪着韩圆圆拉话,并设法将话题向小窑堡的方向扯。我们说着家乡的人和事,韩圆圆很感兴趣,渐渐地,她的思绪和身心仿佛都奔驰在回小窑堡的路上。我终于发现对面坐着的女人,确实还是小窑堡的韩圆圆。一番交谈后,我们似乎都找到了儿时的感觉,越拉越近乎,分别多年所带来的生分渐渐不复存在。午饭是在我家吃的,郭燕本已订好了酒店,却中途退了。韩圆圆说:"本来不准备在这吃饭的,可现在反倒想吃一回嫂子烧的菜了。"韩圆圆这么说着,随她而来的俩女将已纷纷捋起袖子去了厨房,她们协助郭燕在厨房里忙活起来。忙好几个菜,又从宝马车里拿出两瓶酒,韩圆圆说:"今天破个例,得陪哥嫂喝一盅。"她总是先干为敬,一口一个满杯,然后皱皱眉头,张开嘴巴哈气,还不时亮开巴掌在唇边不停地扇。郭燕从不沾酒,这回也龇牙咧嘴喝得欢,并渐渐喝没了原先的拘谨。酒的魔力很快帮她找到了主人的姿态,有来有往的酒规矩,又让她和韩圆圆的神态双双飘忽。韩圆圆一口一个"嫂子"喊,郭燕一口一个"妹子"叫。原来,由陌生到熟悉、由熟悉到亲密竟然是这般容易!我和韩圆圆的交流更为随意了,她对我的称谓,已由"哥"变更为"大作家"。韩圆圆撩了撩耷拉下来的几缕刘海,脑袋微微晃动,望人的目光已开始游离:"你李成俊!你大……大作家!你清……清高……不找我!但现在找……找……"韩圆圆口齿不清了,已无法准确表达想要表达的东西。但她的心里似乎明白得很,她刹住疙疙瘩瘩的话匣,吩咐同来的一个闺密扶她上车,又让另一闺密把她酝酿好的计划全盘转达给我。

这是一份带领我踏上工头之路的计划。韩圆圆老公有个铁杆弟兄陈贵兴,江东大户,经营酒店旅馆,颇具规模。前年又大展宏图置了五十多亩地,邀了几个股东成立了贵兴食品厂。一万余平厂房已完工,眼下正装修。因为是弄食品的,卫生问题自然是头等大事,除了原料库,所有生产车间都得精装。这笔装修业务委实大,当时的蓝天装饰公司中了标。蓝天老板姓彭,三年前在闹市租了两间写字楼,执照一挂便是蓝天装饰有限责任公司。老彭属于第一批吃螃蟹的,根本不愁业务。老彭没有自己的装修队伍,把接来的业务向装修行业的散兵游勇身上一扔就当甩手掌柜。彭老板只负责签约和结账。甲方的工程款一律打到蓝天账上,老彭把属于游勇们的工钱一付，剩余的都进了自己腰包。老彭不接家装，大户人家的别墅除外。家装是小撮撮，是入不了老彭法眼的。普通家装都是游勇们的猎物。老彭不跟游勇们争。但老彭手上有很多游勇任意调遣，用谁不用谁全凭老彭一张嘴。我和黄木匠这支游勇，原本处于老彭的视野之外，但有韩圆圆帮忙，便有了后来居上的福分。

韩圆圆找了陈贵兴，陈贵兴以甲方的名义跟老彭推荐了我，老彭难得做个顺水人情。我水到渠成与老彭签下了食品厂装修业务中的所有木匠活，这活真大！单木匠工钱就有小百把万。我仿佛沉浸在梦中，又每每被"小百把万"从梦中拉回到现实。我的心像一只越飞越高的风筝，线也越扯越远了。我雄心勃勃组织了一支三十多人的木匠队伍，其中就有吴大头。吴大头开过家具厂，认识的木匠多，我的人马基本上都是他帮忙招来的。这就注定吴大头在这支队伍中的灵魂地位了。

第二十四章

食品厂的工程起初顺汤顺水，后来因为进度款跟不上便干干停停了！老彭说："陈贵兴不按合同付款，我哪有恁多钱填这个坑？"就停了。陈贵兴前来通融，老彭统统往工人头上推，这便把我推上了一线。陈贵兴找我协商，说的都是好听的，连中介人韩圆圆都被他搬出来作为和我套近乎的筹码。我当时果然是只雏鸟，没怎么拧劲就同意复工，陈贵兴闯我这一关简直比跨个田沟还容易。但老彭毕竟老生姜。彭总的眼冲我一鼓："什么什么？一个角子没捞到你就要复工？我的爹爹吧！你没干过工程吧？工程可不像家装！搞家装，钱少房东跑不掉。这工程上的款子虽然也跑不掉，但拖欠个十年八年也是有的！这关键时刻他都不按合同来，一旦完工你就喊他祖宗吧！"老彭让我听他的，都是一条绳上的蚂蚱，食品厂不付公司工程款，公司哪来钱付给我们木匠？

我犯了犹豫，讨教见多识广的吴大头，吴大头的见解简直是彭总的翻版，却比彭总说得详细许多。我有了警觉，当即电话回复了陈贵兴，核心内容仅四字：无法复工。理由是手下木匠眼皮浅，不见棺材不落泪，不见钱不干活。也确实干不起来，兵马未动粮草先行！三十多条汉子，光吃饭一天就得一百多块！

陈贵兴只得挤出一笔款子打到蓝天账上。老彭这才护着一批建材过来，并顺手塞给我一千元作为民工们的生活费用。我迟疑着不接，心里话：我们几十个木匠好几天的罢工就换来一千块？老彭一眼看穿我的心思，愤然骂起陈贵兴："这陈孙子！讲起来也算个人物，不讲信用哩！工程干到这程度，该付百分之六十了，却只付百分之四十不到！害我勒紧裤腰带不说，还害得手下兄弟们也将裤带勒得紧紧的。"老彭说这些时声情并茂，竟堵得我一肚子话讲不出来。

食品厂的装修在老彭的授意下，干干停停，停停干干，以挤牙膏的方式向前运行。本该六个月的事，可都干了九个月，整个装修工程仍留着个尾巴。老彭似乎不急，急得火烧眉毛的是我。三十多人的队伍说停就停，怎能不急？木匠们难啊！他们都是家里的中流砥柱，左右着一大家人的生活质量。尽管他们碍于情面没有说出什么，但我心里明镜似的。这种涉及钱的俗事，如让他们先提出来就难看了，弄不好会反目成仇撕破脸的。停工待料不是他们过错，你把人家圈在这里待料，总得有个交代。思前想后，我单独请了吴大头，吃罢了好酒好菜后，又让他吃了颗定心丸。还是那话：吴大头戴的是铁帽子，有活没活都有工资。但其他人就不能有这待遇了！否则我卖血、卖李天成（儿子）、卖老婆郭燕也赔不起。但也不能太亏了木匠们。我提出：停工待料的日子里，我愿每天补偿每人二十元。吴大头酝酿了一会，点头答应去做木匠们工作。木匠们还算厚道，纷纷表示：还能咋的？丈母娘看女婿——就他了！

即使是每天补偿二十块，三十多人的开支也是个牯牛大的数字。工停多了，我就去缠老彭。老彭也还干脆，说："碰上这样没实力的客户也算倒霉！你的损失我也担一点吧！"

那段时间，我简直度日如年，天天急得驴上墙似的，胡子伴着白发雨后春笋般疯长。郭燕也急，却不唠叨，反倒担心我急出个三长两短。她强作镇定向我耳内吹风：吃点亏也好，买个教训，以后可不能好高骛远干工头了。家里的积蓄很快空了，郭燕就去父母那里哼。父母的积蓄很快也空了，郭燕便向亲友开口。每当接过郭燕借来的钱，我都难受得想哭，就像接受遗产那样心情复杂。手总是控制不住地抖，偶尔还流出两行英雄泪。

食品厂的骨头最终是啃了下来，可我跑蓝天公司更勤了。没办法，几十个木匠跟着我在食品厂流了大半年汗水，可到手的工资却只拿到应得的三分之一。我是工头，我只好隔三岔五揣着白条找老彭。老彭总是骂陈贵兴孙子，但此时的孙子已没了罢工之虑，光骂是骂不来钱的。我成了热锅上的蚂蚁，天天围着老彭转。老彭好像比我还急，天天领我去找陈贵兴，陈贵兴的话永不变更：年底肯定安排，哪哪的钱还没到账，到账了自然安排。我只好忍，一忍就到了腊月二十九，春节一眨眼就摆到了眼前。

过年是愉快的，尤其出门在外的民工们，他们过年的瘾比城里人还要大，准备也更积极。这个时候最需用钱了，可他们手中捏着的偏是我开出的白条。他们心急如焚围绕我转圈圈，我心急如焚找老彭，老彭又带我去了贵兴食品厂。可这回陈贵兴不在厂里了！拨他手机，冒出一串女人声音：你拨打的用户已关机。我两眼一抹黑，若不是老彭搀扶及时，就崩溃倒在地上。老彭还算仗义，他将我领进蓝天总部，让会计集中了账上所有钱，总共十九万六千块。尽管距离该付的数额存在天文鸿沟，还是让处于崩溃边缘的我稍微松弛。老彭一脸苦相坐在老板桌旁，老板桌特别大，上面摆件满目，玉雕骏马，铜铸骏马，骏马后头的彭老板却像一头快咽气的瘦驴。从老彭那黯然失色的眼神中，我已猜到粗糠里榨不出更多油了。果然不错，老彭说："兄弟呀！没办法呀！陈贵兴那孙子不讲信用啊！活都干好这么久了，按合同他该付我八百万了，可这孙子六百万都没付到。我那两百多万的高利贷啊！光利息一月就是六七万啊……"

老彭洒向我的几乎都是愁苦和悲伤，阳光的也有，比如他说："不过李木匠你放心，那么大的食品厂跑不掉，就算他跑了，还有我顶着，卖儿卖女卖老婆也不能差你们血汗钱噻！钱是一分少不掉的，迟几天的事。"老彭愁一会、阳光一会。可坐在对面的我仍没有走人的意思。老彭沉默一小会儿，摸摸索索由老板椅的靠背上摸出一个小包，包链一拉，包口向下，倒出两万票子。又将身上的钱悉数掏出集中于桌面，数了四千朝两万上一压，再把两万四朝我面前缓缓一推，说："凑个二十二万的整数！油罐子、盐罐子都涮涮给你了。"又数数手中剩下的，"我就靠两千块混年了，这陈孙子真不是人！跑了和尚跑不了庙，等过了年我们封他食品厂。"

我统共结了二十二万，只够偿还郭燕借亲友们的债！那些债可都是承诺年前还清的。看来失信是在所难免了！眼下最火烧眉毛的还是三十多人四十多万的工资，那可是三十多个家庭过年等着用的活虎钱啊！我真的想哭，可哭有何用？都挤到了年根，上访也来不及了！我摇摇晃晃向外走，老彭撵了出来，说要开车送我。我上了车，摸出手机看时间，这才发现手机一直关着。下午一点左右关的，当时木匠们的电话太多，吵得我无法与老彭谈事，就索性关了。关后竟忘了开，怪不得这么清静哩！我拍拍前额，骂自己一句要死，匆匆忙忙开了机。热闹了，未接电话竟有五十多个。我的脑袋里瞬间挤满了手下的木匠兄弟。他们大多是外地人，都急等钱回家过年。这帮讨债鬼此时不知在我家怎么闹哩！我有点担心老婆郭燕了。手机可以关，但家里的门是关不住的。这么一想，我敛住心中所有杂念，我急需要与一个人马上通话——吴大头。吴大头是个能将死人说活了的人精。他在木匠队伍里的影响力，我是知道的，我已不动声色利用了他好几回，这火烧眉毛的紧要关头，还是想到了他。

我在电话里把财务上的情况如实说给了吴大头。据当时站在吴大头身边的郭燕说，吴大头刚接电话时吃一惊，腰一挺脖子一粗，眼睛直刺青天，嘴巴一张变成了一头愤怒的狮子。但电话里我的声音仍向"狮子"耳内灌，吴大头听着听着，那瞬间张开的大嘴又在瞬间凝固，没有发出一丝吼声。

安排妥当吴大头，车也到了家门口。我下了车，老彭一踩油门走了。家门敞开，早有人看见我回来了，屋里顿时躁动起来，木匠们都站起来，唯吴大头仍埋在沙发里架着腿。他一手夹烟，一手抓着手机翻。郭燕保姆似的忙着给各位大爷杯子里续水。木匠们的目光齐刷刷落在我身上，屋里反倒显得比刚才安静。我环视一下众人，小工头的架子便摆了出来。首先走到沙发前，抬脚一踢吴大头架在沙发扶手上的粗腿："瞧你还有坐相？"吴大头故作惊讶："回来啦！"继而手撑扶手脚落地站了起来。我俨然成了核心人物，木匠们纷纷挤一脸假笑向核心靠拢，我就这么被一张张皮笑肉不笑的脸包围。我环视一遍包围圈，镇定道："就来你们七八个？"七八个人一起抢答，说自己是谁谁的代表，并纷纷亮出没来之人所书写的委托书。我端起桌上不知谁喝过的半杯茶咕咚下肚，抹抹唇边沾上的水珠珠，嘴巴便全部腾了出来，我骂陈贵兴是孙子，老彭是儿子。这年头向儿子要钱难，向孙子要更难。骂了这些，就见木匠们先前挂在脸上的假笑都不见了。气氛陡然有些紧张。吴大头的亲哥大萝卜最没涵养，他的眼向天花板上一斜："别绕了可好？给钱可好！我可是晚上七点半的火车。"一石击起千层浪，局面顿时失控乱了起来，诉苦的、不满的、说狠话的瞬间混合成一股火药味。郭燕不倒水了，拎着水瓶晃悠悠进了卧室掩上门。我的心很酸，但眼下还不是安慰老婆的时候，这一屋子大仙还等着送出去哩！我拉开手提包的链子，模仿老彭的样子将包底朝天，老彭给的二十二万哗啦啦蹦出来二十万。抓住包底抖抖，再抖抖，没有了。那两万早让我揣进贴肉穿的衣服口袋里，是留给吴大头的，回来的车上，我已在电话里给吴大头作了承诺，这承诺犹如一盆凉水，嗤的一声浇灭了吴大头昂扬上蹿的急火。

一双双望穿秋水的眼睛牢牢地焊住二十万，一张张阴冷的脸总算有了点温度，虽然仍有嘀嘀咕咕不是很满意的声音蹦出来，但火药味已显著消散。明目张胆提意见的只有大萝卜，大萝卜偷偷瞄了眼吴大头，吴大头的眼也落在钱上，压根没看他。大萝卜收回目光瞄我："你李老板耍我们啊？三十多人哩！你弄这点钱糊鬼呀？"大萝卜的勇敢和不顾情面，我始料不及，正思谋应对办法，吴大头却先绕了过来。只见他抬腿冲大萝卜腿弯处一弹，大萝卜差点跪下。大萝卜一扭脸，看见兄弟吴大头的两颗牛卵子眼正瞪他吼:"就你逞能,人家都能过,就你金贵不能过?李老板头都急大了!你还想咋着?"大萝卜头一缩,木住脸瘫到沙发上再不吭声。吴大头又用牛卵子眼扫众人:"都在一个瓢里挖了大半年饭,都是兄弟了!李老板是那种结到钱揣荷包里不向外掏的人吗?你们还没遇到黑心的!我那干瓦匠的老表,跟他老板干了一年没结到工钱,前天牛皮哄哄躺老板家饭桌上不走,结果被老板喊来二吊蛋擂得鼻青脸肿,不要钱了,正躺医院治伤哩!"吴大头的故事活灵活现,连我也分不出真假。分钱的时候,吴大头提出给我留下五千块过年费,余下的按比例分。吴大头定了调,其他人不好说啥了。我就这么有惊无险送走了全部大神。唯吴大头留了下来,他不停地祝贺我终于能过上安稳年了。我没谢他,干净利落掏出藏在内衣口袋里的两万块冲他面前一扔,吴大头理所当然地揣上,可仍磨磨蹭蹭没有走人的意思,我这才想起来一桩事:我不但承诺了付清大头和大萝卜的全部工资,还在急火攻心的时候脱口承诺了奖赏他五千块。我左手摸头苦笑,右手摸出了刚才吴大头提议留给我的五千块过年费。吴大头嘿嘿笑着,假惺惺推让一番,便将五千块也揣上了。

送走了吴大头,我首先推开了卧室门。本以为郭燕一定躺在床上生闷气,可是想错了,见我进来,郭燕一把掀开被子,三沓百元大钞静静躺在床上,郭燕生机盎然,说:"本准备拿出去填坑的,都拿到了房门口了,忽然听到吴大头把木匠们的火压住了,就又收了回来。"郭燕接着说,"早就预感这年难过,今天一早去了当铺,手镯、项链统统当了,凑出这三万块应急。没想竟没派上用场。这个吴大头真让人看不透!带人来我家逼债的是他,阴阳怪气煽风点火的也是他,可是把讨债鬼们一把摁住的偏偏又是他。你看他哥大萝卜的尿样,称称不足百把斤,有那样的底气?

又是要你这个骗子别过年了！又是要你这个骗子别在江城混了！尽说些地动山摇、山高水远的狠话。我都说了，我们家这回蚀了本，对不住大伙，但就算卖儿卖女也要还了大伙的血汗钱。别人听了都不吭声，就他咋呼！那恶相！乖乖！真没见过！"

郭燕滔滔不绝描绘着大萝卜咄咄逼人的讨薪场景，我的手机忽然唱响了凤凰传奇的《月亮之上》。我瞥一眼手机屏，抓手机的手便伸到郭燕面前乱抖："你瞧瞧！说到曹操曹操到。"

"大萝卜？"郭燕也盯手机屏。

果然是大萝卜，大萝卜说他已闷了半斤老酒，想想今天的事怪对不住我！说他是个猪头三……大萝卜正说得起劲，手机好像被人抢走，他老婆的声音清晰地传了过来："成俊老表吧？"我和萝卜夫人确实是出了五服的老表，我认。我亲热地回复："表姐啊！是我是我。"表姐在那头向我道歉："老表吧！你别跟你姐夫计较，他就是个猪头三，吃朱砂丸长大的！他是上了吴大头当，他对你的冒犯都是吴大头事先安排的，他是被当面一套背后一套的吴大头当枪耍了！吴大头虽说和你姐夫亲兄弟，可人家从来就没把他这个做哥哥的当人看……"表姐正说得起劲，那头忽然传来拉扯声，接着就是忙音。估计是我萝卜姐夫嫌丢脸而夺回了手机，但表姐的话已逗得郭燕咯咯笑了。她感叹道："如今的人都成精了！难缠哩！这么多木匠里头，除了黄木匠，还能找到一个对你真心的？"

大半年了，黄木匠一直跟随我在食品厂埋头苦干，总是以先锋的形象带动整个木匠队伍，他晓得我的难处，不但没结一分工钱，反倒将以往的积蓄统统借给了我。现在都到了年底，黄木匠也没跟过来要钱，真不知他的年如何过。想到这儿，我忍不住给黄木匠拨了电话，那头的黄木匠仿佛正沉浸在年的欢乐中，说：

"你管我怎么过！我一人过年全家过年要你管？"通话完毕，我的心酸酸的，整个三天年，我都在牵挂黄哥这个年是怎么过的！

大年初五这一天，韩圆圆来我家拜年，她这才知道陈贵兴的食品厂还欠着一半的木匠工资没有给。韩圆圆有点吃惊，当即找了陈贵兴，也许是内线，陈贵兴的电话一拨就通，一通就接。听了韩圆圆一番有关木匠工资的询问后，电话那头的陈贵兴仿佛受了一个牯牛大的委屈，但他没有轰轰烈烈叫屈，只恨恨地骂老彭不是东西，孙子不如。陈贵兴当即要我立马过去一趟。

我如约坐进食品厂宽大的办公室，陈贵兴坐在茶几的对面。少顷进来一个女人，女人将一张票据摊开，然后指着票据让我看。我的脑袋伸到票据上方，又顺手拿起缩回沙发上独自看，对面的陈贵兴也绕了过来，他坐到我身边，点着票据上的字让我看。票据是一张老彭写的领条，领到食品厂民工工资五十万，票据下方有一行清清楚楚的承诺，承诺此款全部用于木匠工资。陈贵兴说再难也不会欠民工工钱，不说政府盯着，就凭你李师傅是韩圆圆老乡这一条，我也不能这么干。

第二十五章

我和老彭的手机较上了劲，天天打，可老彭的手机天天关着。正月十五过后，过完年的木匠们陆续返回江城，个个给我拜年，又个个遮遮掩掩向我提了欠薪的事。我这只蚂蚁又被送到热锅上，天天向蓝天公司跑，蓝天的大门天天开着，老彭却天天不在，两名蓝天女员工天天趴在桌子上嗑瓜子。以吴大头为首的木匠们又偏偏天天来电关心钱的进展。这条债的长河啊！在过年期间短暂地断流后，又聚集能量向我冲来。

我开始痛恨老彭了，这个说得好听做得难看的孙子在我心中越变越丑，像个披头散发青面獠牙的鬼。我把全部精力都聚集在鬼身上，开始酝酿捉鬼的套路了。我想带着木匠去封蓝天公司的门，细一想，不是上策，两个嗑瓜子的女人本来就闲，封了蓝天她俩大不了回家嗑瓜子。打砸更是行不通，要赔的，甚至还要承担法律后果。

　　我对老彭的痛恨渐渐到了无以复加的地步，唯独没料到老彭这时会主动给我打来电话。我有些措手不及，捉手机的手竟莫名其妙抖了起来。但电话里的老彭不抖，老彭还是那样有条不紊和蔼可亲，老彭说："都正月二十三了，咋还不来给我拜个年啊？！"轻轻一句责问，释放出巨大魔力，瞬间淡化了我的仇恨，也撵走了我先前的种种暴力设想。我的手抖得更凶了，竟然语无伦次："老……老哥回来了！上门拜……拜了多少趟啊！趟趟扑空。老哥大忙人哩！手机也关着！"老彭打趣："我才不开机哩！我才不给你留着电话拜年的机会，你拎两瓶酒来朝拜多实在呀！顺便咱哥俩还能搞一杯。"老彭真是一块当老板的料，谈笑之间已将我一肚子是非恩怨化为泡影。

　　我去蓝天公司拜年的时候，老彭弥勒佛一样迎上来，两女员工这回不嗑瓜子了，都埋头整理票据。见老彭和我亲切打趣握手，纷纷把脑袋由票据里拔出来，一个给我泡茶，另一位给老彭杯子里续水。忙妥茶水后，老彭让她们提前下班，两个爱嗑瓜子的女人就提上自己的包朝外走，临走轻轻掩上防盗门，留下老彭和我畅谈年的味道。

　　老彭大年初二去了欧洲，并不是游山玩水，是去外国散心，也可以说是去躲债。年前，他被陈贵兴整得够惨，一千多万的装修工程，讲好竣工后付至总造价的百分之八十，可姓陈的仅付了百分之五十。赤字了！要材料款的、要高利贷的都来了！哪个不像讨债鬼？年是无法过了，只好混在伊拉克难民堆里往欧洲跑。但逃归逃，逃跑之前，老彭最牵心的还是我。三十多个木匠等着工资过年！不把你们木匠安顿好，我姓彭的就是逃到美国也不安心。我姓彭的不装孬种，我和你李木匠其实就是被陈贵兴吊在一根绳子上的蚱蜢，难兄难弟啊！年前给你们的二十多万，都是借来的高利贷！我现在真的是在高利贷里打滚了！二百多万！三分的利！一年光利息就是六七十万！陈贵兴如再这样拖下去，赚来的几个小钱，恐怕连付利息都不够了！

老彭在我面前感叹了一个多时辰，没有一点装的痕迹。我忽然觉得对面坐着的并不是青面獠牙的鬼，倒有些像救苦救难的活佛。我大彻大悟地"噢"一声，仿佛周身长久堵塞着的血管瞬间疏通流畅。我决定在接下来的讨薪方略中追随彭总，伴随彭总共同跋涉那艰难的讨薪历程。老彭也承诺，一旦要钱成功，最不敢马虎的便是农民工工资。

两只大手握在一起，一股温暖电流样贯穿我的全身。

我和老彭并肩去了食品厂，陈贵兴望见我有点吃惊，但他似乎并不怎么把老彭当碟菜。老彭也不客套，张嘴就是钱，陈贵兴不赖账，说差你钱是真，可我食品厂这么大的产业也是真，跑不掉。老彭和陈贵兴的思想始终无法统一，老彭便擂桌子。陈贵兴坐在哪儿眯着眼看他擂，不恼、不怒、更不盛气凌人喊保安。老彭擂了几下桌子后自动熄火，转而垂头丧气喊了陈贵兴一声爹爹，说："我都急得要跳楼了！你多少也得想点办法。"陈贵兴坐姿没变，眯着的眼倒是完全睁开。说："你喊爹爹有用吗？如果有用，我情愿喊你爹爹。"老彭噎了下，噎出了一股又一股无名火，再交流时，两人的言语便像枪子。老彭眼一红，把"法庭上见"之类的伤感情话都抖了出来。陈贵兴坦坦荡荡站起来,说我人是漳河区的,厂在经开区,两个区的法院都能管,你看着挑选一家吧!丢下这话,陈贵兴不紧不慢向外走,虽没请不速之客走人,但老彭和我还是情不自禁跟在他后头走了出来。陈贵兴目不旁视,迈着方步去车间,仿佛屁股后面压根没有讨债鬼。老彭站住了,冲着陈贵兴背影吼了起来:"我才不上法院哩!民工们也等不及,不是我好言相劝,他们早就封你食品厂门了!你今天既然把话说绝了,那就别怪我把事做绝。"老彭这话掷地有声,陈贵兴站住了,并缓缓车过脸,我看见陈贵兴的眉头不知啥时皱了起来。

老彭说:陈贵兴就是一头不愿耕田的懒牛,不抽是不会走的。不组织民工去整点动静闹点事,这钱猴年马月也要不来。确保民工工资不被拖欠,可是朱总理发的话,你陈贵兴来头再大,能大得过朱总理?老彭让我抓紧把木匠们整编成一个团队,他负责组织瓦匠、漆匠等其他工种。尽快拉出个百把人的讨薪队伍,再拉出横幅"还我血汗钱",然后把队伍和横幅统统拉到食品厂大门口,一个"嗨哟嗬"堵了大门,这堵门就像当年志愿军在朝鲜和美国佬较劲,堵漂亮了,他陈孙子就会孙子样坐到"板门店"谈判桌上。我就不信他陈孙子敢不掏钱。老彭说到做到,当晚就将各工种的头们约到一起聚餐,酒过三巡,小工头们群情激昂,纷纷表示服从彭总指挥。我也表了支持彭总的决心,我不愁队伍,那些急猴猴等着钱用的木匠兄弟们会不请自来的。我去找吴大头组织队伍,一遇大事,我首先要找的便是吴大头。路上,我的脑子已被封堵食品厂大门的场景牢牢占住。陈贵兴啊陈贵兴!你可不能怪我翻脸无情,堵你门也是迫不得已走投无路!你不该把民工们养家糊口的钱抛在脑勺子后面啊!

后来的事实证明，陈贵兴并没有把民工们的利益抛在脑后。就在我距离吴大头家还有一百米的地方，韩圆圆给我来了电话。韩圆圆要我速速去一趟食品厂，说是要把民工们的工资彻底解决了。

陈贵兴在食品厂宽大的办公室内接见了我，韩圆圆也在。她坐在沙发的首席，见我进来，韩圆圆没有起身，仅摊开右手优雅地一划拉，算是示意我坐下，不招呼更不寒暄，仿佛压根就不认识我。说事的时候，她的神态有些庄严，口气有些像老家的乡长对待村主任。我心中的落差很大，言行举止忽然都不自在了。韩圆圆的语调不愠不火："我家也是食品厂的股东，农民工工资的兑付情况是我们全体股东最关注的。账上显示，审计出来的民工工资总额为两百八十万，去年年底已全部足额付清，有老彭的承诺书作证。这个老彭也是不厚道，肯定是把你们民工工资挪作它用了！这回反倒想怂恿你们民工过来闹事，分明是扯着民工工资旗号，帮他蓝天公司讨要工程款嘛！再说这工程款虽没付至合同上的要求，却也大差不差了！就工程上的付款惯例来说，也是能讲得过去的。"韩圆圆一边说一边展示老彭所写下的那些领钱证据和承诺书。

我的脑子里迅速填满糨糊，木桩一样坐沙发上一动不动。韩圆圆抿着茶，望望陈贵兴，又把目光瞥到我脸上。说："老彭这样做完全是在绑架农民工，我和陈总就不信你们会替他老彭赴汤蹈火。"我就叹气："可……可我们的大牯牛拴在蓝天公司的桩上啊！"

"嘿嘿嘿……"陈贵兴被我既实诚又滑稽的土话逗得咮咮笑，韩圆圆也没忍住，觉得失态，便装模作样去了洗手间。很快又缓缓走回来，刚落座，陈贵兴仿佛受了影响也向洗手间走去。仅剩下我和韩圆圆面对面坐着。我低垂着头，僵僵地坐在那儿好像手和脚都是多余的。

"看着我。"韩圆圆的声音。我条件反射一抬头,看见韩圆圆俏丽的笑容不知啥时挂到了脸上,并恶作剧似的冲我直吐舌头扮鬼脸。我觉得她像个演员,一下子明白她刚才的庄严都是演给陈贵兴看的。我正待开口说点什么,却见韩圆圆迅速将食指贴嘴边嘘了一声。待到陈贵兴归来,韩圆圆的表情说变就变,一种乡长似的庄严又爬上她的脸。韩圆圆以乡长的姿态居高临下发表演说:"棒槌上天大头落地,你们农民工可别跟着老彭的指挥棒走,欠你们的工资砸锅卖铁都会给的。"韩圆圆主张,后面的工资一定要逐个逐个付到农民工手上,并要他们人人签字画押。现在的大项目都是这样彻底清欠农民工工资的。陈贵兴拍拍前额:"我只当一把付给老彭便当些,哪晓得他玩花样装孬种!"

韩圆圆关于农民工工资的解决措施,陈贵兴举双手赞成。食品厂的几个股东一碰头,就有了解决方案,股东们一致认为,虽然老彭把厂里专付农民工的工资给挪用了,但食品厂还是连带着不光彩。这么大的一个食品厂,哪个角落扫不出个几十万?即使扫不出,我们几个股东一人拿一点不就齐了!跟农民工较什么劲哩?常言说得好:宁差阎王一万,不欠小鬼一分。再说这电视里,天天播放朱总理对待民工工资的态度呀!硬顶着干岂不自寻没趣?

民工工资的解决方案有了,断没料到实施中,老彭会拼命作梗。说陈贵兴这是拿他不吃劲,说一切都得尊重合同,食品厂支付蓝天公司的每一笔钱,非打到蓝天账上不可,否则他不认这个账,更不会在什么委托付款书上签什么名。

真是人算不如天算!刚刚有了起色的民工工资问题又耽搁了下来。一耽搁就快到了端午节。我家的客间陆陆续续坐上了"讨债鬼"。我的头皮又开始发麻,苦苦哀求老彭高抬贵手,但老彭的心始终硬得像块冰冷的石头。万般无奈,我找了韩圆圆,几乎带着哭腔向她诉说了一切。韩圆圆也拿不出更好的办法，但她没有撒手不管，她开动宝马带上我去了劳动监察部门。韩圆圆跟里面的头很熟，头说："不但是老朋友来找，就算来的是陌生人，农民工工资的事也该马上管。"

执法的车子开到了蓝天总部，先是演讲政策，老彭的态度依然是烀不熟煮不烂。监察们不再多话，留给他一张盖了大印的纸走了。老彭展开一看，胖胖的红脸顿时比纸还白。监察们给了老彭两条路，一条直通拘留所，另一条是归还农民工工资。老彭愁眉苦脸想半天，最终选择了后者。

第二十六章

我这只蚂蚁终于从热锅上爬了下来，紧绷绷的心绪渐渐松软起来，仿佛冰封的僵土解冻了，干涸的河川溢满春水了。小风一吹，清清爽爽。我彻底摆脱了欠薪这只尿桶箍的缠绕。这个刻骨铭心、波涛汹涌的讨薪经历，让我彻底领教了江湖险恶。什么样的人吃什么样的饭啊！没有一颗强大的心脏，千万不能去深海畅游。我好在下水不深，就当是向社会这所大学交了次学费吧。牛吃草马吃谷，各人自有各人福！我彻底收回了先前的雄心壮志，踏踏实实和黄木匠一起小蟹爬小洞，重新走上了那平平坦坦的家装之路。唯一的变化是：我和黄木匠的位置倒了过来，我是头，黄木匠是尾。毕竟干了一回大事，黄木匠怕我过分失落，就有意退居到二线。黄木匠也没什么不平衡，他的远大理想就是怕烦神干现成事，只要有事可干，他就一天二十四小时满足。经过那一场血与火的历练，我一下成了家装界的强人，家装业务像长江之水那样源源不断。我比其他家装小工头人性化，从不在部下们工资上做文章，部下们挣的都是汗水钱，在他们头上做文章黑心啊！我怕菩萨不饶我！不如在东家们头上多捞些。能买得起新房并轰轰烈烈装修的，都是先富起来的那帮人，他们的钱来得比淌大汗死累的众生容易得多，捞他们油水多分些给苦难的手艺人，菩萨会保佑的。部下们收入高了，干活就来劲就认真，装修出来的作品往往令东家赞不绝口，尽管他们多花了一点钱，但值。我的队伍渐渐形成了品牌，找我装修的东家络绎不绝，求着进我队伍的技工也络绎不绝，因为挣得多嚏。每当黄木匠拿到劳动成果，都会把一沓钱捏手上抖得哗哗响："嗨嗨嗨！又涨了，每天能挣一百三了！什么乡长县长的，我的工资都赶上省长了。"但我仍不满足，竟然渐渐玩起了大包。所谓大包，就是东家定好装修档次，再定好价位，然后甩出一把钱后自己甩手。所需材料都归我置办，所需工种人员更归我安排。这里头的名堂更大了！别小看了这小小家装，我在里头挣的竟然是两个省长收入的总和。一年半的时间，房子全款买下了，再干半年，大别克也有了。可见此时的家装领域确实是块肥肉。有肥肉的地方当然是众人紧盯的地方，这个行当很快拥进了无数淘金客，都是五毛钱（轮渡票已由两毛涨至五毛）漂过来的乡巴佬。行情急转直下，竞争越发激烈，好在我老江湖且品牌在手，不怕。

　　我如日中天的挣钱势头令老郭家刮目相看，郭伯和郭妈越发念旧了。动不动就喊我们去吃饭。郭燕常去。但我一如往常地不去，忙是真的，肚子里窝火也是真的。郭燕骂我硬头货，我仍不改，我晓得老郭家人的骨子里轻视乡巴佬。哼！我还不鸟你们哩！我从没攀登过建在高处的岳父家的三室一厅，和大舅子郭福敏更是互不往来形同陌路。我常常暗地发笑：日怪！原本一对很铁的哥们，却因恋上他妹子而成了对头！得味！

郭燕吃了娘家的，总不忘带些美味回来，我照吃不误。郭妈烧的菜真香，都是我当年在老郭家最喜欢吃的菜。我明知这些菜都是郭妈特意为我而做，却始终把感激放在心里，一点都不挂到脸上和嘴上。农村漂来江城的我受过太多的歧视，我要争口气跟城市里的老郭家拧一拧。后来我终于在较量中占了上风。这一天，郭燕早早打来电话，说她爸妈来了，要我早点回来陪二老吃饭。我当时的得意样，真不是我这小作家能表达得出。这可是我结婚这么多年来，岳父岳母首次光临我家！收工，洗澡，又买了套崭新的行头换上，照照镜子，嘿嘿！我看谁敢小瞧我李木匠？

多少年没见了！郭伯已是满头白发，郭妈比郭伯还要憔悴，原本大大咧咧的笑容已很少再现。她的嘴唇一直微微颤动，想跟我说什么，却又没有说出什么。郭伯和我这个女婿的交流也没主线，东一榔头西一斧头，神态极不自在。我晓得老两口尴尬的原因，就有意滔滔不绝回顾没坐牢前，我在老郭家的祥和情景。讲完了当年的祥和，又津津乐道叙述起我的"狱中杂记"。我戏谑自己虽在社会上不足挂齿，却是劳改队里的特殊人才，号称秘书长。因友们的家信、请假条子、检讨书等等，基本上都出于我手。犯人们也上班挣工分，吃喝也不是按需分配，一切的一切都记在账上。有账就有会计，活该我命好，进去第二年，就被囚友们推选为会计，一直干到出狱，老会计了。

好一番的"吹奏弹唱"过后，室内气氛阳光了许多，郭伯、郭妈的表情自然了许多。郭妈有了笑容，笑着笑着忽然又眼泪哗哗，哽咽道："你还是老样子！这些年你反倒过好了！比我小敏好！我小敏……呜呜……"郭妈失控，老泪纵横。

郭妈怎能不伤心，长寿药厂断气后，郭福敏协助老婆开店，不久小店扩成超市，取店名"郭大超"。"郭大超"生意兴隆，果然实现了郭福敏当初让市百一店、市百二店关门的誓言。然而，就在"郭大超"如日中天的时候，原长寿药厂的窝案被查，郭福敏一家三口虽然移居加拿大。但郭福敏留在国内的账已被查得一清二楚。他这个当初的销售副厂长竟以死账坏账等名义，前后贪了长寿药厂一千多万销售款。郭福敏被列入第一批海外追逃名单。外国人也不欢迎贪官的！我的大舅子郭福敏已于上月回国自首了，是死是活全看天了！

旧友加大舅子郭福敏，被省高院判了无期，本该吃枪子的，但郭哥属于引渡，和赖昌星一样一样。罪恶深重的赖昌星不死，郭哥当然也可以不死。郭哥现在黄湖农场过光景，我和黄木匠去农场看他时，狱警对曾在这里"毕业"出去的作家很热情。曲径通幽，竟让我和黄木匠在小会见室里和郭哥谈了一个多小时。郭哥完全判若两人了！脸色惨白，头发、胡须和身上的囚衣色彩一致，暗灰的裤子上，纽扣洞开，走起路来前裆的裂缝一眨一眨的。眼睛倒还是先前那么大，但眼白已明显多于黑的了。郭哥恍恍惚惚对准我点两个头，又对黄木匠点两个，双手一按膝盖骨缓缓落座，继而摸出香烟散人。烟的品牌极孬，和郭哥昔日爱抽的大中华没法比。但郭哥现在只能抽这种连木匠们都看不上眼的孬烟。郭哥的账上虽不缺钱，但狱方限制得厉害，每月的上限是六十元。郭哥向来食肉，又嗜烟如命。六十块横竖顶不住的！只能大幅度降低生活标准。

我和黄木匠没有推辞郭哥敬过来的孬烟，但也没忘摸出大中华回敬郭哥。就见郭哥死鱼样的眼盯着红彤彤的烟盒不放，并冒出两束不易察觉的亮色。他接过烟，点上，吸得火头呲呲响。我的烟尚剩半截时，他的大中华已吸到头了，但他没把烟蒂及时扔掉，仍在吸，直到吸进嘴里的都是空气，才冲烟头悻悻望两眼，两指头一松丢了。我看着心酸，并在一个瞬间和黄木匠形成默契。两个木匠同时不再抽烟了，却劝郭哥抽接火。郭哥来烟不拒，一边抽得咝咝响，一边嘀咕："也不怕兄弟们见笑了！这大中华确实带劲啊！"

他贪婪地吸着烟，仍称我为老表。几支烟下肚，郭哥的精神好了许多。讲了不少话，还反省自己当初不该在我和郭燕之间打坝，怪他眼瞎没看清我这只绩优股！好在有情人终成眷属，这使他减轻了不少自责。在谈及妻儿时，郭哥并未显出多少颓丧。自己虽落脚高墙电网之内，成为阶下囚，但老婆孩子仍在加拿大；虽然无法孝敬父母，但有老表、郭燕代劳，他完全放心，对于我的德行他还是有信心的。他重复向我打探旧时的人和事，还提到了费广海，问："这个人精也该发大财了吧？"我没法精准回答。自从离开长寿制药厂，我再没见过费广海，只好答句模糊话："照讲费广海该发财了吧！那么贼精贼精一个人，不发财就怪了！"话音刚落，忽然感到屁股下的板凳震了一下，侧脸望去，发现黄木匠一呼噜站了起来："我都懒得提他！你们不讲他发了财，我还不提他。他发棺材啊？混得跟狗差不多了！"黄木匠的声音很突兀，唬得我和郭福敏齐齐一抖，都认为自己无意中刺激了黄木匠，于是双双嘴一抿，再不提费广海了。

回江城的车上，黄木匠的嘴巴几乎都在嘟囔他和费广海碰面时的场景："上个礼拜一，对，就是上个礼拜一。你不是买了半吨水泥贴地砖吗？扛水泥的脚夫你道是谁？嗨嗨！费广海！他累得狗一样，一脸的水泥灰，吭哧吭哧扛上五楼后，衣袖一抹额头上的汗珠珠，趴上龙头就喝水，咕咚咕咚牛饮似的。他一进门，我就看见了，黑瘦黑瘦的，像个活鬼！活鬼只顾闷着头嗨哟劳动号子，直到灌饱自来水后，才抬头看见他大爷我。他打摆子样抖了抖，眼光就去了别处，然后就像被撵的贼一样急急向外窜，绊上了门槛，窜步变成栽步，咚咚有声，也不知栽个狗吃屎没有。"

黄木匠把费广海的狼狈样描绘得栩栩如生，还模仿他扛水泥的姿势做动作，很解气的样子。当时，黄木匠晓得水泥共半吨，十袋子，费广海才扛了十分之一，还有的扛。黄木匠当即分了心，分出去的半个心正思谋着该用何种尖刻的语言向费广海问好，却久久不见费广海扛水泥上来。黄木匠不相信另外九包水泥会飞上来，可费广海还真的再没上来！九包水泥却上来了，是另一汉子顶替他扛上来的。汉子个头粗矮，像一座厚实的土墩。土墩一脸喜色，自己夸自己走了好运，说他徒弟今天不知哪根筋乱了，竟把九包水泥的财路让给他。土墩是个乐观人，肯讲，临走还赏了工匠们每人一根烟。土墩还给我留了名片，说今后有啥出力的事尽量照顾照顾。费广海扛第一包水泥进来时，我正埋头画线，没在意，我就这么和多年未见的老朋友擦肩而过了。我略显遗憾，但黄木匠的心情却好得出奇。黄木匠说：费广海的狼败不堪，给他报了仇，报了夺妻之仇，使他的心像熨斗熨得那样服帖。然而我的心情却渐渐起了涟漪：费广海混成狗了！那英子姐呢？英子姐还好吗？还和费广海厮守在一个屋里共苦吗？

我决定抽出时间解开这个谜。好在那天土墩留下的名片还在。我拎出名片，银行卡一样珍藏到装钱的皮夹里。

第二十七章

土墩的电话一拨就通。这回我买的是地板，本来是归商家喊脚夫送货的，但我还是点了土墩。土墩脚踩三轮车来了。货上车，我也上了车。土墩抓稳车龙头，屁股一悬离了车座，身体重量全压在一只脚上，那只脚借着这份力拼命踩车踏。土墩悬在座垫上的屁股嗨哟一声偏左，又嗨哟一声偏右。三轮车动了，越动越快，快到一定程度，土墩不再嗨哟，屁股一垂落实到座垫上，气息刚喘均匀，就找我拉话。我陪他讲，我找他的目的就是为了讲话。讲脚夫行规、收入和生活。当然，这些都不是我真正关心的，都是铺垫，铺垫差不多了，自然讲到了土墩的同行费广海。

土墩说他是费广海走上脚夫道的领路人，先进山门为师，费广海一直喊土墩师傅。土墩年长徒儿七岁，其父与费广海父亲拜过把子，父交子往，友谊传承到了第二代。土墩说："费广海本来是个了不起的人物，在南门湾一带一踩乱晃啊！还换了个漂亮老婆。轰轰烈烈一个人，却遇上了厂倒职工散的命运。这个对费广海来说也不算事，他与时俱进上了生意道，干过批发大买卖，就在买卖正旺时，忽然天降大祸于斯人，他背上了个杀人冤枉梢，隔一隔二被公安请去喝茶，前后足有三年时间。直到失踪的疑似被害人又活了，他才得以彻底脱箍。但生意却早就黄了，赊出去的账当时无心要，后来大多成了死账。可他欠别人的货款却赖不掉，本来想赖的，可对方是位干过厂长的人精，一纸诉状递进法院，费广海只好卖房还钱。房子是他祖上传下来的，传了三代，终于在费广海这个败家子手中败掉了。他现在已变成房客啰！"说到这里，土墩望天叹口气，又将望天的眼光落下来看我，右手还弃了车龙头在半空中激动地划拉："你看看！这是多么窝囊的一件事啊！走投无路了，只好拜我为师。我是看在父辈情分上才收了他，否则他只有喝西北风。平日太匪了，没人愿沾他，不是喝西北风就是喝东南风！"土墩很得意，还有一种受命于天、降恩泽于费广海的豪迈。他一只手扶车，一只手不停地指指点点。我真担心他的三轮撞人或撞路牙,喊他停车路边歇歇,都骑一脸汗了,也该歇歇喝点水。土墩下了车,拽下搭在肩上的毛巾抹脸,我就近买来两瓶绿茶,两人以头对头,坐在路边花台上,一边喝绿茶一边继续聊。

刚下岗那会儿,费广海听说搞土方工程来钱,好多人都想搞,但没有两把刷子你是搞不成的。吃这碗饭的都是狠角,苍天和大地统统不放在眼里。费广海当时自认为有两把刷子,其实他只是小阴沟里的鲩子,欺负欺负老好人还行,跑大码头就找死了。干土方的都是啥人?好家伙!那可都是大江、大海、大西洋里头的大白鲨!费广海算个什么东西嚛?干土方的都说他算屁,又说算屁还多两耳朵。意思就是:屁都算不上!一上来,费广海没尝过厉害,大门牙根本不关风,咋五咋六的以期东风压倒西风。不料斜地里突然冒出一根檀树棍子,夹着森森阴风扑面而来。费广海被打蒙了,一摸嘴巴,摸一手血,却没摸到大门牙。可怜两颗门牙已被檀树棍子敲得比翼双飞了!费广海就这么失去了伴他三十多年的大门牙,可嘴巴反倒不漏风了。他接过人家递来的一笔医药、营养误工等费用后,灰溜溜走了。土方没干成,还差点被土方埋葬。费广海从此绝了大干一场的念头。也从此变成了另外一个人,没了横七竖八盛气凌人的架势,没了动不动就冒的脏话。文明了,礼貌了,看上去完全是个本本分分的厚道人。费广海终于回头是岸了。然而,岸上的老实人并不买账,仍然离他八十丈远,老实人吃亏多了,也摸索出了生存之道:惹不起躲起嚛。费广海很是孤单苦闷,只有老婆英子还把他当个人看。想想平常对待英子的恶鼻子恶眼,费广海良心发现晓得内疚了,再一联想他的人生之路仅存英子这么一个知己时,不由飕飕吸凉气。费广海对待英子的态度也有了质的变化,渐渐地竟变化成了一个怕老婆的货。

土墩很能讲，一口气概括了费广海好几年光阴。我感叹一番人生无常，就开始跟土墩要费广海住址，土墩成全了我。我决定晚上下班去拜访。

下了二路公交转乘八路，下了八路再搭三十路，出了三环，到了市郊。我眼前一片空旷，像老家包公镇那样地大物博，但比不上家乡宁静、清新。这里的天是混的，地是乱的。一条沟渠贯穿村子，青石砌成的渠岸尚算整洁，但渠水颜色明显另类，蓝得发暗，看起来黏稠稠的，一副流淌不动的样子。渠上横着座水泥小桥，按土墩指点，过桥靠右的第三个院落就是费广海租住的地方。一想到即将见到几年未见的老友，我挺兴奋的，抹抹头、拽拽衣，一切整理妥当，这才进入院落。院子里有三间简易房。我在东头那间房门口站住，放眼屋内，费广海正趴在一张凹凸式桌子上品酒。我对凹凸式桌子很有感情，我曾做过无数张这种桌子，当时这种式样的家具很流行，可现在淘汰了，凡是装修的东家，都喜新厌旧抛了它。十块抛，五块也抛，仍抛不掉的话就对垃圾堆一抛。

现在，当年呱呱叫的费广海，就像凹凸式桌子一样，被抛弃在这郊外品酒。我百感交集，感叹世道巨变。人说三十年河东转河西，这才十年就河东河西了！简易房约十五平方米，人字形屋顶，房间、灶间、客间三间连体。床上站着个裸男，三四岁的样子，一看就是长颈鹿的翻版。裸男双手捧着个大馍，双脚叉开，摆了个撒尿架势，小鸡鸡恰好与桌面平等。费广海慌慌搁下酒杯，胳膊打个弯一搂，两碟下酒菜齐齐地南移了一尺远，娃儿的尿滋出来了，刺上了桌子，但两碟下酒菜并未受到株连。英子坐在床上喂娃，见娃尿得不是地方，扬手对准了娃的屁股。费广海正好灌了一嘴酒,见英子打娃,眼瞪老大,喉咙发出一串呜呜声。急急咽下酒,急忙制止:"唉唉唉!雷都不打撒尿人……"英子住了手,费广海却因含酒讲话被呛了下,扭过头来咳嗽,这才发现门口站着条大汉,吓得一缩头:"哪个?"继而站直,伸手扯亮一盏大灯,屋内顿时亮如白天。

"你……你怎么来了?英子!李老弟来了!"费广海抓筷子的手抖了起来。

英子也站起来,愣在床边半天没回过神,显得既开心又局促。

耳朵锅架上了煤球炉,嗞嗞有声,青椒炒鸡蛋熟了,花生米也熟了。兴冲冲捧着空碟子出门的费广海也回来了,可手上的碟子仍然是空的,他把没花出去的钱对英子手中一塞:"二麻子的卤鸭摊收了!"空碟子冲桌上一扔,那碟子在桌面上一歪一歪呼呼转圈圈,仿佛声明:吃不到卤鸭不怪我,只怪二麻摊子收早了。没吃到卤鸭的我比吃到了还要舒畅,我看到了费广海的豪气还在,但原本的匪气已荡然无存,连没花出去的几个小钱都向老婆手上交了!

重新摆开酒杯,费广海忽然想起了什么,望着英子,手抓酒瓶轻轻晃:"这……这酒……"英子顿悟,忙忙掏钱塞给他:"这酒不中!换换换!"费广海要去买酒,被我拦住,我也抓起酒瓶乱晃:"散酒照,就它了。"费广海犟:"不中,上头!"我仍拽住他:"都喝了小半生'苦老八'(一种劣质酒)了!还怕它上头!"费广海走不脱,很急,一急讲了实话:"要是'苦老八'我就不换了,酒精!"又加了句:"酒精兑水,所以才叫酒水,我喝的都是酒水。"趁着我愣怔的当口,费广海把酒瓶抬到我鼻子底下:"你嗅嗅。"不用嗅了,一股狠味已主动钻进了我的鼻孔。

一瓶"明光老窖"喝了两个时辰,尽兴啊!应该说谈得尽兴。

英子一旁坐着，不时给我们续水，床上的娃也是个人来疯，这头那头来回爬。酒喝干了，我也弄清了费广海一家这几年的全部光阴。不怎么样啊！费广海虽说学会吃苦了，早出晚归，两头不见太阳，累死累活一个月也只能累个二三百块。英子姐带娃不上班，一家三口全部指望这点钱。好在前妻生的女儿跟了前妻，否则更为捉襟见肘。我的心有点酸，问费广海今后打算，他说没打算，人算不如天算！砸一斧子移一凿子，砸到哪讲到哪！我就叹气，英子姐则恨铁不成钢，一巴掌拍在娃儿屁股上，那娃不爬了，哇哇大哭。英子姐不哄他，反倒又添一巴掌："哭哭哭！摊上了这么个爹！有你哭的。"费广海的头耷进裤裆："哪个不想好？好不了噻！"

屋里静默了好一会，连娃都不哭了，坐那里自己吸吮自己手。我开口了，显然是说给夫妻俩听的："跟我干木匠吧！比你干脚夫轻巧得多，收入也厚得多。"费广海和英子激动得同时鼓掌，满脸喜色："那好！那好！"费广海身体一斜，一巴掌捞在娃儿屁股上："喊李叔！"娃儿没哭，小手直划望着我咕咕笑。

其实，我在承诺过后，就后悔了，我想到了黄木匠，黄木匠和费广海水火不容啊！

第二十八章

我为费广海的落寞光景发愁，动不动冒出个拉他入伙的念头。几次想跟黄木匠提这事，都差那么一小口勇气。黄木匠仿佛看出了我心中藏着乾坤，反倒主动出击："说噻，老兄老弟了，啥子事不好说吗？"我就说，吞吞吐吐不顺溜，但还是把心思露了出来。黄木匠的后脑勺仿佛撞了墙，懵懵懂懂一睁眼，两眼珠血红："你想撵我走啊？想打我脸啊？想挖我家老祖坟啊……"我感到自己唐突了，上下嘴唇关闭得严严实实。夺妻之恨呀！搁谁也转不了这个急弯子。算了，这事就算了，就当那天晚上随嘴跟费广海开了个玩笑。但费广海夫妻是当真的，他见我久久没了声音，主动电话找我。我的后脑勺也尝到了撞墙的滋味，嗡嗡响，糊里糊涂让他再等等。这就害他了！我真不知道要让他等到猴年马月！

一等又是好多天，费广海的电话又追了过来，我竟心虚得不敢接，怔怔望着那个熟悉号码摇头苦笑。心里抱怨自己那晚不该酒后胡言，胡言也是言啊！一言既出驷马难追啊！我只觉得自己被一个无形的尿桶箍牢牢套住。费广海追来的电话铃声自动消失，我的心绪却起起伏伏无法平静，一会骂自己不该揽来那个尿桶箍，一会又觉得那不是尿桶箍，分明是个明晃晃的金项圈嘛！费广海一家三口的生存状态，又一次电影样在我脑子里重复：苦得狗一样的费广海，凄凄哀哀的英子姐，还有那让人心疼不已无法放下的娃。这么一想，我又觉得对费广海一家的承诺并非信口雌黄，而是作为一个朋友应该的担当。

思来想去，我到底把电话拨了回去，那头的费广海很快接上，可能已揣摩到了我的难处，费广海先把自己的追求降了一格，说："兄弟认得的木匠多，你那万一腾不出位子，也可介绍去别处干，我先拿学徒钱，学会了再拿师傅钱。"电话里，费广海的恳求真诚、悲凉，像一个落魄乞丐紧紧抱住我的腿。我心一酸，正待安慰他两句，可那头已换了女音。英子姐的声音同样真诚、悲凉。英子姐一五一十向我汇报了费广海的近况。

在我拜访费广海的第二天，他竟一厢情愿停了脚夫生涯，说干一行得像一行，可不能让李老弟小瞧了。他去南门湾工具巷置了一套木匠家伙，斧、刨、锯、凿，应有尽有。还买了一三轮车旧木料，说是先自学个基础。他像个真木匠似的，天天在家捣鼓做了废，废了再做，还真的捣鼓出几把像模像样的凳子。英子姐说费广海已自学小半年木匠了！家里小半年没有一分钱收入，这一家三口的日子，全指望菩萨保佑费广海尽快当上木匠了！

"这已不是乞丐抱腿的事了！这已事关英子姐一家三口生生死死了！"我不敢怠慢，赶紧把这事拿出来跟郭燕商量。郭燕骂我自作，揽虱子上头！我好歹不吭声。好一会的沉默后，郭燕的眼睛突然亮了下，又亮了下："我说该把文秀的事先定了！"我的眼也亮了下，和郭燕目光一碰，会心地笑了起来。

董文秀是我大姨娘家的二丫头。前些天母亲来过，带着大姨的委托，瘦肩担重任而来。文秀早恋，高中没有攻击到头，就成了夫君的俘虏，早恋升级成早婚。婚后小两口不再卿卿我我，又渐渐将小吵小闹累积成大干。夫君走了神，成天成夜不归家。起初文秀压根不当一回事，她不相信从上高一就一路爱过来的婚姻会散了。她认为夫君在耍小聪明，夫君爱看《征服美女》之类的书，文秀也看过，书上说少夫少妻的头一年表现很重要，是决定男女究竟谁将主宰未来家庭的重要时期。如果你想将对方纳为附庸，你就不能把爱要死要活摆在脸上，太在乎了会激发对方的傲气。董文秀认为夫君无非是在走将她纳为"附庸"的第一步，直到他含笑提出了离婚，文秀还认为没啥大不了的，他在笑，真想离婚还笑什么呢？这完全是夫君第一步没走通而迈出的第二步。你折腾吧！你唱戏吧！我倒要看看你如何收场。文秀不仅看他唱戏，而且还陪他一起唱。她陪他去了法院，又配合他在离婚协议上签了字。文秀憋气回到娘家，根本没跟娘家人提起离婚的事，只说拌嘴了，等他来接才回去。这一等就是两个月，大姨有点心焦，就去劝女婿大人大量低低头，给个面子把文秀接回来。女婿仍然一脸笑容，不急不忙把文秀不要他的事和盘托出，并说离掉萝卜能成席,他已谈了新的对象,下个月十八办喜事。

董文秀捂在被窝里一哭三天,漂漂亮亮一个人竟哭成了鬼样。终于真的哭来一个鬼,那鬼把披头散发的文秀勾引到井旁,文秀眼一闭,起脚就跳。幸亏大姨早有防范,一个饿虎扑食,死死揽住她的腰。文秀虽然没死成,但动静委实太大。一帮亲友相继来劝,正上高三的弟弟也不顾前程回来陪姐姐。文秀擦干泪,撵弟弟去学校,说:"姐已想通了,不死了!姐要好好活着,姐要看着老弟上大学。"看着女儿有了活下去的信心,大姨宽慰不少,扛着锄头去棉田锄草。但又不完全放心,派儿子潜伏于家的暗处,盯住姐姐,盯住那口能浸死人的老井。后来的事实证明:母亲的安排太重要了,那个缠上文秀的恶鬼并没走,恶鬼再次将文秀勾引到井边。文秀这回的动作干净利落,弟弟的饿虎扑食慢了一步,只听扑通一声响,井里只剩下汩汩涌动的泡泡。弟弟虽然慢了第一步,但第二步出奇的快,他大叫了两声"救命"后,也扑通到井里翻腾。

井下的文秀意识清晰,虽然看不见,但能摸。老弟身上的角角落落她了如指掌。她一刻也不敢在井底停留,拉住老弟,沿着井壁拼命地向上攀,老弟也在拼命攀,加上水的浮力托举,姐弟俩很快露头。之后,老弟再不求上进了,愣是休学守护姐姐,并早早撂下狠话说:姐姐跳井他跳井,姐姐跳塘他跳塘。文秀不敢死了,只敢偶尔搂住老弟凄凄地哭。她只有活着这一条路。尽管短暂的婚史像个苦楝树上的节疤,但上门提亲的人仍然不少。文秀一概不见,七大姑八大姨纷纷来劝,都劝她趁着年轻,抓紧再寻一个家。文秀没正面回答,很委婉地向亲友们亮了底牌,说她想离开家乡,她丢不起这张脸。原来文秀是想远嫁。

文秀最远的亲戚就是我了!给苦命的她找条出路成了我的义

务，我和郭燕不约而同将文秀和黄木匠对上了号。我干巴巴地对黄木匠说："给你找个老婆，要不？"由于同行们平时爱拿黄木匠逗猴，也是这句干巴巴的"给你找个老婆要不"，所以黄木匠这回竟把我的好心当成驴肝肺。我补一句："是真的噢！"黄木匠头都没抬："什么真的假的？"我自愧不是媒婆料，就把任务撂给郭燕。郭燕说一家养女百家求，难道要倒过来求他去不成？不急！等到合适的时机再讲。眼下，郭燕有点等不及了！她知道黄木匠拦着费广海的前途，灵光一闪想到了文秀。如果文秀和黄木匠成了，黄木匠在婚姻上的失衡心理就能找回，再让文秀开导开导他，说不定真能撤了费广海通向木匠路上的障碍。

董文秀和黄木匠像是前世有缘，彼此一眼对上了光。黄木匠乐颠颠找到我，说他想通了，买房，决定买房。我前年买的房，全款。当时的黄木匠也有全款买房实力，但他不买，说等价格下来了再讲。我说："你现在不买，难道等涨价买？"黄木匠不信，说："你老外！涨价？往哪涨？房子越盖越多，只有跌价嚛。"我劝不通，不劝了。可我表妹一来，黄木匠思想通了，但房价确实像我当时的预言涨了，涨了很多！黄木匠拼死拼活多挣了两年钱，还是只能买到同样大小同样位置的房子。

三个月后，黄木匠拿到了新房，又花了两个月时间把新房装修成了龙宫，年底的时候，黄木匠胸戴红花，组织了一列车队，轰轰烈烈把文秀接到江城。这次婚礼，黄木匠花了不少，一切都依了文秀，她高兴，他就高兴。

同样是二婚，英子姐就倒档了！由于和黄木匠不共戴天，已自学成二百五木匠的费广海始终没能融入木匠圈。但他那个立志木匠事业的理想始终没变。这一天，英子又来了，提着两瓶酒直接上了我家门。郭燕很快被英子姐的眼泪融化了。英子姐说：公婆愿意帮她带娃了，大姑子也愿意带她去南方打工。英子舍不得娃儿！可舍不得不行啊！娃儿作孽，投错了胎！摊了个现世宝爸爸。英子嘴上虽骂费广海现世宝，眼里却有泪水打转，说："现世宝也是没办法！乖多了！那脚夫的活真不是人干的事，黑早黑晚的！"说了这话，英子姐的泪眼就巴望在郭燕脸上。英子姐精，晓得巴望郭燕比巴望我管用。

英子姐走后，郭燕的心中老是抹不下她那可怜巴巴、飘飘歪歪的背影。郭燕坐不住了，拉上我去找黄木匠。郭燕在黄家足足演讲了一个时辰。黄木匠很少答话，不时望一眼正和郭燕交流的文秀。自从结婚后，文秀就是黄木匠追捧的明星。黄木匠常常由梦中笑醒，也常常在梦里哭得稀里哗啦，哭时总是把文秀搂铁紧："文秀啊！跟我回家吧！我好好干木匠活，保证生活小康……"文秀晓得他心中埋着阴影，把他搂更紧。黄木匠被搂醒，一脸的泪，文秀拍他后背："别瞎想了，我这辈子不会离开你，我对不住你哩！我要是黄花闺女嫁你多好！"同病相怜，他和她经常这么相拥，动不动哭一夜，动不动又谈一夜。谈着谈着，文秀就成了新家庭的主角。后来黄木匠当年在郊区买的两间房被拆迁，他竟把所有拆迁补偿拿出来，帮助老弟买了一套商品房。老弟是文秀亲弟，就是那个"姐姐下井他下井、姐姐下塘他下塘"的老弟。扯远了！书归正传。

黄木匠发现文秀和郭燕一条心，笑了："嗨嗨！你们都投赞成票，我一个反对也不算数噻。"我长长舒口气，回家后也不知由哪来了一股洪荒之力，当夜我竟在郭燕身上骑了两回。不料天刚放亮，黄木匠就来敲门。睡得迷迷糊糊的我猛打个激灵，心想：坏了！黄木匠反悔了！

黄木匠蔫头耷脑的，一副无精打采的样子，说："昨个一夜睡不着，乱想！想了前又想了后，还是觉得不能跟费广海同朝为官。别扭！"黄木匠站了起来，摊开双手，一会在我面前抖，一会在我老婆面前抖，重复问着一句话："你俩想想可别扭？"郭燕扑哧一笑，转脸望着我："这事不能细想，一细想还真的别扭。"我也笑了，左手抓头，右手挠腮，不住自责："我也是！光想着费广海的苦，咋就没考虑个中的别扭哩！算了算了！他费广海，天生的脚夫命。"

我们夫妻对待"别扭"的回复，黄木匠本该满意的，但黄木匠还是有话要说："我老婆劝了我一夜，说人在做天在看，多做善事老天会保佑的！我老婆心真好！对我要求也严，天黑就要上笼，否则电话一个接一个。"黄木匠一提到老婆，两眼便笑成一条缝："我老婆给我出了个主意，让我去吴大头那里干，再把我的小老弟老黑换你这边来。老黑好人啊！比我还好！老黑干活出手利索！比我还利索……"

对于老黑，郭燕是了解的，我家装修，老黑全程参加，人厚道且踏实能干。我对老黑更是透熟，都是同行加朋友，相互帮忙打突击是常有的事。我望郭燕，郭燕头一点："既然黄哥愿意，那就这样吧！"不想黄木匠脖颈一肿："我哪是情愿的？还不是因为狗一样的费广海！"其实黄木匠完全说错了！我哪是想着费广海，我和郭燕放不下英子姐啊！一想到英子姐往日对我们的好，再想想她如今的落魄处境，我们的心就火烧火燎地难过。

第二十九章

吴大头自从经历了食品厂那桩大业务后，又萌发出了一颗干大事业的心，他越来越看不上家装这类的零撮撮。他开过家具厂，属开放后第一代私营业主。他认为后来关了家具厂，不是经营无方，而是"小富即安"的思想害了他。现在很后悔，也很想从头再来。于是就在我放弃蓝天公司吃碗安稳饭的同时，吴大头却机不可失时不再来一把将老彭的大腿抱得铁紧。老彭也认为吴大头是个人才，毫不犹豫揽至旗下，说是什么强强联合。蓝天公司没有更名，但已不是老彭独资，吴大头已应老彭之邀，轰轰烈烈成了蓝天的二股东，占股百分之四十。老彭主外，吴大头主内，珠联璧合。吴大头带人干事确实得心应手，没有他带不好的队伍、干不好的业务。蓝天的雪球越滚越大，好一幅蒸蒸日上的光景。短短五年时间，蓝天公司已变成蓝天集团。旗下主业分为三大块：门窗，幕墙，装饰。

  21世纪之初，正是举国上下大兴土木的时候。作为皖南重镇、长三角圈子内的江城，更是受到各方资金的青睐。两个国家级开发区几乎同时落脚江城的城南和城北，各类开发楼盘简直比雨后春笋冒得还快，两个月前路过某地还是一块不显眼的平地，两个月后再来忽然就有一片高楼冒了出来，冒得人没有一点思想准备。城市的角角落落仿佛都在脱胎换骨，各种新型建材走马灯似的纷纷登场。比如建筑外窗，我默算过，如沿用传统木材，那么整个大兴安岭的森林都砍掉，也不够安徽一个省的门窗消耗。住宅革命首先促进了建材革命，门窗有了新材料：PVC和铝合金。都是型材，门窗厂购来型材一组装，便成了既美观又大方的门窗。作为一代木匠，我真想给发明型材的科技工作者磕头，这简直是一个不亚于电灯的发明！它的"绿色"意义大家是可以想得到的，但作为门窗制作者的木匠，更折服的还是它的工艺。它彻底把广大木匠从繁重的体力劳动中解放出来了。斧头下岗，刨子失业，手拉的锯子也被电脑控制的电动台锯完全代替。一整套的门窗组装设备共八件，统统德国制造，（国产货三年以后才有）价值三十多万。那时公务员（国家干部已改称公务员）的年收入不足两万，也就是说一套门窗设备，需要二十个公务员不吃不喝累一年。那位问了，用国产的小型设备不中吗？还真不中！建筑外窗的安全要求非常高，没有大型的自动化组装设备，你就拿不到省级部门颁给的建筑外窗生产许可证。没证就不能生产，否则产品没收之外还有一大笔罚款等着。这个门槛比较高，当时不少立志门窗事业的木匠们都对这个许可证不服，可现在回头想想，还是觉得政府那样抓是对的。那张特殊的门窗生产许可证，确保了全国无数高楼大厦上的门窗迄今尚未发生大的事故。那年上海有幢高层倒塌，但上面的门窗居然安然无恙，这简直就是建筑史上的奇迹。

因为要求太高，能达标的当然凤毛麟角，偌大的江城有证的门窗厂仅区区几家。而我的老乡吴大头就是其中之一。僧少粥多，注定了吴大头生意兴隆，当时大萝卜到处宣称的"日进斗金"一点都不是吹牛。

日进斗金到底是多少？我估计有史以来没有人能说得清，但蓝天集团的日进斗金肯定不是小数目。因为老彭和吴大头合作到第八个年头时，已经都对占地三十多亩的蓝天总部不满意了。适逢经开区的二次招商加大力度，招商引资这一块加大力度其实就是降低门槛放宽政策。经开区置地已由原来的两百亩起步基数降为一百亩，每亩价值虽没变，但首付比例也有百分之三十降至百分之十五。老彭和吴大头一合计，拿下百亩工业用地对蓝天集团来说已经不是问题。地价的百分之十五意味着付个五百万左右就行了，再花五百万左右盖他个万余平方米厂房即算霸业告成。在让蓝天落户经开区这个问题上，老彭和吴大头的意愿高度一致。

但在对未来蓝天的定位上，两人却产生严重分歧。老彭分析：房地产的黄金时间最多还有五年，而刚刚开始的物流行业五年后肯定会代替地产而成为向阳产业，所以未来的蓝天应定位为物流仓储。吴大头坚决反对，说三驾马车（门窗、幕墙、装饰）跑得好好的，你要出鬼！搞什么向着太阳的物流，等到物流真向阳了，你我恐怕早老掉牙了，向棺材了！意见相左，无法统一，渐渐地各自又开始怀疑对方心怀鬼胎。老彭怀疑吴大头这是要继续架空他，合作八年来，自己虽是大股东法人，但不如二股东内行。蓝天所用人员都是木匠，木匠出身的吴大头才是实际掌门人，自己这个法人，其实就是个被架空了的傀儡。进料、进配件哪样不是听内行的？而这里头的回扣是非常可观，都扣到了吴大头荷包去了！自己虽是大股东，平均下来恐怕还没有二股东赚得实惠。老彭是个人精，一些问题看得很透，只是没凭没据不好点破而已。老彭不想继续吃瘪，再者他也确实相信自己对五年后中国经济走向的分析，所以坚持定位物流仓储不让步。而吴大头的心思正好吻合了老彭的分析，他不但偷偷摸摸装了一荷包回扣，而且大权在握、呼风唤雨。他的既得利益确实要比大股东还要大！吴大头也是人精，岂容老彭来个利益再分配？况且"门窗、幕墙、装饰"这三驾马车确实是当下经济领域赚钱最快的东西，有必要转干那个不知猴年马月才能向阳的物流吗？

各执己见，分寸不让，老彭和吴大头只好来了个：合久必分、分道扬镳。他们在各奔东西的路上又悄悄较上劲，两人谁也不愿甘拜下风，双双竞赛似的都在经开区各置了百亩工业用地。至此，老彭和吴大头上辈子修来的缘分彻底走到了尽头。

老彭后来注册了西汇仓储，一门心思干他的储运物流。究竟干得怎样？且不管他，他又不是我的老乡。但吴大头可是与我同饮屁股塘水长大的，正儿八经的乡党哎！所以下面的文字里，我只关注吴大头。

吴大头认准"外行不干，内行不丢"的古训不放。他全盘接管了"三驾马车"向前走，因为资金被老彭分走了百分之六十，所以走起来不如先前轻松了。他在交了新址购买应付资金后，就感到钱的宝贵了。建厂房要钱，开展业务更要钱，都是很大很大的一笔钱。吴大头手上的钱按说根本不够，但已深谙资本运作之道的吴大头，照样两手（建厂房和开展业务）都抓，两手都硬。一抓就是小两年，蓝天新址上便冒出了五千平方米的标准钢结构厂房。虽然只完成了总体建设规划的很少一部分，但已基本能够保证"三驾马车"的运行。蓝天有了新的总部，腾出来的老厂又因地价飞涨而卖了个好价钱。吴大头的事业一下迈上了新台阶。他春风得意，雄心勃勃要在江城大干一场了。这年年底，吴大头搞了个庆祝活动，应邀出席的都是些江城的头面人物，一名刚退休的副市长还作了热情洋溢的讲话。那一次，我也作为家乡代表挤进了庆贺会的花名册。吴大头还把另一张请柬交给我，让我转交韩圆圆，我转了，但韩圆圆没来。这个结果在我预料之中，韩圆圆不怎么热爱家乡，除我之外她在江城没有接待过第二位小窑堡人，据说她父母都没有去过她家，我也没去过，我只在望江楼吃过她的宴请。她这么多年统共才回小窑堡三次，都是两天没住到头就走。

当我把韩圆圆的推辞带给吴大头时，吴大头并不失落，他一句话没有，没事人一样去招待他请来的贵宾们。我在川流不息、西装革履的贵宾中亲眼见到了市长一级的大官！头一回啊！副市长讲话时声若洪钟，气场强大，激动得我巴掌拍得哗哗响。和我坐一起的退休乡长韩云山好像也没见过这么大场面，他正襟危坐，像一名三好中学生坐在课堂里听讲。也不知他是否听懂了市长的江城普通话，反正他的巴掌不比我拍得少。那次庆祝活动规模宏大，摆了一百多桌，光五粮液就喝掉七百多瓶。云山大爷始终和我形影不离，仿佛怕弄丢掉似的。晚上，吴大头送他去宾馆，他举起两个巴掌摇得像风车："不去不去！你忙你的，这么大的场面！别管我，我就跟着成俊了。"这位小窑堡的灵魂人物在我家住了几天，我这部小说中好多关于小窑堡的人事描写，都是那几天云山大爷亲口对我说的。

活动结束后，离过年也就个把礼拜了，我和吴大头商定一道回家过年。启程时，吴大头的"大奔"坐着他一家四口，我的"别克"坐着我一家三口，我让云山大爷坐我的车，云山大爷都拉开"别克"车门了，却被走过来的吴大头生生拉进了"大奔"副驾座上。吴大头向我大大咧咧挥手，说不好意思，我也是想让大爷更舒服些。我只好望他讪讪笑，惭愧我的别克确实跟大奔不是一个档次。

韩圆圆没回小窑堡过年，却托我给韩三爷带了两箱茅台两条软中华。我和父亲一道搬着烟酒向韩三爷家送。父亲搬一箱茅台走在前头，我搬一箱酒和两条中华跟在后头。路上，我和每一个遇见的小窑堡人都热情招呼着，并声明烟酒是韩圆圆带给她大的，以免别人误会是我买的。我跟人家讲话，父亲只好一步三回头地边走边等。没人讲话时，我的步子自然快些，却发现前面没了父亲。我本能地回过头来找人，发现父亲站在那儿一动不动凝视东北拐的方向。我顺着父亲的目光摸去，看见韩三爷的亲侄子大老憨正目不斜视向东北拐的吴大头家走去，身后头三十米处，大老憨的媳妇正闷头闷脑、闷声不响急急撵他。女人的臂摆很合理，很快就撵到了，女人一伸手拽了老憨袖子，老憨一犟轻松挣脱，停住脚和女人讲话。声音很小,相距一百米的我听不到,倒是看见两人不停地比画着,很激动的样子,分明是在为一桩事而争论不下。结果是大老憨占了上风,他又继续目不斜视走向吴大头家。撇下女人原地站着一蹦一跳拍屁股。可惜只有图像没有声音,我不晓得她在拍什么,却十分好奇。我搬着酒和烟,就么傻子一样盯着东北拐,直到父亲的脚轻轻踢了我的小腿肚,我才由无限迷茫中醒了过来。父亲说:"老憨过分了!大舅老爷三十岁了!好不容易找了个媳妇,结婚差钱,他这个做妹夫的却一毛不拔,一分不借。老憨女人很没面子,前几天找我做老憨工作,我去了,可等于没去。老憨真是个认钱不认人的憨货!回我说这年头谁顾谁呀?'钱'才是孝顺儿子。"老憨一直在外打工,年底回家,总是急忙忙把一年的收入全部送进东北拐吴家。干啥?拿利息,一分五的息哎!父亲说吴大头确实带富了小窑堡!不少人家都在他手上拿利息,银行的息太少了!两厘都没有!吴大头的利息高过银行七八倍!

望着一步一步迈向东北拐的大老憨,我不禁被一股说不出的滋味麻木在风中。父亲踢我小腿肚时,我仅扭头轻飘飘望他一眼,直到父亲又踢一脚时,我才收回已跑到小窑堡东北拐的那颗心。

韩三爷家二层洋楼的大门闭得严严实实,这是一樘豪华防盗门,暗锁,锁的上方有一个圆圆的猫眼。暗锁上配有三道暗闩,一旦闩上,十八磅大锤都砸不开。但这暗锁对韩三爷老两口来说也是件麻烦事,太复杂了。使用时要正转三百六十度,再反转九十度才算操作完毕,正转都简单,反正转到卯至转不动算歇,但反转九十度就难以把握了。尤其韩三婶,她比韩三爷还要老土,常在锁门时因反转的角度不对头而拔不出来钥匙;有时闩门程序虽正确,但却忘了开门程序!急着出去时偏偏一时开不了门。久而久之，韩三婶就对这樘防盗门甘拜下风，闩门时竟养成了不用保险的习惯。

今天，韩三爷家的门又没上保险，我一拧门把手，开了。于是客厅里的风景尽收眼底。韩三爷家八仙桌旁围坐着三个人，三爷、三婶还有吴德才。桌面上摆着七沓百元红票子。见我和父亲进来了，慌得韩三婶没头没尾把钱朝怀里扒。我和父亲像商量好的一样，都不看钱，只看三爷。三爷是个精明人，见我们父子什么都看到了，反倒显得大度起来。他一把将韩三婶尚没搂进怀里的七万块又搂到了桌面的中央，凶韩三婶道："瞧你！鬼急急的，成俊和他大又是旁人啊？"韩三婶回过神，讪讪笑着给我们父子让座倒茶，我们也不客气，大大方方坐了下来。这时我和父亲的眼都不由自主落在七万块钱上。父亲望望钱，又望望吴德才。吴德才呵呵笑了："还有什么能蒙住你老哥的眼，三哥投了五十万在蓝天集团，分红哩！"我吃了一惊，我父亲比我还吃惊，韩三爷竟有这么多钱！我们父子的大惊小怪让吴德才飘飘然了，他伸手把桌子上的钱无所谓地推向韩三婶："收起来收起来！弟妹就别怕露富了！正当收入，合法收入。"吴德才说了这话准备撂腿走人，却被韩三爷拽住。韩三爷车过脸来瞄三婶，又亮出巴掌直招："拿来拿来！都拿来。"韩三婶向二楼爬，吴德才好像明白了什么，重又安安稳稳坐下。少顷，韩三婶下来了，双手捧着个旧报纸裹成的方块块，她把方块块对三爷面前一丢，便又急急向房间颠去。韩三爷剥了旧报纸，净是钱！整整六扎六万块。韩三爷把六万块和桌上刚刚分红的七万块一合并，巴掌一捋便将十三万全部赶到吴德才面前，说："点点，当面点钱不小量人！"吴德才冲钱堆上瞄瞄："有么点头噻？十三万。"这么说着，韩三婶已由房间取来纸和笔，吴德才接过来，边写收条边说："我家大头不想干那么大了！但乡邻们的钱总得有地方投啊！他只好多累些！全当为家乡做好事了。"三爷听了没反应，三婶的城府却不深："是的噢！小大头确实给小窑堡做了大贡献！全村一年由他那里分的红，恐怕不少于一百万哎！"吴德才笑笑，轻蔑地漫了三婶一眼，说："就一百万？单单我手上分出去的红也有一百五十万！还有直接跟大头打交道办手续的，像云山大哥他们，我就搞不清究竟是什么数了！"吴德才把写好的条子递给韩三爷，拎上十三万走了。我和父亲也告别三爷回家，父亲一路说着话，我却一句话没有。我的心思仍陷在吴大头身上没拔出来，我似乎明白了吴大头事业发展如此之快的窍门了！我越想越惭愧，吴大头的财运本该是我的呀！当年我若抱紧老彭大腿死活不放，哪里会有吴大头钻的空子？我直在心里骂自己是个没有担当的尿货！又忽然想到了"亡羊补牢，为时未晚"那句话，就觉得自己应该迈开步子干些什么。

干什么呢？打着赤膊下海是不敢了！郭燕也不会同意。那一回的初拭牛刀，已把她彻底拭怕了！我想到了一桩让别人抬轿子的生意。这生意可是我在朝三暮四的住宅更换中学来的。

忘不了改变我命运的1998年，我用吃百家饭挣来的钱在江城瑞丰苑买了首套房子，每平方米价值七百元，虽然只有两室一厅，但在当时已属轰轰烈烈了。后来也怪郭燕多事，她没事常跟几位要好的女同学走动。走着走着就失了自尊，因为三个女同学已有两家换成了三室一厅。这对郭燕打击很大，总觉得自己的生活水平已经中等偏下了。我的耳朵根软，架不住她三劝两劝。我很快就和她在买房问题上达成共识。然而这时的房价已飙升到两千左右！我拍肿了胸门口，后悔三年前的首套房买小了！当年若是买个三室一厅，不就没了今天之烦恼？捶胸和顿足都是没用的，无情的现实还得面对。我下了购买三室一厅的决心，但我的全部积蓄只够买半个三室一厅。那时按揭贷款不像现在这样容易,像我等没有固定工作的乡巴佬,银行是不欢迎的。再说,就是银行的大门向我敞开,我也不敢贷,我心疼付出的利息。好在那几年家装之风盛行,我挣钱的速度比摩托车慢不了多少。不就差个十几万吗?先借着!累个三至五年还清就是。那时的人纯朴,借钱就借钱,不提什么利息,要付利息就等于骂人。我和郭燕各自向自己的直系血亲求援,也还算顺利,我们竟真的把所缺款借齐了。买房!财大气粗买了套一百多平方米的豪宅。没错!一百多平方米的房子在2001年确实算豪宅了。买豪宅欠下的十多万房债,仅用两年时间就全部还清了。还清债务一身轻,但我一点也不懈怠,我仍抱着头死累,累至2005年,我已"借给"(存)银行五十多万了!这年春节,我一家三口开着别克跟着吴大头的大奔回到了小窑堡。在小窑堡,我和郭燕都发现了吴大头借鸡下蛋(民间融资)发大财的秘密。我的二姐、我二叔家的堂姐堂妹,已经在吴大头那里尝到好几年的利息甜头了。她们都在郭燕跟前烧,郭燕便到我跟前烧,让我把放在银行里的钱拿出来转借到吴大头的总部。但我觉得自己也是汉子,我也要让钱生钱。其实我已尝到了钱生钱的甜头,我亲手买的两套房子,总共两百平方米,破费约三十万,可现在的价值已超百万了,翻了足足三个跟头!但我仍然惭愧,吴大头的辉煌仿佛像鞭子一样抽了我一下,使我突然想把银行里的五十多万拿出来翻跟头。经过再三斟酌,我终于将垂涎已久的购买滨江世贸高层江景房的愿望告诉了郭燕。郭燕首先吓得一吐舌头,也不怪她一惊一乍的,2006年的世贸江景房,不是特级土豪是不敢问津的!二百多平的面积,五千多块的均价!我那可怜的五十多万只是房价的一半不到。虽然银行此时已进化成可向乡巴佬提供按揭贷的机构,但我购买第三套房却被此时的贷款新政杠在圈子外，我还要付全款。我的存款和购房全款尚有不小的差距啊！这种以光速丈量的距离，搁以往我想都不想就会放弃，但此时已非彼时，榜样吴大头摆在那。他能融资千万做业务赚钱，我融个百把万买房不过分。我坚信江城的房价还会大涨，我前几年买的两套房就涨了三倍。江城紧邻江浙，既和合肥组成了安徽双核心，又在长三角的圈子内。外省同等类型城市的房价早已破万了！我们江城那么高端的江景房，均价还在五千上下没动。

买江景房！我做出了有生以来最勇猛的投资决策。郭燕毕竟是高中生，她很快也接受了我的投资论证。我和她携手首先同父亲商量，父亲虽为一介农民，确生着大干部的智商。他给我的决策点了赞，并主动替我张罗钱去。

父亲虽在小窑堡村长的位置上下来了，但威望仍在，加上我的"别克"就停在门口助威，从而使我的百万融资计划推行得很顺畅。我一娘所生的二姐，我二叔家的堂姐堂妹，她们带头捧场，她们去吴德才那儿分红后又跟着撤回了投资本钱，然后连本带利全部投给了我。良好的开端是成功的一半，她们的示范作用带动了其他亲朋好友，他们也跟着背叛了吴大头投靠了我。

大年初一，我早早地去韩云山大爷家拜年，可吴家兄弟比我还早，我们在小窑堡的实际乡绅家中相遇，吴大头老是对我意味深长地笑，大萝卜就没弟弟涵养了，他对我板着脸，盯着我的眼睛好像是望着大爷家的屋梁。但不管吴家兄弟感想如何，我的百万融资计划是实现了，太顺利了！我的发财心竟被这种顺利又赶上了新台阶。

我决定把现有的两套房全部转移到父亲头上，人为地把我和郭燕变成无房户。无房户是可以按揭贷款的，原来只够买一套二百多平方豪宅的钱，经过一套贷款手续后竟然够买三套了。

我野心勃勃一下买了三套豪宅。月供总计两万多，加上从亲友们手上融来的一百万利息，我每年就得支出三十多万！三套豪宅变成了三座大山，压得我够呛了！但是我是一个有准备的人，我购房前早算出了"每年三十多万"这个结果，我还算了收入结果：我每年的木匠活收入大约二十万，工头嘛！这点收入不过分，家里的一切生活开支，房租够了。这么一算，每年也就十万左右的赤字，没事。我把这十万交给父亲解决，父亲也爽朗地答应了，倒不是他每年有挣上十万的能力，他只是个下台村长，贪不着捞不到！我只要求他每年替我再融资十万补窟窿，也就是拆东墙补西墙。补个三年，我就卖房还债，还清包括按揭在内的所有债务。我坚信三年后房价会上涨，涨百分之十我保本，涨幅超过十个点……哼哼！统统揣进荷包里。说真话，我当时压根没考虑不涨反跌怎么办？我当时满脑袋的涨、涨、涨！

第三十章

时间很快到了2008年，中国的经济正以有史以来最高的速度奔跑，但一些负面问题也渐渐显露。全国的建筑业都或多或少受到了资金流的困扰。一个最让人揪心的问题诞生了，那就是农民工的欠薪。这个问题带有很强的普遍性！简直是个世纪性问题！绝不是一朝一夕就能彻底解决。旗下拥有一百多皮球工的吴大头渐渐度日如年了！日子就像我当年干食品厂装修时的翻版。

牛一样在蓝天集团劳作的黄木匠，已一年多没见过现钞了。挣来的都是吴大头亲笔题写的一沓白条。吴大头的签名行云流水，据说是请了高人指点。吴大头不承认"指点"一说，自嘲说是自学成材，白条写多了，下面的签名自然龙飞凤舞。董文秀常常翻出白条欣赏，倒不是欣赏什么"龙飞凤舞"，而是盘算家庭资产又增厚了多少。黄木匠一直在蓝天集团第一门窗车间干主任，挣的比普通木匠多，白条上的数字确实可观，但兑现的日期谁也吃不准。文秀开始苦笑了，时不时还当着黄木匠面迸出几句对"钱程"担忧的话。

文秀到底是啥时对白条变现开始担忧的呢？

黄木匠对我说，应该是从他跟随吴大头去甲方堵门要债那天起。

那一天，文秀的眼皮老是跳，老是感觉有什么事要发生，就打的悄悄去了环球电子厂。她站在离厂大门口约百米处的一个不起眼的地方，观察厂门口的风景。这厂新建的，门窗和装修都是蓝天公司所为，虽然干得漂亮，但款子的回笼却非常糟糕。春节要钱，竟然拨不通老板手机。吴大头急火攻心，决定整些动静。

大年初八早上，开发区的爆竹声赛过了春节。人要发不离"八"嘛，大多厂家都选择在这个吉日宣布新的开始。电子厂的大小萝卜头们，已在厂门口摆放好各色冲天雷，并排站立两旁，有说有笑等待八点十八分的到来。不料八点整时，远方急速开过来一辆大巴。车在厂门口"嘎吱"一刹，呼啦啦下来三十多条汉子。吴大头带队，后面是两条汉子拉出的横幅——还我血汗钱。黄木匠夹在人群中不起眼、不吭声，一看便知是个跑龙套的。正如黄木匠安慰文秀时说的那样：他们做手艺的其实都是去配相充人数，真正的冲击手还是吴大头从江湖上请来的几个骨干。吴大头指手画脚、上蹿下跳，五六个骨干分子跟着捧场咋呼。不一会儿，一条人墙就将厂大门严丝密缝地堵住。吴大头旁若无人去了值班室，少顷端出满满一盆水，一边冲电子厂大小萝卜头们喊"冤有头债有主，今天的事与各位无关"。一边浇花似的给摆放齐整的各种"雷"灌水。然后顺手将空了的盆向值班室的门洞扔去，结果偏了向，那盆撞墙弹回，弹到大小萝卜头们脚前转圈圈。萝卜头们有男有女，个个和颜悦色、木桩似站那岿然不动。堵门队伍中的骨干们起哄，纷纷夸赞电子厂人素质高。

约莫过了一刻钟，电子厂周老板的电话追了过来，问吴大头今天的行动什么意思？吴大头眼睛溜圆，回复："你问我什么意思？偷瓜的还要问看瓜的什么意思？我被民工们追着屁股要工资，你说我能有什么意思？"说了这些，吴大头的手机离了耳朵，那头的周老板还在嚷嚷，可吴大头这边却挂了。约莫过了三分钟，吴大头的手机又响，一看还是周老板，不接，也不挂。任由"凤凰传奇"在里面唱歌。黄木匠走过来提建议，要求吴老板无论如何要接人家电话，看他如何说噻，兴许喊你结钱哩！吴大头抓手机的手向后一背，肚子一挺："做梦吃肥肉！就是转筋也没有这么快，冷冷他。"

吴大头背着手冷了周老板半个上午，堵在厂门口的人墙丝毫没松动，但电子厂的萝卜头们却纷纷由耳门进得厂里，继而车间里便传来机器产生的噪音。吴大头感觉不对味，前后一斟酌，便带着队伍向厂里进发。门卫不敢拦，几十人的队伍径直去了变电房。电房的门是钢板特制，锁是特大号"永固"牌挂锁。吴大头让黄木匠去车中取锤，黄木匠皱着眉头去了。来到车旁，黄木匠猛地看见文秀从车后闪了出来。她一脸慌张，原本晶亮乌黑的瞳仁像蒙了一层霾，衬托瞳仁的眼白已爬上鲜红的血丝。她颤巍巍叮嘱丈夫不能干糊涂事，不能光着头朝刺旯旮钻，铁锤是凶器！用铁锤打砸抢是犯法的！黄木匠张着嘴巴很是惊讶，完全感觉到了她的心有余悸和惊恐，他左一遍右一遍安慰文秀放心，他绝对不干犯法事，是不会发生不测和意外的，他大小也是个车间主任噻！没有理由拒绝拿取铁锤的义务啊！等把铁锤递给吴老板后，保证袖手旁观看热闹。然而，真正的牵挂毕竟不是语言可以完全抚平的。文秀忽闪忽闪眼睛，虽没有阻止他取走铁锤，但并未消散的惊恐已使她脸色苍白。她那种焦虑、无可奈何的神态无法掩饰，黄木匠一目了然看到了她的胆小和善良。她已把心给了他、给了这个家呀！黄木匠的心酸酸的，人已返回到吴大头身边了，都还在不时回头向文秀这边张望。

吴大头右手提锤，左手将钢门上的大锁翻个身，铁锤便阴森森抡了起来，咣当一声砸在锁上。一下、两下、三下……用力超猛，咣当咣当的声响仿佛要刺穿人的耳膜。门口的保安跑过来制止，说："你这种砸法分明是在砸我饭碗啊！"大头的铁锤顿了顿，扭转脑袋应付保安："兄弟吧！我的饭碗早让你家周老板砸了！你报警吧！"大头的锤又抡了起来，边砸边夸锁的质量上乘。再砸时，锁仍没开，锤柄却断了。吴大头把断了的锤把扔到黄木匠脚下："换锤换锤！买个十八磅的大锤来。"黄木匠犯难了，装模作样摸荷包。说早上出门换衣把钱换丢家里了！吴大头眨巴眨巴眼睛，掏出一张百元钞递给他。黄木匠无可奈何接过，极不情愿慢腾腾向外走。刚出厂门口，迎面碰上一辆开进门的警车。黄木匠紧绷的心绪莫名其妙松弛下来。他不买锤了，掉头尾随警车来到电房门口。

民警大盖帽上的国徽十分显目，围在老警周围的有木匠，也有厂方的工作人员。那个矮矮胖胖的电子厂老二（副厂长），正心平气静跟警察交流。警察开始查找砸锁人，人们都摇头表示不清楚。警察的目光就落在胖老二身上，胖老二直晃头，表示他也不清楚。现在，砸锁的吴大头就在警察眼皮底下，可警察愣是找不到。眼看大戏无法续演，吴大头终于自告奋勇站了出来。

"砸锁？我是砸锁吗？"吴大头翻翻那把仍好端端锁在钢门上的"永固"牌大锁："要是真的砸锁，还有锁？三十多条汉子，别说砸，就是拽也把它拽开了。"老警向前两步，也学着大头样子翻翻锁，然后便不再追查砸锁的事了。大头也抛开锁的话题，滔滔不绝诉说着一年多没接到工钱的烦恼。警察认为：要钱可以，但动粗就不可以！大头申辩，说哪有那么严重！我们只想拉下供电的闸。他电子厂拖欠我们民工工资不给，我们就不让他生产。大头就这么和老警顶上了牛，身后的几个骨干也开始代替木匠们叫冤报屈，乱哄哄的，气势上已明显占了优势。黄木匠似乎受到了什么鼓舞，嗓子突然发痒，也想发出点声音，但上衣的下摆不知被谁拽了下，一回头，发现是文秀，黄木匠便将到了嘴边的话生生咽回去。

老警把木匠们的诉求都记了下来，然后把硬壳本子夹到胳窝处，腾出手来冲胖老二招招。胖老二弥勒佛一样笑着，头冲老警一点："领导尽管吩咐。"老警说："没啥吩咐，还钱。"胖老二腰一哈："领导放心！我一定把领导的意思传给我们周老板。"

总算闹来了一个说法，回程的大巴车里热闹非凡，都在七嘴八舌回味今天"东风压倒西风"的壮观场景，都在极力鼓噪自己为创造这样的场景所做出的贡献。畅所欲言、人人得意，忽然就有骨干指出了今天的不足，说吴老板砸锁的时候刹了不少风景，愣是没能把锁砸开！吴大头愣了下，但很快恢复常态，继而冒出一股"燕雀安知鸿鹄之志"的气概。他给"燕雀们"撂烟，同时也撂出一串话："哪里有砸不开的锁？我砸门闩哩！那钢闩子三厘米粗，十八磅大锤也望它叹气。知道吗？砸锁的目的是图个动静，有了动静警察才会来。但是如果真的把门砸开就被动了！我可不能让兄弟们背上打砸抢的罪名。"吴大头说得像唱的，仿佛真是他的智慧挽救了兄弟们的牢狱之灾。车内突然安静下来，看得出，兄弟们都在心里佩服吴大头的手段。黄木匠也有了表现欲，他掏出大头先前给的那张买大锤的百元钞，恭恭敬敬呈在大头面前。大头没有马上接，问："锤呢？没买？"黄木匠忽然得意起来，说："不会买的，我又不是傻子！我的想法还不和你一模一样？"吴大头笑了，说黄木匠在这所社会大学里进步很快，都快成精了！吴大头又即兴演讲："兄弟们啊！这年头，老板们的心都是秤砣做的，既黑又硬！今天，老警们的态度你们也看到了，也是督促姓周的给钱。我们限他三天，三天后，姓周的若仍不给钱，我们再来，封他门，堵他厂……"

车内瞬间弥漫出高昂的附和声，黄木匠却没吭声，脸上的笑容虽在，但明显假了几分。

黄木匠有了心思，文秀的心思似乎比他更重。夫妻俩经过一夜的缜密磋商，翌日一早，双双乘上了回文秀老家的车。他们感觉到了跟随大头的风险，提心吊胆的，担惊受怕的！还是避开了踏实。如今乡下壮劳力，几乎无一例外在外打工，广阔的农村到处有闲置着的良田。文秀爸是个种田老把式，见不得田荒，就在村中荒了的地中挑了二十亩肥沃的种。收入也不见得比在外打工差。这类荒田多的是，想种两百亩都有。文秀和黄木匠都曾动过心，尤其黄木匠，他早就想选个安静的地方和文秀一心一意过踏实日子，只是碍于吴大头这份面子，才迟迟没有撂下车间主任的挑子。现在他终于下了走人的决心，但心里的烦躁和纠结仍无时无刻不在。

仿佛真有什么心灵感应似的，自从黄木匠走后，我是相当不习惯，配合久了，默契得很。一个举止、一个眼神就能看出对方接下来要表演什么。换过来的老黑虽说也是一把好手，但配合起来总感觉不是那么顺手。究竟哪里不顺？说不清道不明！或许是顺手的，不顺手只是一分感觉。费广海刚从脚夫的糠箩跳到木匠的米箩，又是生手，因而处处缩手缩脚十分低调。然而，我总觉得他的眼睛里隐藏着什么东西，时不时冒出一道亮光，闪一闪后又迅速消失。这是一双既熟悉又陌生的目光，偶尔相碰，我瞬间看到了那眼睛里交替泛出让人心里发毛的杂质。我相信自己的感觉，我常常无缘无故嗅到一种十分不和谐的因素。

　　我的感觉十分正确，随着日子一天天地过去，费广海的木匠技艺也一天天增强了。这便是本钱，这种本钱天经地义使得费广海原本锈迹斑斑的日子变得滋润，骨子里原本凋零得七零八落的自信心也渐渐死灰复燃了。两年前那个干脚夫的费广海彻底不在。这从他对我的称谓变化上便可窥斑见豹，刚开始那会儿，费广海脚前脚后喊师傅，更是一把献殷勤的好手。一年下来喊老板，两年后成为老江湖，就阴阳怪气喊我司令。这费广海能吃能喝。中午的盒饭，我和老黑各吃一份够了，他吃两份还在嚷嚷："马马虎虎饱了！将就将就算了！"说这话时往往不停打着嗝，脸上浮现一种大仁大义的表情。好像他的"将就"已给我省了一份盒饭钱。对于费广海无中生有的表演，我见多不怪。心里骂他：是狗改不了吃屎，不能过好日子！骂归骂，终究拿他没办法，再说如今的工人确实不如以前好带！我明知费广海使奸耍滑并带坏了老黑，也只能木匠吊线——睁只眼闭只眼。再说这费广海尽管油头滑脑、洋腔怪调，但毕竟还都在底线上头，言行还都是我能够容忍的。我不计较，干活时，我总是冲锋在前，只有司令埋头苦干了，兵们才不好意思偷懒。但这样的谦让并不是维稳的良方，反倒给费广海那吊儿郎当的天性赞助了良好的环境和土壤。后来在给韩圆圆装修小别墅的时候，费广海那根深蒂固的本性终于枯木逢春蓬勃生长。他最终走向反面，成为我的对头。

第三十一章

韩圆圆其实比我小，因为"富"才称其为韩姐。韩姐家工厂兴旺，如今又买了别墅。为了与大英帝国的女王较较生活质量，韩姐想把别墅装修成"白金汉宫"，并不让老公插手。说老公撑着几百号人的工厂，是个干大买卖的。装修之类的小玩意就该娘们露一手。

消息传出，韩姐的花名册转眼挤进十几家装修公司。英雄所见略同：拿下韩姐！韩姐的选择空间委实辽阔，逐个逐个考察各路英雄，并迅速否定了七八家。于是就有人断言，说：有钱的女人就是怪，狡猾的心思无法猜。说：这也难怪，韩姐老公大她两属，老秋茄子一个！她找装修的队伍不假，但顺带找个嫩茄子也不假。

韩圆圆来考察我的时候，我正带领队伍在装修现场埋头苦干。队伍不大，以费广海的说法是：十几个人，五六个工种。木匠、瓦匠、漆匠……因为业务是我一手包办承接，按照常理手下人该称呼我为"老板"，可费广海偏偏喊司令！做徒弟的都这么叫，其他人也自然跟着这么叫，我的大名反倒多余。

我和往常一样，首先把承包来的业务落实到手下各个工种，让他们包工单干，美其名曰"清包"。相当于"清水衙门"，只挣一份力气钱。装修所需各种材料都是自己一手办，办少了不够用，多了又费钱！合同上的造价都是一巴掌拍得死翘翘。

我不但承包着整个工程，还"清包"了其中的全部木匠活。

木工班组共三人，除了费广海还有老黑。木匠这个工种是装修中的单项，不可能拆分开来各干各的，说白了费广海和老黑只能给我打工。我付他们的工钱也是一巴掌拍得死翘翘。每天两百块，干一天算一天。这就刺激着他俩想着法儿磨洋工。磨一天算一天，外带混个三餐"肚子圆"。

　　韩圆圆迈着考察者的方步进了现场。转悠一圈后立在费广海面前不动。韩圆圆笑盈盈的，大方而不轻浮，温柔而不失庄重。操作台上的费广海冷不丁一怔，目光直了五秒才回过神。他先将画线的笔夹在大耳朵上，腾出的手支撑着身体一跃，跳马选手似的落到地上。阳台上的空压机轰轰响着，费广海一边冲韩圆圆笑，一边退步去关。一时凌乱，"咚"的一声撞在刚立起的"罗马柱"上。吓得正在"罗马柱"上射钉子的老黑一抖。老黑脸一转，看到了韩圆圆，他停了射钉枪，吼起原汁原味的河南家乡话："吓老子一跳！你撞柱子？好漂亮的女人不撞你撞柱子？"因为是土话，韩圆圆压根没听懂，原来的"笑盈盈"仍凝固在脸上。

　　费广海顾不得和老黑斗嘴，他两步跨到阳台上，伸出食指一戳，空压机变成了哑巴，嘈杂的现场一下清静许多。埋头干活的我这才听到一个恰似清泉出谷的女声。一抬头，那女的正在与费广海交流。

　　"老板贵姓？"

　　"免贵姓费。"

　　"嗵！嗵！嗵！"老黑扣动了射钉枪的扳机，一脸阴笑。老黑虽在磨洋工问题上和费广海一致，但老黑看不惯费广海冒充大头鬼。你我都是平起平坐的打工仔，你有资格谈业务？老黑不服，就开枪。射钉枪是货真价实的火药枪，现在的钢混建筑恁牢，想钉钉子传统铁锤不中。非得以暴制暴用火药冲击不可。连续的枪声像抗战连续剧，费广海和韩圆圆的对话被迫中断。费广海晓得老黑用意，不好意思摸摸后脑勺，明白自己越位了，嘴巴冲我一努："找司令吧？在那。"韩圆圆一愣，像是被"司令"这个头衔吓的，目光在我身上打量一翻，满脸狐疑："你……你就是头？"

韩圆圆装得真像，其实她早就知道我是这支装修队伍中的头。同学加老乡，又在同一座城市混前途。都已常来常往好多回了，她还帮我渡过难关一次。熟悉透了的人啊！但她始终让我在大众场合装着和她不认识，并一再强调这是原则，相当于不可触碰的底线。这么多年来，我一直不知道她家住何方，她不邀请我去她家，我哪好主动提出来？她对我还算仁义的！她的堂兄弟、堂姐妹们至今还都不知道她的联系号码！她不给，韩三爷就在小窑堡给她编了个不给的理由，说自己的侄儿侄女们文化不高，难登大雅之堂。这些虽不是三爷的原话，但意思就是这么个意思。为此，三爷和侄儿侄女们有了隔阂，尤其大老憨，好多年不理三爷了。但三爷不在乎，三爷有钱。

这回韩圆圆把"小别墅"装修业务交给我，也是她早已决定好的事。现在的考察，无非是个形式而已。但假戏也要真唱啊！她明知费广海不是头，为了逼真竟佯装把他视为头。又在费广海指点下满脸狐疑认了我这个头。

"我就是头。"我压住满腹乱拱的笑料，一本正经弹弹头上灰，"可惜这头不像个头！十五天没洗澡！"

韩圆圆孤傲的表情说跑就跑得无影无踪，很奇怪地望着我。我诚恳笑着："我的客户都一样，看了我的装修成果，都夸我的手艺呱呱叫，见了面又都在心里说我是个歪瓜！"

韩圆圆吃一惊,断没料想到我比她还会装,愣怔了片刻,竟然显得有点局促,说:"哪里!哪里的话!帅呆了的大小伙,哪里就是歪瓜?"我的眼一眨:"还不歪?那你想我怎样歪?我照过镜子,除了胡须茂盛,五官没有一官是标准的!"

"咯咯咯……"韩圆圆笑起来很美。

老黑这边早收了射钉枪,他杵在韩圆圆面前,比画出一个约一米六的高度:"老莫(莫言)就这么高!可夺了纳尔贝奖!费广海一米八,报纸看不通!人不可貌相,海水不可斗量。司令长相是不咋的,但手艺漂亮……"老黑口若悬河给我做广告,却没料到费广海已悄悄绕到身后。费广海抬脚一弹老黑小腿肚子:"我又犯你了?"老黑差点跪下,费广海要弹第二腿时,老黑护着屁股跑了。费广海也不追,站那儿斗嘴:"我报纸看不通?比你好!老莫获的啥奖?纳尔贝?你个出气带冒烟的,诺贝尔到你屎嘴里变成了纳尔贝!我老脸让你丢尽了!"费广海的语气完全是父亲训儿子那种。老黑反唇相讥,也模仿长辈口吻训他。大家平时就爱这么闹,彼此不计较,已习以为常。只是今天闹得格外凶。

老黑和费广海有个共同特点,老婆都不在身边,老黑背井离乡打工,老婆在家带娃种田。滔滔长江恰似天上银河,把他们隔成牛郎、织女!费广海老婆英子去了湖州,也只有春节才能见上面。两个人都过着和尚一样的日子。所以面前一旦降临美女,他们的表现欲便难以压住。

韩圆圆已笑得上气不接下气,捧着肚子蹲到地上抹眼泪。业务无法谈下去了,我打发费广海和老黑先去大排档,自己与韩圆圆接着谈。两活宝先后用风枪吹吹满身灰尘,结伴走了。费广海想想又返身将门带上,意味深长留一句:"往成处谈,谈好就干。"

有什么谈不好的呢?简单谈了约莫十分钟,韩圆圆就催我签合同。由于小别墅用材讲究且量大，加上我还在还房贷和融资利息，确实没有那么多垫资，只得和韩圆圆签了份包工不包料的合同。

韩圆圆将合同揣进坤包，再次叮嘱我不要把她的情况泄露到家乡。她每次见到我，几乎都要反复叮嘱这一条。我还是那句永不变更的话："放心！放心吧！这么多年，老家人只晓得你在江城干大事，谁也不知道你究竟干着什么事。"韩圆圆不好意思地笑笑，撇开话题夸赞我的队伍真不赖，作为司令能灰头土脸带头干活，这一条就是不赖；队员相处融洽、阳光向上，这一条也不赖。再往下谈时就谈到了家乡的人和事。我提到了杨菊梅。我是有意提的，杨菊梅和梁世忠上个月来过江城，说绵恒二中的老同学都分手二十年了，决定搞个老同学聚会。时间地点早已确定，考上大学的那些同学几乎都确定参加，没考上但混成老板的也都确定参加。组委会没有韩圆圆电话号码，打电话问我也是白问，我压根就不会说。然而同学们真的特别想见见当年的校花，何况这校花如今又是显显赫赫的富姐。组委会认为：无论如何都不能将韩圆圆落下，所以就委派世忠、菊梅夫妻南下，专门来请我和韩圆圆。我知道自己沾了韩圆圆光，但还是因为被这般器重而感到自豪。我立马把这喜讯及时电告了韩圆圆，我听得出她起初的激动和心跳，可渐渐地她的激情像是遇上了冷水，变得平平常常了！最终她跟我讲了真话：她说真想和二十年没见的同学们好好聚聚！但一想到曾经被英语老师老婆无端扣了屎盆子心就灰了！还有那杀猪屠户杜诗经……说到杜诗经，韩圆圆不想向下延伸了。她话锋一转提到了杨菊梅，说菊梅变大方了！不怕我去抢梁世忠了！说完菊梅，韩圆圆就在电话那头咯咯笑，笑声越来越软，最后拖出一道鸡扯呼似的声音后就没有了。我听出了她的耿耿于怀，就在心里骂本届组委会饭桶，咋就派来个杨菊梅！可一细想，又觉得组委会不是饭桶，他们只晓得当年韩圆圆和菊梅同桌同铺，可谁也不知道她俩间曾经有过不愉快的小插曲。

在招待梁世忠夫妻的晚宴上，我当然也邀了韩圆圆，她说正出差杭州来不了。我晓得她故意推托，但也只好在梁世忠、杨菊梅面前帮她扯谎。梁世忠夫妻走时，就把邀请韩圆圆参加同学会的任务转包给我。韩圆圆不想参加，我只好三天两头电话做她工作，收效甚微，但我不死心，我晓得同学们的心声，再说我若能和她同车赴会，也是一件极有面子的事情。

现在我又利用签订合同之余，动员她尽量能跟分别二十年的同学们见见。可韩圆圆和往常一样，依然不表态。我越追问，韩圆圆原本的兴奋越是逃离身体，留在躯壳里的只是越发明显的难言之隐。我再不好追根刨底了。我不追了，韩圆圆反倒又来一句："保密！你可不能把我的情况透露给同学们。我老公大我两属的事，只有你一人晓得，别人如晓得就是你的事了！"

韩圆圆对自己老夫少妻式的婚姻始终耿耿于怀，已嘱咐我许多回了，我也信誓旦旦承诺了许多回。这一回，我不再承诺，我双手在她面前一摊："我晓得什么？我和小窑堡的老少爷们一个样，只晓得你老公一米八五往上跑，年轻，英俊，企业家。"韩圆圆愣了下，脸颊绯红，好像心中的一个禁区被人触动。她瞅瞅我，没有瞅到嘲讽的味道，也就不再说什么了。

第三十二章

我带领队伍按部就班、粉墨登场。我陪韩姐环绕各个建材城转悠了三天。精挑细选，货比五家。众商家像是协商好似的，同一品牌的报价惊人一致。韩圆圆跑了许多冤枉路,但不嫌累,很乐意的样子,好像她就是跟我出来走走玩玩。建材的挑选、拍板,都由我说了算。她只负责由坤包里向外掏钱。

韩圆圆的钱换来各种建材源源不断运进小别墅,费广海和老黑卸货时,总是当着韩姐面说相声,赞美所购材料的物美价廉。韩姐一走,相声升级为小品。费广海说:"买个材料跑了三天!打花去了。"老黑故作惊讶:"打花?啥叫打花?"费广海抑扬顿挫:"打花吗?打花就是开房。"老黑拍拍前额,做大彻大悟状:"懂了!懂了!"

两人"嘀嘀哈哈"一顿爆笑。费广海一边骂老黑粗货,一边做起职业分析师。按照费广海的分析,应该是韩姐先勾引了我,韩姐肯定急猴猴压在司令上头……费广海的话越讲越多,越讲越粗得不能再粗!我也不恼,心里反倒挺受用,我以往可不是这样。

我的家属一直"随军",老婆郭燕也是与韩圆圆相仿的美人。自从那年我买了首套住房,郭燕就不上班成了专职太太。我除了干活,基本上过着"衣来伸手、饭来张口"的日子。这让两个租房合住的徒弟十分羡慕,说司令已过上神仙日子,他们仍在水深火热之中!水深都还好,就怕火热!尤其夜深人静的时候,那真是想家的时候!横竖狮舞在床上,睡不着觉是常有事。熬得费广海改了歌词唱:"想家的时候,就劝自己放一炮,哪怕离家……"

打工的汉子都讲实话,老黑每隔两三个月总会不声不响溜趟家,老黑说他总在夜里十二点后进门。他渴望能逮到老婆的奸夫,又祈祷菩萨保佑老婆没有奸夫。果然是没有,他每次逮到的都是老婆搂着孩子睡。再回江城时,老黑总能神气活现十几天。费广海说他瘾过足了,所以高兴。老黑傲傲一昂头:"这哪是过瘾不过瘾的事?关键是老婆安分守己搂着娃儿睡!"这时,费广海就莫名其妙失落。老黑心里很熨帖，像是完成了一桩了不起的大业。

至于费广海老婆英子在湖州那边的"花边"，圈内人都有各自的传说，都装糊涂，都不暗讽更不挑明。我还时常抹着胡子给蔫头耷脑的费广海打气："别急！等挣足钱买了房，老婆就回来'随军'了！"

郭燕的常年"随军"伴驾，给我把持住自己提供了有力支撑。对于一些荤玩笑，我向来不屑。可碰到韩圆圆时，我就明显遮掩不住暧昧。费广海说反常，我说正常，像小别墅这种业务，打着灯笼找不到！韩姐是主人，衣食父母嘛！不设法拿下，难道都不想吃饭了？

都是为了吃饭，吃百家饭。百样米养出百样的业主。开朗大方的有，斤斤计较的也有。还有鸡蛋里挑骨头的。鸡蛋没有骨头，挑骨头无非是想把早已谈好的价钱压下来。我不干，云山雾罩据理力争，口干舌燥后，大多数都会放弃"挑骨头"的杂念。少数顽固不化且有稳定工作的客户，我就用撒手锏。说："我讲的明明是理，可你偏偏不认这个理！我也不能跟你干架。这样吧，明天我派几个民工代表去你单位找领导。如你家领导评我不是，认栽了！价钱上的事就听你的。"对方往往乱翻一会白眼，继而摆出一副豁出去的架势："谁不去谁孬！明儿我在领导办公室恭候。"然而，他们的慷慨陈词往往不隔夜，当天晚上，我就能接到他们家属打来电话。说："多大事啊?！说翻脸就翻脸啊?！你们的手又不是机床，能没有一点误差？缺点虽小也是缺点，客户说说总可以吧？说翻了，话自然是翻的！谁真就扣你钱了？"

在对待一般难缠户的问题上，费广海功不可没，他身高马大，像《三国演义》中的关羽。这就是费广海的本钱。一般的男主都比女主敞亮，不好意思干拿不上桌面的事。虽有"节约"之心，往往也是怂恿老婆上。这正好是费广海盼望的。这些男人往往钱没省下，背运的反倒弄顶绿帽子严严实实盖头上。费广海早由黑瘦脚夫修炼成了又白又壮的木匠。看上去一表人才啊！一米八的个头，板压压的腰身，还有棱角分明的五官。所有的一切都是按照女人的心思长的。女主们一开始总是与他怒目相对，可渐渐就怒不起来了，再后来女人的天生温柔全露了出来。问题迎刃而解后，费广海常常半真半假向我伸手，说他千辛万苦讨来工钱不容易，自己却在开房上搭进去不少。我明知他敲竹杠，也不好驳，日后还要用他噻。只能半真半假骂："吃喝嫖赌全报销了！"

费广海不但勾引难缠女主，良家妇女也勾。尽管为此经常碰壁，却不气馁，他坚信：十网打鱼九网空，干到一网就成功。在女人的问题上，费广海不像我那样羞羞答答，也不像老黑那样扭扭捏捏。费广海直来直去，哪怕有女人多望他一眼，他都添油加醋跟老黑炫。和谁谁谁通上了，谁谁谁的功夫如何如何了得！偶尔，还无边无际抱怨："昨晚真倒霉！手一抖撒，微信约了两个！隔台！"每当费广海说这些时，我都摆一副若无其事的样子，我晓得他吹，纯属压抑久了过嘴瘾。但老黑不同，老黑的手虽在忙活，心却早让费广海的大嘴巴勾了去。耳朵也是竖着，听着听着就身临其境。费广海一看火候到了，悄悄摸根长木条，对准老黑裆部一搂："怎么着？怎么着？咋就竖起来了？"

费广海的胡侃无边无际，时常炫耀有多少多少美女围绕身边转，都多到无法记清了！

吹牛皮虽说不上税，但费广海付出了代价。他没料到风言风语会传到英子耳里，英子来江城找他谈话，费广海说："干好你的小裁缝，其他是非就别管了。"英子要管，英子说："你是我丈夫，我不管谁管？莫非想找婊子管？"费广海愤怒了，点着英子鼻子问:"你是回来讨打的?老子捶你。"英子吃一惊,不认识似的瞅他,瞅瞅就认识了,这已不是脚夫费广海了!这是当年长寿制药厂里的费广海啊!英子不再多话,含泪走了,心里话:是狗就改不了吃屎。望着英子飘歪歪远去的背影,老黑非常同情。后来英子在湖州的绯闻就传了过来。无非是费广海后院起火,戴了绿帽子。

费广海觉得亏,又驴踢卵样说不出口。从此,他勾引女人的劲头更大了!而且心安理得毫无内疚。

小别墅的动工,牵扯住了韩圆圆的全部精力,她几乎一天两次光临小别墅。总是装出内行样子查验各种材料,常常弄得满满一脸灰,样子很逗。然而,我晓得她是个活外行!如此糟蹋自己,无非是想震慑一下工匠们偷工、造假的心。这是业主们的通病,"防人之心不可无"似乎是他们与生俱来的信仰。然而,这种"信仰"从来不受我待见。

我主动给韩姐介绍各种材料的性能、特征,优点在哪儿,缺点又在哪儿,毫不遮掩。透明得像美国佬选总统。并建议韩姐坐那不动享清福。我说:"我不糊你,我能糊你吗?就是糊,你能查出个所以然?别再自讨苦吃瞎折腾!相信我就中。"

韩圆圆的心思被我戳个正着,颜面微红,显得十分不好意思。从此,韩圆圆再不干查验质量的事了!但照样一天两次光临小别墅。她说:"待在家里空落落的!不如来这里听你们说说百样话。"

我这才明白误会了她。韩姐不是对我们不放心,韩姐查验质量是由头,目的是能赖在这里听百样话。

我小有感慨:谁说有钱能使鬼推磨?富人也有不如穷人的地方!穷人因为思想简单而穷,又因为思想不复杂而时时刻刻快乐着。这叫公平,是老天爷制定的平衡。

我和韩姐交流的话题格外多了,像日夜奔腾的长江水滔滔不绝。

韩圆圆经常面对我单聊,其实我在耍滑头,我故意说些她不大能听懂的。其实我是自命不凡,韩圆圆后来对我说,她完全能听懂,装着还没听懂,只想和我多聊会。她觉得:什么事到了我嘴里都变得有鼻子有眼了!听着特别带劲、特别舍不得走。但我没有觉察自己的话如此引人,只当韩姐真没听懂。听不懂的,才是博大的!精深的!反正她也不看《环球时报》和《参考消息》!在她面前可放心大胆地诌。诌对诌错都一样,反正她不懂!因为拥有这么个心理优势,我越侃越洒脱,每当打住继续干活时,韩圆圆往往央求我再歇会,继续分析分析国际上的事。

韩圆圆爽朗的笑声,不时在装修现场缭绕,给一帮累得鬼一样的工匠们送来了无穷的精神力量。费广海一改磨蹭蹭的特性,施展出全身十八般武艺。一尺五长的刨子上下翻飞,无比锋利的板斧在手上玩似打着转,花样比电视上的斧头帮有过之而无不及。老黑也不含糊,仅凭一把小小裁纸刀,也能将偌大的进口三合板瞬间分解。各种材质的切角对接更是天衣无缝。我好不得意,心里话:难怪有人说战时文工团顶上一个师!一点不假!我与韩姐聊天所耽误的效率,都让他们超额补回来了。

费广海和老黑一股脑将技艺中最精彩的部分展示出来,韩姐惊讶不已,却不表现到嘴上,只偶尔点头表示赞许。我不一样,我已被他们的效率弄得偷笑,一有机会就给他们发放"高帽子":这两货不孬!不知中科院可要木匠?以两货目前的水平,弄个工程院士也算人尽其才。

韩圆圆一如既往一天两趟光临装修现场。面捏般的瓜子脸水润丰腴。五官清秀爽朗，虽说是三十八岁的人了，看上去却只有三十岁。费广海说：不知为什么，只要看到韩姐，他就神清气爽，浑身酥麻麻的！韩姐恰似一把不锈钢钩子，牢牢勾住了他的魂魄。

韩姐气质偏热，是容易接近的那一类。这给了费广海一个辽阔的想象空间，他甚至猜想：韩姐这么勤快地来回跑，可能就是冲着他。韩姐莫非真在找嫩茄子？！这么想着，费广海不禁咽几下爬出来的口水，只觉得自己拿下韩姐的日子快到了。再跟我谈心时，费广海显得吞吞吐吐，这很反常。我是他上级，铁哥们！无论啥心思包括对女人的心思，他都会大大咧咧和盘托出，轻松得像讲一个与己无关的桃色故事。怪的是谈起韩姐，他便像个拿不出的小媳妇，心跳也不由自主加速！费广海说："司……司令！韩姐像是有心思！"

"么心思啊？"

"还能有什么心思？！喜欢嫩茄子呗！"

我"嘿嘿"笑。以为他又在拿我与韩姐开心，心中油然泛起一股温馨。

费广海直直腰，在我眼前摆个伟岸姿势："一米八的身材！刘德华又长得像我！嘿嘿嘿！"

我万没料到费广海会打韩姐主意，我打个激灵，漠视一下那伟岸之躯，眼皮迅速一耷拉："还伸腰哩！再伸也是蛤蟆腰，癞蛤蟆能吃得到天鹅肉？"

费广海也不气，死皮赖脸央求："不想吃天鹅的蛤蟆不是好蛤蟆。癞蛤蟆不癞蛤蟆你让我试试。"

"我让你试？我给你拉皮条？"

"哪里话？！韩姐不缺钱，还卖身不成？！你给个机会就中。韩姐再买材料时，你让我陪她去，你退后，我朝宝马车里钻。"

费广海信心满满,话也说得再明白不过。我虽不情愿,但这类事确实不好意思争。于是,当韩姐再买材料时,我只好推荐费广海,说他是卖配件老板铁哥们,识货,砍价也毒。

韩圆圆忽闪忽闪眼睛睫毛,瓜子形的脸蛋迅速一阴,瞬间又挤出丝丝笑意。她示意费广海上车,神态明显失落。

"宝马X6"装着韩圆圆和费广海走了。约莫过了两小时,正对墙根尽情撒尿的老黑听到有人喊,老黑打个激灵,发现费广海站一辆三轮车旁卸货。那些铜制的家伙很重,费广海吼老黑去帮忙。老黑抖抖家伙,眼睛盯着费广海咋呼:"宝马呢?"

费广海装聋,闷着头卸货。老黑偏偏哪壶不开提哪壶,说:"宝马去,三轮归!你炒股去了?输得这么惨?!"费广海赤头红脸压迫出几根笑纹,样子有点可怜。老黑不同情他,仍幸灾乐祸说着气死人的风凉话。搁以往,费广海会动手镇压的,每当嘴巴不占优势,费广海都是以武会友。可今天,倍受语言暴力的费广海却无动于衷。尽失先前的威武,他的自信与自尊已被韩圆圆击得粉碎。

自从费广海上了韩姐车,韩姐仿佛换了一个人,不愿说一句多余的话。她心无旁骛开着车,神态严肃,像蒙了一层霜。赏给费广海的是一种旁若无人的高傲,是一种不怒自威的凉意。使得他准备多日专门用于和韩姐交流的语言瞬间飞去爪哇国。韩姐展示给他的是非常陌生的另一面,是一种居高临下的悠闲。费广海望而却步,相当尴尬,不敢胡扯闲篇,只能谈正题。如配件有铜质、铝质和镀了锌的铁质,并有一句没一句分析各材质的质量区别。费广海分析这些时,韩姐显然兴趣不大。他为了引来韩姐正视,竟昏了头把建材市场吃回扣的潜规则说了出来!

这个潜规则绝对保密,费广海违规犯了业内大忌!而作为利益相关的韩圆圆,当然认真聆听,并不时发出不清、不脆、不冷、不热的声音:"噢!哈!啊!"

费广海的泄密,没能改变韩圆圆的冷漠,她那像是由鼻孔发出的"噢!哈!啊!"不断向他传递着冷漠,如同一盆凉水,彻底浇灭了费广海的热情。

购买配件时,韩圆圆根本不还价,好在费广海颠前忙后,帮她还价省了不少钱。费广海说:"我还下的,都是司令的回扣!我若不来,这价你们业主没法还,这就是业内潜规则!商家个个要遵守,否则没人跟你做生意!"对于费广海的极力讨好,韩圆圆还是不冷不热"噢!哈!啊!"她付了配件的全部款项后,又单单甩给老板一百块,说朋友等她协商要事,没工夫送费广海和配件了!要老板找辆送货三轮跑一趟。

费广海就这么和配件一起,被破三轮送进了小别墅。心里苦涩透了!老黑偏又落井下石,费广海哪儿痛,他朝哪儿捅。我打岔将两把斧头扔给老黑:"磨去。杀人不出血了!"

磨刀石放在大门外,老黑两手各拎一把斧头向外走,一步三回头冲着费广海挤眉弄眼做鬼脸。

室外传来"嚯嚯"磨斧声,我这才凑向费广海:"伤自尊了?"费广海开了口,看似倔强,其实力不从心:"有甚伤不伤的?争取了就不后悔!三条腿的蛤蟆找不到,两条腿的女人有的是。"费广海恶恶吐口气,蓦地觉得轻松不少。我一本正经进一步撩他:"好事不在忙中取啊!得慢慢来,我瞅个机会给你铺垫铺垫吧!"费广海对我眨巴眨巴眼:"你给我铺垫?有那好事?难道你是母的?别逗我了!"

第三十三章

韩圆圆再来小别墅时，依然华贵端庄。费广海却失了先前的热情。一尺五寸长的刨子不翻了，斧头也停了转圈，工具随人，不紧不慢按程序操作。韩圆圆喊声早上好，算是和全体人员打招呼，然后和我谈正事。韩圆圆说景德镇出了一款新式地砖，有大海和深渊的幻觉，老刺激了！她想去看看，看中了，就在健身房铺它个几十平方。

韩圆圆说的这种砖确实存在，上海、南京已开始流行。这种砖上印有绝妙的立体图案，一旦按顺序组装到位，那室内就有竹林、大海、峭壁、悬崖的视觉效果。乍一进去，冷不丁吓一跳！这种砖很贵，装在健身房里，既练体魄又练胆量；装浴室里，洗澡的时候总觉得有人在偷窥，老刺激了。但这种前卫的产品，目前尚没流行到江城。南京有，韩圆圆就是来找我去南京的。

因为担心我再次"举贤荐能"派遣费广海公差，韩圆圆干脆来了个先发制人："司令！当司令的就别怕多吃苦、多跑路……"

费广海头皮一紧、脸皮一抽，心灰意冷玩刨子。我用眼角的余光瞄瞄他，强压住笑的冲动，开始给各工种安排任务。老黑冲费广海阴阳怪气"哼哼"，费广海晓得不讨好，埋着头不理不睬。

我安排好一切后，春风满面上了韩姐车。

车上高速，速度定格在九十码，"宝马X6"跑这样的速度，有点类似闲庭散步，任由五颜六色的车从后面超出。韩圆圆双手随意压住方向盘，看前路的眼神也不特别专注。她与车内的我一路拉呱着，忽然想起什么似的一车脸，目光在我脸上瞬间一剜："说，实话实说，拿了我多少回扣？"

我猝不及防，张开嘴巴吞吞吐吐："啥……啥意思？！"

"板材回扣五个点,油漆十五个!亏你成天骂腐败,你比贪官还要黑!"韩圆圆忽然成了装修业的行家,一步到位揭示这个行当的潜规则。

一股透心的凉意直袭我的脊梁骨,再不敢正视韩姐了。那个"回扣门",已使我沦为韩姐面前的贼。韩姐瞄一下狼狈不堪的我,"咯咯咯"笑起来,表情演员似说变就变,昔日的开朗与亲切又回归到她脸上。她腾出一只驾车的手,拍拍我耷拉下来的肩膀:"正常,正常,很正常!靠山吃山,靠水吃水;靠着采购权力吃回扣!小科长一贪就是千万,你这个司令小巫见大巫哩!还不如我,我吃回扣比你黑!我干过'宏达汽配'采购,'宏达'是我老公的,我都照吃!就这么回事,谁干不吃?吃不到的不吃!直到老公和原配的儿子从美国回来,老公才念我辛苦多年,让他儿子接过了我肩上的担子。说是让我享清福,其实断我财路让他儿子发财哩!"

韩圆圆寥寥数语,将"回扣"这个通病说成"天经地义"了。我肚里像打翻了五味瓶,心虚稍有缓解。我将一直困在车内的目光游离到车的前方,前方的高速路直通天际,平坦、宽广;隔离带的绿化、封闭在路侧的钢构,千篇一律闪向后方,直率得像开车的韩姐。可我的心情仍不敞亮,那个"回扣门",仍像一块小石头压着我的眉梢。我吃回扣多年,老江湖了!不料阴沟翻船,被一个女子揭穿!这么想着,我的目光不由移向韩姐,梦呓般冒一句:"你眼观六路,耳听八方!是神仙啊?!"

韩圆圆又露一回招牌式笑容:"我哪是神仙?是你带着一个恶魔呀!人家费广海说你吃回扣,我能捂他嘴?"

韩圆圆拢拢散落额前的几缕长发,有板有眼分析费广海泄露天机的事,并有意把问题朝相当严重的地方扯。韩圆圆说:"这费广海看似吃里爬外，其实是想颠覆司令'专政'哩！这是端锅的节奏啊！"

我仿佛被人一闷棍夯中后脑勺，先蒙了会，然后茅塞顿开：原以为费广海是打韩姐主意，不想这家伙已在觊觎我的"工头"地位！装修行业最大的秘密就是回扣，这个"天机"绝对不能泄露。费广海这是在砸场子啊！证明他确实有了非常高远的想法。他选择巴结韩姐就是选择一个另立山头的支撑。乖乖！人心果然难测！要不是韩姐而是其他业主，我已被人卖了！

我再看韩圆圆时，眼里已有点点泪光。韩姐仍在点评我手下的兵，说："老黑不错，瓦匠、漆匠也不错！唯独费广海不是东西。搬弄是非，见了美女色眯眯，一副走不动路的样子，看了恶心。"韩圆圆说费广海太像一个人了！这个人是韩圆圆仇人，名叫杜诗经。你看看，费广海、杜诗经！活宝一对，长得也像，连德行都像一个妈妈养的！

想起杜诗经，韩圆圆不禁涌出一股彻骨的恨。杜诗经在远方，韩圆圆看不见摸不着，便经常把费广海幻想成杜诗经，常想照准费广海的脸刮几巴掌。自从小别墅动工装修以来，费广海对她的殷勤有增无减，总是设法凑过来套近乎。每当此时，韩圆圆会突然觉得那张逼过来的脸就是杜诗经。也是这种炽热的目光，也是这种令她作呕的色相。天啊！这咋又冒出来个杜诗经？韩圆圆的心头有了一缕抹不去的阴影，这阴影是她在我面前，添油加醋分析费广海劣行的心理原因。费广海只垂青韩姐美貌，哪里有"政变"之心？韩圆圆如此离间，只是想让我砸了费广海的饭碗。韩圆圆对杜诗经恨得走火入魔，在韩圆圆的意识中，费广海这个替身不知不觉做了替死鬼。韩圆圆厌恶费广海，有现实原因，但更多厌恶是下意识的。

回江城的路上,韩姐说的都是她和杜诗经曾经的往事。

韩圆圆在讲自己故事时,抑扬顿挫,没有一句重复话,像梅兰芳评书说《穆桂英挂帅》,引得我竖着耳朵听。尽管有些章节我在老家就听过,但还是想听。

"宝马X6"都下高速进了江城,我仍瞪着眼追问韩圆圆当年出走小窑堡失踪以后的事。韩圆圆应付道:"故事长着哩!够你写二十万字!日子也长着哩!二百万字都能讲得完。"

经过三个多月的埋头苦干,小别墅终于被装修成"白金汉宫"。验收这一天,韩圆圆陪同老公来了,这也是我第一次和她老公面对面。她老公中等身材,全身名牌,梳着个油光锃亮的大背头。从年龄上看,像是韩圆圆父亲。这个大背头土豪就是与众不同,寻常百姓们总会在这个时候邀上一帮亲朋好友,以便宣布自己已彻底完成了"住宅革命"。大背头就是淡定,住宅都"革"成了富丽辉煌的小别墅,也不声张。

大背头在韩圆圆的引领下,倒背双手,逐个逐个查看所有房间,听着老婆介绍各种功能房间的设计初衷,并点了许多代表"赞许"的头。韩圆圆像是受了鼓舞,又开始张扬自己的独特审美,以及装修队伍在她的监督之下所装出的不凡效果。大背头听着,不惊、不喜、不言,更不像小市民那样到处挑毛病。整个验收过程中,大背头只认真看了我一回,那是在打开健身房的瞬间,里头的悬崖峭壁吓得大背头一愣怔,这个土豪本能地后退了两步,脸一车,略带惊讶的目光就落在我脸上:"新鲜!比陈贵兴家的别墅还要新鲜!"

临走,大背头要老婆抓紧和我把账算算,要我明天去他那里把钱结了，后天他要去日本谈生意。

韩圆圆在和我算账时，几乎就是个记录员，我的所有报项她一笔不漏记下，然后一汇总便是一份结算清单。我当然没有二话。可在落笔签字的关头，韩圆圆忽地将"我没二话"的清单揉成个团，弹进垃圾桶里。继而由坤包里拽出一张新的清单让我看。我看后，张口结舌变成木桩。韩圆圆私自制作的清单金额，比原来的大了六万！也就是韩圆圆给我放了六万块的"飞刀"。韩圆圆说这六万是送给我的小礼物，我推托礼重不能收。韩圆圆笑道："树牌坊呀？回扣都偷偷拿了，还树啥牌坊嚰？"

我虽没坚持"树牌坊"，但在去"宏达汽车配件厂"结钱的时候，忍不住心脏怦怦跳。六万块的"飞刀"刺得我做了贼似的心虚。我来到大背头干事的地方，那是一间半个篮球场一样大的办公室。大背头的脸不像验收小别墅时那样板，我首次看到他露了笑容，这给拖泥带水挪动双腿的我注入了生机。大背头招呼我坐，自己也离了老板椅陪坐在待客的沙发上。一妙龄女早将冒着腾腾雾气的猴魁放在我面前。这样的热情一下子排解了我的局促。大背头接过我呈上的清单，眼光在上面轻飘飘一溜，摸出签字笔，捣上几个字，然后让倒茶的女子带我去财务室。

财务室抬腿就到了，是个套间，外室加内室。我按照"近水楼台先得月"的规矩，首先将清单呈给外室的女人，女人看了看，嘴巴噘成个包子朝内室直撇。我就明白眼前的女人管不了大事，主办在内室。跨进内室，我一下愣住了："哟！哟！哟！你……你咋在这儿？！"

主办会计是个二十五岁姑娘，职位不及大背头，却比大背头架子大。她坐着不动，仅对我轻微点个头，算是招呼。但我仍处于"他乡遇故知"的兴奋中："你……你在这？！"主办眉一皱：

"我不能在这?"我憋噎住了,脸红波及脖子,不停抚摸后脑勺。

二会计好像察觉到自己的话辣得过分了,很快变换出和颜悦色。

这才叫山不转水转,水不转人转。我和主办又见面了!去年,我的装修队伍给主办家装过房子,双方相处融洽,尤其费广海,最喜欢与她相互打趣。主办是个和韩圆圆一样一样的美人坯,比韩圆圆年轻一大截。她至今仍与费广海互相QQ,费广海喜欢把她发来的风景旅游照搬出来炫。当时只听说她在什么厂干出纳,为此,一班装修队员都在费广海的引导下喊她"二会计",至于她的官名反倒无人知晓。

现在,二会计已被大背头升为主办大会计了,但我转不过那急弯子,仍一口一个"二会计"地叫。二会计虽不应也不恼,她接过我递来的清单,看了两遍后,开了现金支票。盖上财务专用章,又带我去找法人。

我跟随二会计再次见到大背头时,大背头正玩电脑,一边动鼠标,一边自己跟自己笑。二会计猜他正沉湎于互联网的段子中,也不打扰,径直扯开大背头到哪都夹着的公文包,顺手摸出法人章,对准支票上的那个空格一戳,一张二十八万块的支票便完成了全部手续。

二会计招呼我将支票收好,又指导一番银行的方位,再不管我了。她急急将脸挤向大背头,说:"看到什么好看的了?!我也要看看!"

"黄的,黄的。"大背头将脸略微偏偏,算是给二会计的脸腾出位置。四只眼睛盯在电脑上,两颗头颅紧挨着贴在一起。

第三十四章

　　天上掉下个"六万块"，砸得我的头晕晕的，恍恍惚惚像是在梦中。实在是好命啊！我首先给韩圆圆打了电话，一再表达着谢意。那头的韩圆圆很务实，说："真谢？真谢就摆一桌。"我一口应下："摆！摆！摆！"我订了酒店，在向韩圆圆通报酒店地点时，顺嘴提了邀请吴大头。遭韩圆圆否定，韩圆圆说："我不是架子大！我真的不想让别人知道我的根底，毕竟是嫁了个比父亲还大的老公！再富再贵都不光鲜。"

　　我和韩圆圆一对一坐在希尔顿的银河间，喝的是韩圆圆带来的茅台。一半清醒一半醉的时候，韩圆圆开始评论身边的人和事。说她老公是个大"八格"（混蛋），老公身边的朋友是小"八格"。"八格"们经常去歌厅轻飘，去浴场下水，哪能找到你这个十五天不洗澡的?!

　　"嘿嘿嘿……啊嗨……"我笑得呛了一家伙，不住咳嗽，咳出了泪。我一边擦眼泪一边表扬韩圆圆："韩姐好记性！几个月前的玩笑还能记得！"韩姐说：我对好人过目不忘，尤其是你，上学时就是个老憨，我这一辈子忘不了！我最看不惯油头粉面的混混，西装革履！看着像个绅士，其实草包一个；哪像你李成俊，看着像个草包，其实还就是个绅士。

　　韩圆圆喝高了！越说越离谱，越离谱越激动，一激动难免偏离方向。她忽地将酒杯朝桌面上一磕，很猛，酒液四溅。接着一咬牙，由鼻孔喷出强烈怨气："老秋茄子大我两属！也算老牛嫩草了！平常的'轻飘、下水'也就罢了，可这回竟和小他四十岁的会计玩真的了！都双飞日本了！"韩圆圆越说越离谱。我赶紧打岔，我站起身，端起茶杯在她面前晃："韩姐！来来来，陪你喝茶。"韩姐的眼一瞪："什么韩姐韩姐的？喊老妹子！"

我的心一颤抖，倍感亲切。在家乡，父亲喊最小的姑妈老妹子，我喊最小的妹妹老妹子。现在身在异乡的我也有了老妹子！我百感交集，再看韩圆圆时，眼里多了一份对老妹子的怜爱。我不喊她韩姐了！也没喊老妹子，我开始喊她的官名——韩圆圆。这么一喊使我和她之间一下子没了距离，仿佛又回到了青涩的同学时代。我忽然想起了杨菊梅夫妻转包在我肩上的担子，我再次代表二十年没见面的同学们向她发出聚会的邀请。韩圆圆沉默着，表情复杂。深思熟虑五分钟后，终于发出一串和不想见吴大头类似的叹息：唉！我真不是记恨菊梅和世忠，都这么多年了还有舍好恨的！我真的不想让别人知道我的根底，毕竟是嫁了个比父亲还大的老公！再富再贵都不光鲜。

我彻底明白了她藏在心底深处的苦衷，再也不提同学聚会的事情了。此时，韩圆圆的语调已伤感到了一个新台阶。我不再打岔了！任由她打开感情的闸门，如泣如诉追忆着她恍若梦境的过往。

那一年，她用剪刀戳跑了杀猪大户杜诗经，便含着一汪清泪离开了家乡。当时十九岁，豆蔻年华，如花容颜。起初，她在"宏达汽配"干车工。这一天，老板大背头的哥们陈贵兴来厂里溜达，无意中发现韩圆圆这支"绩优股"。陈贵兴自幼与大背头为邻，两人的关系属于父交子往那一类，小时候，相互追逐。这就是"铁哥们"了！后来，哥俩都有了自己的事业，先发迹的陈贵兴，愣是将一个百来平方米的小排档逐步壮大成上万平方米的大酒店，取名"宏达"。大背头开始创业时，他的"铁哥们"陈贵兴已是出了名的大款。但哥们感情如旧，在陈贵兴鼎力相助下，大背头的小小汽车修理铺很快变成了汽配厂，也取名"宏达"，以示两处一家亲。

陈贵兴发现韩圆圆时,她正在干活,身穿油腻腻的蓝色工装,一顶无檐蓝帽子紧紧套住秀发。面前的机床老牛样嗡嗡叫着,车刀拱起铁屑纷飞。陈贵兴就在这样的环境里站着不走了,也没了不可一世的土豪气概。他以平易近人的态度和韩圆圆交流了一小会。

下班的时候,韩圆圆的车腚突然被人拽住,一回头看到了车间主任。主任已跑得上气不接下气:"有……有请,老板有请!"

韩圆圆一头雾水,忐忐忑忑随主任去了办公楼的三层。虽说在这儿上班已有几个月了,却从没和老板打过交道。她肯定认识老板,老板却不认识她!

大背头与她面对面时,脸面很热,和巡视车间时的"阴沉沉"判若两人。大背头记者似采访她一小时,就感叹:果然是人才!还是老陈有眼光!继而将陈贵兴慧眼识珠的事和盘托出。陈贵兴对大背头说:好钢要用刀刃上,人家是干车工料吗?让她去我那儿吧!我那儿急需这样的管理人才。

韩圆圆就这样梦游似的去了"宏达大酒店"。大背头亲自驾车送。路上,这位向来与员工少言寡语的老板话恁多。车至宏达酒店后,本已停下来的"大奔"忽又点了火。大背头神经病一样驾着车,围绕酒店兜圈圈。韩圆圆说:"到了。"大背头说:"知道到了!就是不知道心里咋有那么多想说的话!"其实大背头兜圈时并没多少话,几乎一直沉默着。兜了三圈后,大背头停了车,说:"去报到吧!我不下车了!记住,不是我想放你走,兄弟面子不好驳啊!记住,如在这儿不适应,就回汽配厂,宏达汽配永远是你娘家!"

韩圆圆穿上酒店客房部的工作服,神气极了,像个漂亮的空姐。清静、一尘不染的工作环境让她觉得已由糠箩跳到了米箩。大背头每次光临酒店都来看她,每次都夸她更漂亮了!漂亮得让人不敢看!

韩圆圆在宏达酒店里的成长风调雨顺。先在客房部前台干一个月,又干了两个月房管,接着被提为能拿丰厚年终奖的客房部副总。在韩圆圆看来,年终奖无所谓了,单月薪已比干车工时翻了一番。她在这里有着"人上人"的感觉,客房部总经理虽说位居韩圆圆之上,但无论决策何事都要过了韩圆圆这一关。只要她不吭声,总经理就得把准备好了的工作方案推倒重来。久而久之,客房部的员工们,都视韩圆圆为老大,总经理反倒退居至"二线"。那总经理三十岁左右,人挺漂亮,也比一般女人更识时务。好像她这正职听从副职完全是命。老板对待韩圆圆的态度,瞎子也能看清。唯独韩圆圆涉世不深没看懂!天真地认为是自己出色的工作能力征服了人。

韩圆圆天生"绩优股",她来客房部后,连陈贵兴的讲话水平都有了显著提高。他再不像先前那样信口胡诌,指导工作时,条理清晰、饱含文采。显然是做了充分准备。

后来的事实证明,韩圆圆果然绩优。她在客房部副总的位置上刚坐两个月,就被提拔为董事长助理。餐饮部、客房部、游乐厅、洗浴场都成了她指手画脚的地方。然而,韩圆圆一个部门也没去成,就职助理第四天,韩圆圆突然失踪了。陈贵兴的办公桌上,摆着她的辞职信和五万现金,两套员工服也清爽爽叠放在现金旁边。

事情得从五万现金说起。韩圆圆干上助理第一天,陈贵兴甩给她五万块。说干了助理就不能穿员工服,得换行头,堂堂大助理,不弄一身名牌不中!跌相!

当时，江城的人均工资不过千元，这笔五万块太"天文"了！韩圆圆惊慌失措不知如何是好。陈贵兴把钱塞她包里，拎起包带挂在韩圆圆脖子上，说："只要听话好好干，名牌衣服算什么?！车子、房子都会有的。"韩圆圆既兴奋又有一些不踏实。她上街买了衣服，但用的是自己的钱。

韩圆圆穿戴一新走上新岗位，整个上午无所事事。午后休息时，她接到了客房部总经理的电话，说陈老板在总统间谈合同，忘了携带大公章，让她立即送过去。韩圆圆不敢怠慢，拎起装章的包就走。陈贵兴坐在总统间的沙发上，看样子喝了不少酒。韩圆圆递章给他，他没接，而是抓住她的手。他的另一只手兜一只黑色的底一提，哗啦啦滚出三捆钱来。三十万！说是赠给韩圆圆买房子的。韩圆圆的心脏一下跳到嗓子眼，坚持不收并抬脚要走。此时的陈贵兴顾不得许多了，开门见山、直截了当抖出了心中的全部底牌。说："自从见了韩圆圆，他就像着了魔！睁眼闭眼都是她，和老婆上床都闭着眼幻想是她……"韩圆圆既羞又怕，匆匆忙忙撒腿跑路。可陈贵兴更快，公牛一样拦住她，面目已扭曲成色鬼。他的嘴冒着肉麻的情话，胳膊蛇一样缠住韩圆圆的腰。好在韩圆圆只急不慌，装出顺从的样子麻痹他，然后脱兔一样摆脱了纠缠。陈贵兴不肯罢休，双臂迅速变成一个巨大的钳子向她夹来。韩圆圆只能后退，围绕沙发与他顺时针转圈圈。转着转着，狡猾的老陈忽然来个逆转，韩圆圆猝不及防，慌不择路一头撞进卫生间。总统的卫生间果然大，摆着一张专供脱衣、穿衣的床。韩圆圆又围着那床与老陈转圈圈。老陈毕竟喝了酒，加之地砖滑。没跑两圈，陈贵兴就跌得双手趴在马桶上，下垂的脑袋像是渴饮马桶水。韩圆圆不敢扶，慌慌张张跑到门外头，一不留神撞上一个人。撞得客房部女经理一个趔趄退三步。女经理没怪她，反倒语无伦次解释自己刚路过，但她那"此地无银"似的表情证明她在偷听。韩圆圆把陈老板倒在马桶上的事报告了女经理。女经理二话没说冲了进去。少顷，愣怔在门口的韩圆圆听到了一串终生难忘的男女对白，她断定老陈正在扒经理裤子，老陈的表白已变了调："脱，我来给你脱……小乖乖……"

希尔顿银河间的韩圆圆借着酒劲，一口气讲完了她和陈贵兴的曾经。恰巧服务员推门进来，提醒说酒店要打烊了。韩圆圆站起来，说一个字："走。"我没有反应，我的思想仍沉浸在韩圆圆那错综复杂的故事中。

第三十五章

一年一次的端午节又过了，我像是没有过够似的，一直还像过节那样休闲。这是韩圆圆的建议，也是老婆郭燕大力支持的。大家目标一致，撤了费广海。这厮想搞"政变"，再不能养虎为患了！这厮心系女人，郭燕也怕他带我下水。再说撤了费广海也是为黄木匠腾位子，黄木匠现在日子不好过了！以他老婆文秀的说法是，黄木匠跟错了人！跟了个大泡泡吴大头！钱虽说没少挣，但一大半都是大头亲笔开出的白条。何日兑现？遥遥无期了！吴大头这个蓝天集团的老总，现已不知去向。吴大头跑路后，蓝天集团这么多年所积累下来的窟窿随之曝光。先不说吴大头在老家包公镇的融资，光是在江城的几个担保公司，他就欠了两千多万。一律的二分五利息，也就是说吴大头单是付担保公司利息，一年就得五百多万。外头虽然也欠他两千多万工程款，却迟迟无法要回，都欠三年了，账面上还是两千多万，一分利息也没有。但他欠担保公司的两千多万却在三年内负了一千多万的利息！后来经法院查实，吴大头从老家融来的一千多万，其实根本没用在业务上，全部作为利息付给了担保公司。他在小窑堡的融资利息要比担保公司少得多，但一年也是一百多万啊！再加上担保公司的利息，吴大头一年的利息开支就是七百多万！我不用向下细说了，各位请动动你们聪明的脑袋算一算，做什么生意能有如此利润？除非贩毒。吴大头也知道只要陷进高利贷的旋涡就很难拔出，但不陷不中啊！装饰材料、门窗型材呼呼地猛涨，先前的预算和准备统统不足，不借高利贷弥补这个不足，就无法完成合同所规定的工程量，结果无疑是死！按质按量履行了合同，虽然不一定能活下来，但毕竟有一丝生的希望，只要甲方按合同足额付款问题也不大，就是亏，也是亏在可以承受的范围内。然而甲方大多牛气冲天，他们只要求乙方严格按照合同办事，自己在履行付款义务时却是随心所欲，手头宽裕就付，手头紧张就拖。往往一拖就是几年，乙方的投资如是自有资金或银行贷款还好，若是借了高利贷，那么百分之百要被拖死。吴大头也曾动过向银行贷款的心思，但人家要他拿出抵押物。他拿不出，他虽然拥有百亩工业用地和几千平方米厂房，但他的土地购置费才付到不足百分之三十，也就等于蓝天总部的固定资产大头还是经开区的。他拿不到土地证，更拿不到厂房产权证，你一证都不证银行也没办法救你。原来轰轰烈烈的蓝天集团就这么眼睁睁被高利贷活活拖死。吴大头成了几家担保公司日夜追撵的丧家犬。万般无奈，他只好收拾行李逃之夭夭。树倒猢狲散，散了的黄木匠揣着一沓白条来到我家诉苦。我和郭燕心里不是滋味，都隐隐涌上一份负罪感，也更增强了撤了费广海给黄木匠腾位子的决心。

对于如何撤开费广海，我已盘算多日，计划已在心中成熟。这一天，我煞有介事对费广海说："活路不及时了，脱节了！歇伙！"然后领着郭燕逛大街，无止无尽。老黑闲不住，去了建筑工地干"大木"。

　　木匠这行当分两种，一为"小木"，如家装；一为"大木"，如老黑给建楼工地安装模板。"大木"比"小木"累得多，因而作为木匠都青睐"小木"。老黑去工地实为养家糊口所迫。费广海不想干"大木"，但始终找不着通往其他"小木"队伍的路，急得三天两次来我这儿打听"活"何时出来。他哪里知道，我的休闲意在"费公"哩！韩圆圆已说过：只要费广海一走，她就介绍我干一桩"大别墅"的买卖。韩圆圆家有个土豪朋友，相当富！所购别墅比她家的大，韩圆圆称其为"大别墅"。"大别墅"的主人是个成功房地产开发商，只要攀上了，不愁日后木工业务会断档。开发商也是个和大背头儿时相互追逐玩耍的"铁杆"，"铁杆"已来韩圆圆家的别墅看过。说：装得不错，丈母娘看女婿——就他了！（认可我的家装队伍）韩圆圆一直拿捏他："司令不是好找的！司令业务排着队。"

　　"铁杆"也干脆："排队就排队，我又不是住在桥档里，不急！"

　　韩圆圆就这么替我揽下大活。我随时可以动工，只是费广海死不改悔纠缠着，才一直拖着不开工。韩圆圆劝我莫急，撇开费广海是关键。这厮是色鬼，嘴巴又无遮拦，不撇开迟早要出事的！我觉得韩圆圆的建议在理，不敢马虎。为了让费广海尽快死透心，我又带上郭燕逛在南京的大街上。南京逛了逛上海，上海逛了逛北京……当我和郭燕逛完深圳回来时，日历已翻到农历七月份了。我前后已整整休闲了两个月。费广海终究没熬住，已于一个礼拜前，咬咬牙去了工地。

　　我开始组建新的装修班子。首先想到的是黄木匠，黄木匠去了农村，但他做田的理想并没能实现，他只在我表妹文秀的娘家待了一个多月便又回了江城。其间，我大姨娘待他如上宾，怎么也不让女婿下田栽秧，说你们城里待惯了的，哪里还能干得来农活。弄得黄木匠和文秀反倒不好将回农村做田的意图表达出来。父母指望他们在城里大展宏图，如果实事求是说出"城里套路深，我要回农村"这样没出息的话，岂不伤透父母望子成龙的心？黄木匠和文秀种田的念头就这么不明不白悄悄断了，又没头苍蝇似的由农村撞回城市。回了城市的黄木匠忙前跑后四处寻找业务，独没料到一桩很大的"业务"正在找他。

老彭和吴大头分道扬镳后，认准了物流储运行当不动摇。他在经开区也置地百亩，盖的都是物流行当少不了的仓库，取名西汇储运。专业帮人储货，还帮人运货。老彭在创办西汇储运的时候，物流行业还是个别人做梦想不到的冷门。不想两年后开始腾飞，一期竣工的十多幢仓库渐渐吃紧，二期的十几幢正在快马扬鞭的建设中。老彭真是个神人，当初关于五年后"物流代替地产成为向阳产业"的预测竟真的实现了！西汇储运的发展如日中天，大量的用人缺口一下地呈上了老彭的老板桌。普通员工是不愁的，登个广告便有求职者应聘，老彭犯难的是管理队伍。比如仓储主管，它首先需要的是责任心和忠诚。老彭那硕大的脑海里首先出现了黄木匠，此人在蓝天集团干车间主任多年，吃苦耐劳、任劳任怨，他那尽心、尽力、尽责的名声确实是干出来的！当年的蓝天少不了这样的人，现在的西汇同样也少不了。老彭以请老朋友聚聚的借口把黄木匠约进了希尔顿酒店，此时的黄木匠正在到处找事做。一个喊补锅，一个锅要补，原来的两个上下级一拍即合，重又续上了上下级关系。一年后，黄木匠由主管升为副总，日子渐渐比我还红火。黄木匠从此真的不干木匠了！一不留神竟然进了西汇储运拿年薪的高层。不说他了！他出息了，我便少了牵挂，现在，我只烦自己神、继续组建我的装修班子。

尽管老黑已在建筑工地上干得热火朝天，但一听说我东山再起就来了。老黑没说干模板累，只说干"小木"惯了，干"大木"不顺手。对于老黑，我是认可的，否则，也不会将"东山再起"的消息告诉他。没想到老黑将消息告诉了费广海。第二天，费广海也来找我，我直骂自己忘了给老黑交代，以致费广海又缠上门来！

我面子上拿出"老友重逢"的热情，心里却在盘算如何踢走这只皮球。我说："你在外头干得蒸蒸日上，我也不好惊动你！"

"还蒸蒸日上？！"费广海嘴一张，"蒸一身臭汗哩！那'大木'真不是人干的！干半月歇半月！"

"干干就适应了。"

"适应个蛋！我还跟你干'小木'。"

我相信费广海那颗追随我的心比较实诚，可我撇开他的心更加实诚。我劝费广海说："干'大木'不错的！虽说累些，但更挣钱。英雄不拦财路，你今天不说，我哪能害你大钱不挣挣小钱！坏就坏在你说晚了！人已满了！你现在才来，让我撒谁好？"我要费广海耐心等等，看看日后是否有"在编"木匠跳槽。

正品着茶水的费广海喝不下去了，杯子冲桌上一磕，眼也睁得比先前大："司令！你这不是明摆着多我一个吗？！瓦匠是原配，漆匠是原配，水工、电工还有老黑都是原配！"费广海很激动，声音越来越大，吵开了我家卧室门。

郭燕出来了，木着脸："说你笑话你还真是笑话！我家都快奔四（年龄）的大老爷们，干什么，用啥人干，还要你指手画脚？"

费广海一憋噎，悻悻离座，留一句："弟媳妇这么说，我还能说什么？！"费广海收回两眼冒出来的冷光，气呼呼出了门。

我终于撤了费广海，虽说有点过分，也是没办法的事啊！费广海就是一条改不了吃屎的狗，若留着这根搅屎棍，队伍早晚会散的。但费广海看见的都是自己的长处，认为我如此对待有长处的他确实过分了！尤其我那老婆郭燕，她那几句一榔头一斧头的话，伤的不仅是费广海自尊，连他的心都被砍得鲜血淋淋。

我那支崭新的装修队伍，就是在费广海心灵流血的时候建起来的。正当我一身松爽准备踏上新的家装征程时，我的右眼却无缘无故地时常跳动。俗话说左眼跳财右眼跳祸，我的心陡然间有些不踏实了，总觉得胸口堵着一样看不见摸不着的东西。我这人迷信，二话没说延迟了我的家装开工日期，我要在家躲几天，躲开这个不祥的预兆之后再开工。然而俗话又说：是福不是祸，是祸躲不过。第二天，一桩比较麻烦的事果然是来了。

父亲早晨来了电话，要我无论如何回趟家，却不说家里出了什么事。一种不祥的阴云向我笼罩过来，我首先联想到了二叔，他肺部老毛病虽说好了，但他身体一直很虚！莫非……我不愿我的猜测成真，便用试探的口吻问父亲："二叔身体还好吧？"父亲没回答，二叔的声音却通过电波脆嘣嘣钻入我的耳内。显然，父亲的电话已到了二叔手中。二叔说："我好着哩！全家都好着哩！东北拐吴家出大事了，借外头的一千多万别说利息，现在连本钱都还不出来了！好多人挤在他家要扒房子哩！你云山大爷也跑不掉，光他一手就帮吴家借了两百多万！云山大爷的两百万都是借外村的，大头付他两分息，他只付人家一分，赚了整整一半的利息差价！这下好了！连本带利全部搭进去一毛不拔了！现在债主都在找吴家要钱！哪找去？听说吴大头早就起了坏心，早就卷走几千万跑外国去了！云山大爷急昏了头，领着一帮债主满世界找他！世界这么大！哪找去？哪找去？"二叔的声音让我听出了若干幸灾乐祸,"成俊吔!还是我们老李家坟山有力!那一年我们家的钱幸亏都从吴大头那里要回来借给你了,要不就跟别人一样鸡飞蛋打了!"幸灾乐祸一番后,二叔的声音又渐渐沉重起来,"成俊吔!如今的生意场坑多水深!头脑可不敢发热哟!一旦套进去,拔不出来哩!大头是跑不了的,公安都通缉了!哪跑?他还能跑月亮上去……"二叔仍在滔滔不绝感言,声音却越来越杂越来越小,最终消失。电话里传来父亲很不耐烦的声音:"讲那没用的管哪门经?"我估计父亲在凶二叔,并夺过电话剥去了二叔的讲话权,我听见父亲在那头理嗓子,接下来父亲的声音便清清楚楚钻进我的耳朵。父亲说我这几年运气好,投在房产上的钱都生了钱儿子、钱孙子!要知足,要见好就收。断不可挖了金伢子还要追问它妈在哪!吴大头的例子摆在那,就是给你看的!他前几年多挡浪,现如今却一败涂地、有家难归了!父亲那天在电话里跟我讲了小半天,主题就是要我从今往后踏踏实实干木匠,别再冒险干生意了。我在电话里答应了父亲对我的所有要求,但他还是不放心,又拨通郭燕的手机嘱咐小半天。郭燕像得了圣旨,她那一直主张尽快卖房的底气一下将我干趴到地上。郭燕盛气凌人一拍桌子:"大说了,挖了金伢子不能追问它妈在哪了!卖房!投资世贸的三套江景房卖两套,把落下的一屁股债清掉,包括银行的按揭贷款统统提前还掉,留一套自己住着享享福。"其实郭燕去年就要卖江景房,那时卖掉也能对半赚,但我反对,我算准房价还要涨,今年果然又涨了不少。奇怪的是房价越涨,郭燕卖房的热情越高,苦于我摸了地杠不睬她九点(牌九用语),她只好一直卖嘴。但这次不一样了,她在获得父亲大力支持后,卖房的决心来势汹汹。偏偏我二姐、二叔家的堂姐堂妹又与郭燕的"来势汹汹"相辅相成,她们先后给我来电,说的都是家里年底要办大事,急需用钱。我晓得这回挡不住了，面对郭燕的"来势汹汹"便不吭声。再说吴大头的情况摆在那，我也有点怕步他后尘。另外，房价也确实涨得一塌糊涂了！我的这场投资足足赚了六百万，够了！卖就卖吧！万一小跌一下也不至于伤害我足智多谋的形象。

我彻底收了那颗投机的心，一门心思钻研木匠。但我的右眼皮还是喜欢跳啊跳的！我想到了好多可能遇上的坎，独独没想到费广海会躲在暗处害我。

费广海始终咽不下"被我辞了"那口气，费广海有自己的报复办法。他躺在床上，闩上门，一心一意玩QQ。那头的网友是二会计，他首先给二会计发了一组图片。都是他抓拍的我和韩圆圆的合影，背景是小别墅的装修现场，虽不是谈情说爱的地方，但两人相互开心取乐的神态，确实超越了业主与雇工的范畴。细一瞅，还能瞅到些许暧昧的成分。费广海的图片说明意味深长："猜猜这对男女谁年轻。"那头的二会计没猜。费广海自曝谜底："男的大女人两岁，合理范畴！"那头的二会计仍没反应。费广海继续发："猜猜这对男女是否有一腿？"那头的二会计有了反应："光凭几张图能证明有一腿？人家监督你们干活哩！"费广海又发："那请你猜，小别墅的装修工钱是多少？"二会计回复："不是跟你说过吗？二十八万啦！"

二会计确实给费广海透露过小别墅的工价，她亲手开的支票，二十八万，没有错。当费广海获悉这个秘密时，虽有些不平衡，但也没有到处乱讲。我向来磊落坦荡，每每与人签了合同，都会复印几份分发给各工种，以示透明。大家都晓得小别墅的装修工钱为二十二万。二会计将二十八万的造价透给费广海虽是无心，但可信度不容置疑。

韩圆圆放"飞刀"的事，我本以为"天知、地知"，没想到费广海也知。这就悲剧了！

　　费广海将小别墅合同复印件，传给了二会计。说明是这样的："放飞刀啊！二十二万飞成二十八万！放的是她老公血！你说除了有一腿还有啥？"

　　二会计没有回复，但不代表她没有作为。二会计的作为大着哩！掐指一算，她来宏达已经四年，大背头对她的体贴全厂皆知。她和大背头成双成对出远差，早被人们看成度蜜月，她也习惯了。再说大背头除了人老，其他方面挑不出一个"不"字。她和大背头的相遇相知，并没有来自家庭的压力。在她们家里，她的姐一言九鼎。姐干过"宏达酒店"客房部总经理，"小三"转正后成了酒店老板娘。姐夫陈贵兴年长大姐十六岁，姐以过来人的资历点化妹妹。姐说年龄上的差距挡不住婚姻，杨振宁大翁帆五十多岁，不都成了恩爱夫妻？！姐给她指了两条路：要么彻底退出大背头的舞台，要么争取"小三"转正。

　　转正！一提"转正"，二会计就犯愁。大背头总是说：别着急，慢慢来！你转正的前提是韩圆圆下岗！人家贤妻良母，"下岗"总得有"下岗"的理由！

　　二会计只好暂时将"转正"的念头藏心里。她在尽力做好自己的同时，也尽力寻找韩圆圆的不是。当她看到费广海的网络"举报"后，心里不禁咯噔一声。犹豫了好几天，终于收拾好所有证据，向着大背头的办公室走去。

第三十六章

　　自从有了互联网，纸就真的包不住火。微信的发明，更将小火变大火。短短三天，韩圆圆养"小白脸"的消息便传遍朋友圈。

韩圆圆再来"宏达汽配"溜达时，人们送给她的笑容里，总夹杂着若干怪怪的内容。大背头却没有这份好涵养，韩圆圆的到来，直接把他的圆脸气成扁脸，阴沉沉的十分骇人。结婚以来，韩圆圆从没见过这种脸。她小心翼翼关上办公室的门，探究的目光一直落在大背头脸上。良久才隔着一米多宽的老板桌和丈夫对坐着。大背头一口接一口狠狠吸烟，韩圆圆悄声问："咋了？电房起火？！"大背头腾地绷直，半截"大中华"死死摁进烟灰缸："电房起火？后院起火了！"韩圆圆猜他误吃了一斤醋，绷着的心反倒松弛，并隐隐滋生一股莫名幸福。吃醋就好！吃醋说明在乎。不做亏心事，不怕鬼敲门，何况你喝点醋。韩圆圆这种逆向思维与生俱来。面对气成猪肝脸的老公，她反倒笑了："作了是吧？想戴绿帽子是吧？我不给你哩！"韩圆圆自顾自说笑话，她想和往常一样，尽快将老公逗乐。可这回错了，大背头没乐，抡起巴掌隔着桌子扇过来。韩圆圆本能地斜了斜身，大背头扇个空，半截身子失了重心歪倒在桌面上。巴掌虽没落到实处，但照样扇得韩圆圆犯迷糊："你……你打我？"大背头手撑桌面，半截身躯努力上拱，像影视中的主人翁犯心脏病。韩圆圆扶他，他却摆手示意离远点。然后瘫到椅子上无力叹气。他闭眼不望韩圆圆，但他的话无疑是说给她听的："你还让我在世上混吗？！早满城风雨了！我信你而不信流言。可今天证据都来了！我的天塌了！"大背头由抽屉里拽出两张纸扔给韩圆圆。纸上的文字韩圆圆再熟悉不过，是小别墅的装修合同，前后两份，金额不同。

韩圆圆顿时晕头转向，心有万言千语，却说不出一句囫囵话："这……这……"

"这什么！这是吃里爬外！"大背头颇有底气，"这不是六万块的问题！这是养'小白脸'的问题！是给我买绿帽子的问题啊！

嫌我老秋茄子也中，离婚呗！可你不该偷偷摸摸作践我啊！可怕呀！你太可怕了！今天能给六万，明天就能给六十万、六百万，后天就会和'小白脸'商议送我去西天的事了！"大背头诉说着，很伤感的样子。他慢慢将歪在椅背上的脸车向韩圆圆，"你说话呀！你要能证明'飞刀'不是你干的，我心反而好过些。"

韩圆圆打掉门牙往肚里咽，她只能苍白地强调："那六万块是放给司令的奖金。"大背头一阵冷笑，说："你糊鬼去吧！鬼都不信！"大背头又拽出一沓照片，"啪"一声掼在韩圆圆面前："编！我看你再怎么编?！"照片都是司令和韩圆圆的合影，嘻嘻哈哈的留影不拘小节。这又让韩圆圆掉了板牙往肚里咽！她一时噎住了。大背头趁热打铁，挺像一回事地在抽屉里继续翻，突然间又收手不翻。悻悻说："不拿了！拿出来都是泪！我自己也丑！"大背头眯缝着眼，把"球"踢给韩圆圆，"我都没勇气说下去了！你自己说，别把我当呆子！更别像莫言那样诌《红高粱》。"

其实大背头能拿的证据都拿出来了，他怀疑自己所掌握的证据只是冰山一角，又无法补充。于是，拿出巨商的智慧，将补充证据的任务交给韩圆圆，也就是"诈"，让韩圆圆自己出卖自己。韩圆圆果然单纯，只当是手眼通天的老公已掌握了她的一切。什么也无法隐瞒了！全部倒出来吧！

当大背头获知韩圆圆曾经和我成双成对进出"希尔顿"喝茅台时，他摇摇晃晃站起来，一边向休息室挪步，一边仰天长叹："天哪！我崩溃了！都在'希尔顿'开房了！"

"哐咚"大背头弯弯小腿肚，一个后踹关上了休息室的门。

一个月后，韩圆圆经营十几年的婚姻宣告破产。她一下子苍老了许多。毕竟三十八岁人了！不是二十三岁！

二十三岁那年，是韩圆圆这个"小三"转正的年份。韩圆圆摆脱陈贵兴后,本想回皖北过一份太平安静的日子。当她踏进绵恒时,首先灌了杨菊梅一肚子醋,又导致愤怒的梁世忠掀桌子。还有那些能杀死人的谣传……

　　韩圆圆发现这块生她养她的地方已不属于她了!险恶的人文环境使她一刻也不敢在家乡停留。她只在绵恒住了一晚,翌日一早便狼狈不堪地搭上了去合肥的车。她在合肥一家中档酒店干上了服务员,侍候着来来往往的"上帝"。她不怕累,只是心力交瘁。面对要给她安排更好工作的"好心人",她尚能婉转推托;碰到明目张胆声言包养她的酒徒,也只能瞪瞪眼迅速逃离。她有些想念曾工作过的江城了!"宏达汽配"的大背头不错!"宏达酒店"的陈贵兴也不是坏人!他的求爱尽管不合适,自己回绝就行了,干吗要逃离江城哩?!况且大背头说过,"宏达汽配"的大门永远对她开着。大背头没得罪你呀!韩圆圆开始怀疑自己当时是否太较真了!

　　好像是天意,就在韩圆圆思念江城时,远在江城的大背头来了电话,说:"你这死丫头,不声不响走了!还换了电话。老陈都跟我说了,我一直提心吊胆。你若有个三长两短,我岂不要背一辈子良心债?!我扇了老陈两耳巴子,老陈也认了错。到处找你啊!好在有公安系统的朋友帮忙,才弄到了你的电话号码。你快回来吧!厂里新发的工作服都给你留着哩!"

　　回到"宏达汽配"后,韩圆圆仍干着最基层的车工,但工资已提高到技师级。三个月后当上了班长,又去日本一家汽配厂研修半年,回来后成了车间主任。每天的质量安全例会都能见到大背头。大背头话不多,但精、准、狠,让人听了不服不行;大背头也很公平公正,私情是私情原则归原则。这些都让包括韩圆圆在内的员工们心里亮堂堂。大背头的条条措施,就像看不见的绳索，把几百员工统统心甘情愿地捆在"宏达汽配"，让你兢兢业业，让你忠心耿耿。韩圆圆二十二岁干上了采购部长，这就有了经常跟随大背头出差的机会。大背头对她秋毫无犯，展示出来的始终是长者风范。无论是在大酒店吃大餐，还是排档小吃，这个富豪对基层服务人员都尊重有加。这是韩圆圆最佩服他的地方，还有他的眼界、他的谈吐、他的风度，都辽阔如星月天空。她不知不觉成了他的"铁粉"，她也知道她和大背头之间存在着巨大的年龄鸿沟，但让理性战胜感情不是人人都能做到的。那一次的日本之行，韩圆圆半推半就让大背头上了床。从此，她的心就像上了一把锁，牢牢地锁在了大背头身上。后来，大背头的原配去了美国，照顾已成为美国人的一儿一女。再后来，韩圆圆这个"小三"转了正。结婚后，韩圆圆的女儿也出生在大洋彼岸，一落地就是美国人。大背头已移民美国的妹妹是新生儿的监护人，生活在美国的一家人，其乐融融。妹妹虽年长韩圆圆一大截，但仍以"嫂子"称呼韩圆圆，很亲热。回国后，韩圆圆时常叹服大背头的能耐。一高兴还想生二胎，大背头不干，说计生方面，政府对他们够宽大了，得寸进尺可不好。韩圆圆不再提生二胎的事，一心一意协助大背头管理工厂。直到大背头提出要让留美的儿子回来锻炼锻炼时，韩圆圆才改行干全职太太。

　　起初，韩圆圆认为全职太太挺好，干好这角色也是对丈夫的支持。韩圆圆的家政水平突飞猛进，看着书本做出的菜也还色香味俱全。遗憾的是勾不起丈夫食欲，大背头回家的频率递减。甚至两个月都不亲热，偶尔做一次，也是象征性地应付。

　　空荡荡的大房子！冰凉凉的红木床！韩圆圆总感觉有什么事情要发生。结果不出所料，二会计很快端了她的锅。

残酷的离婚现实，使得韩圆圆彻底明白：年龄的优势原来不堪一击。大背头现在给二会计的，就是十年前给她的。是轮回，是报应，是命！韩圆圆的内心四分五裂，像灌铅一样沉重。她的手机已关闭多日，她厌恶来自外界的安慰，她要将凌乱的心绪沉淀一下。她的遭遇我当时尚不知晓，我还在为大别墅的装修业务四处找她。我去过"宏达汽配"，看门的保安请示了大背头，然后电话一放脸一凉："老板让你滚。"我丈二和尚摸不着头脑，只当大背头被琐事纠缠而失礼。第二天硬硬头皮再去时，就说找二会计。保安请示二会计，二会计让我去了财务室。二会计明白我的来意后，像是被重力撞了下一惊一乍。她阴阳怪气对我笑，旁边人望我的眼神也怪怪的。这就是冰冷的暴力，弄得我如坐针毡，我一秒钟也待不下去了，丧家犬一般逃之夭夭。

我突然接到韩圆圆电话这一天，正好是大背头和二会计结婚的日子。电话那端的韩圆圆没了以往的语速和清脆，但我还是像听到了天籁。我见到韩圆圆时，发现她瘦了，眼角竟爬上鱼尾纹。这段时间，她比两个月前苍老了许多。这段时间，她的手机一直关着！这段时间，我遭遇大背头斥责一个"滚"字！这段时间，我还被二会计匕首一样的冷眼深深刺激……反正这段时间待解的谜太多！

我心中憋着的疑问，转化成咨询、求解的目光，一刻也没离开韩圆圆的脸。

"看啥呢？看我笑话吗?!"韩圆圆强打精神，强行扯出些许笑意，"我离婚了！"

我的目光抖了抖，渐渐就棉花糖似的软了下来！我隐隐感到，韩圆圆的离婚与我有关。传说中的"小白脸"难道是我?!唉！天上掉下的六万块惹祸了！这么想着，我更加愧疚。

韩圆圆还是那样善解人意，眨巴着眼睛看着我，说："这事与你无关，你也不是'小白脸'。两个月不跟你联系，就是怕你被误会成'小白脸'。老秋茄子心里明镜似的，他的魂早被二会计勾去了！没有你这替死鬼，他照样能找到其他由头。早晚的事！"

韩圆圆发泄着愤懑，渐渐又释然，像是安慰我，又像是自我开脱："有人能将这祸害从我身边领走，也好！我给她磕三个头。老秋茄子一个，以往不觉得，现在想想都恶心！这下好了，我自由了！"韩圆圆的手舞足蹈有点勉强，舞动的胳膊灌了铅一样渐渐垂落，思绪也仿佛去了远方。

她说眼下最渴望回一趟皖北老家，澄清一桩事实，乡邻们只晓得她拥有工厂，拥有一米八五往上跑的帅老公，谁也不知道假象背后她那实质婚姻的辛酸。她从没带大背头回过皖北，这老秋茄子比她父亲还老！见不得乡邻的。现在她终于和大背头缘分尽了，她首先想做的就是把这场错爱的痕迹统统抹掉。她想向乡邻们坦陈：自己离婚了。但不是和老秋茄子离婚，而是与那个一米八五往上跑的"帅老公"离婚。她要让隐瞒多年的婚姻事实尘埃落定，要让多年的耿耿于怀平稳着陆。韩圆圆求我陪她回一趟小窑堡，并让我证明她是和一米八五往上跑的"帅老公"离婚了。她说我是大作家，威信高，就算说了谎言，别人也会深信不疑的。

我不好推辞，我跟郭燕撒个弥天大谎算是请假。我没的办法，只有撒谎。自从传来韩圆圆闹离婚的消息，郭燕对她的态度就变了！郭燕先是声讨韩圆圆老公的无情无义，说他害了韩圆圆一辈子！说他就是个黑了骨头、黑了心的采花大盗！并深深感慨：女人啊！为什么受伤的总是女人？郭燕动不动就为韩圆圆鸣冤抱屈，也感染得我动了恻隐之心："韩圆圆真可怜，娘家又远！你约她来我们家散散心吧！"郭燕轻轻抖了一下，眨巴着眼瞅我。我的心一拧，自然想到了那六万块，还想到了那个小白脸，我有点儿吞吞吐吐。郭燕的眼神更加异样了，冷冷地丢一句："还是你喊合适些，你俩老乡嘛！"我的嘴猛一张，像个幽深黑洞。自此，我在郭燕面前再不提韩圆圆了。这回韩圆圆约我同行，我更不敢如实禀报，只能顺着郭燕一串谎言：老同学梁世忠和杨菊梅合伙生的儿子出息了，都考过了托福！去老美留学已是板上钉钉。人家要摆庆功宴，邀请了我，只得去哎！郭燕深信不疑，她对梁世忠夫妻是熟悉的，世忠夫妻好客，我们回老家绵恒，世忠夫妻每次都为我们接风。

我坐着韩圆圆的"宝马X6"驰骋在回乡的高速路上。车到合肥，韩圆圆说一句去省城转转，便将车开向高速出口，方向坚定，没有一丝征求我意见的迹象，仿佛蓄谋已久！又仿佛目中无我！车至"天堂寨"度假村时，韩圆圆没了再走的意思。她在"天堂寨"度假村开了两间钟点房，说是累了，休息一会再走。

我们各自向自己的房间走去，韩圆圆一边用房卡开门，一边回眸望我，眼睫毛一挑一挑，眼神里仿佛隐藏着若干情愫。我的心一悸动，血液有点儿沸腾。在那个瞬间，我竟有点儿心猿意马了。我莫名其妙站住了，痴痴地望着那个靓丽的背影愣神。

"我关门了！"韩圆圆手扶门边，语调柔和，像是在征求我的意见。这让正愣神的我猛地打个激灵，我的回复因为仓促而显得语无伦次："关……关……你关门吧！"

我听到锁舌融入锁扣的金属声音，轻轻的，仿佛极不情愿，又仿佛蓄满遗憾。我怅然若失进了自己的房间，睡不着觉是铁定的了。我静静地躺着，静静回味韩圆圆刚才的一颦一笑、一句话和一个眼神。好熟悉啊！当年二姐的红线把我和她拴上的时候，韩圆圆的表情不正是这样吗？刻骨铭心的记忆啊！现在，韩圆圆就在我的隔壁，一堵几十厘米的墙而已。我理了一下杂乱如麻的心绪，沉寂心底多年的追求，按捺不住浮了出来。我鼓足勇气来到韩圆圆门前假咳，里头没有反应。我挺拔的脖颈莫名其妙软了下来，腿也软了。想撤，却又不甘。我壮了壮胆，五根手指终于弯曲成五根钩子，不轻不重敲了三下门。韩圆圆开了门，我很慌张，却故作镇静坐到沙发上架起二郎腿。抬脸看她，她却匆匆把落在我脸上的目光移向电视机。我的呼吸有了异样，一时无语，她也无语，彼此派遣眼神抚摸着对方。空气凝固了，静得能听见彼此的心跳，我们不约而同站了起来，不约而同闭上眼睛。四只胳膊缠住了，越缠越紧，我开始梦呓："圆圆！我们就隔一层窗户纸了！"韩圆圆也在梦呓："是的！是的！就一层……"我缠在她肩膀上的右手臂顺势一扳，韩圆圆面对天花板躺在了床上。我的手按上了她温暖的胸部。她的推搡不是特别坚决，我的手像是受到了鼓舞，干干脆脆滑向下边。韩圆圆一惊，腰身一挺坐直，胳膊肘一横，我的手便被隔离出来了。我非常尴尬。好在韩圆圆没有生气，红着脸一瞅一瞅望我："还有三百公里的路哩！不是时候，返回的时候我们再来这儿，住个三天五天的！"

嗬嗬！住个三至五天的。三至五天哎！啊呀！生活原来如此美好。

第三十七章

韩三婶站在村巷的出口处向老井这边望，我驾着"宝马"一叽溜到了她面前。我刹住车，放下车窗玻璃招呼一声三婶好！韩三婶腰系围巾，一副烧锅燎灶的做派。她左手抓一瓶刚从小店里买来的陈醋，西斜的阳光落在瓶上，折射出一晃一晃的银光。她张开右手，在齐眉处搭了个凉棚，弯下腰偏着头向车内张望。我将身体尽量后靠，副驾位置上的韩圆圆探身迎了上来，喊了声

"我妈"。韩三婶嚅动着嘴巴轻声应着,应着应着便浊泪纵横了。

韩三婶在灶间忙活,韩圆圆做她帮手。母女俩一边忙活一边谈心,声音很轻,我听不清她们的交谈内容,隔着透明的玻璃移门,我看见韩三婶以前的精气神尽失。韩三爷坐在沙发上,有一句没一句陪我拉话,脸上温度可以,但还是遮掩不住一副心事重重的样子。我能理解三爷和三婶此时的心境,"掌上明珠"遭遇了婚姻上的不幸,最牵心的恐怕就是做父母的了。说真话,我与韩三爷是没有共同语言的,今天却很上心地跟他交谈了很久,尽管话题东一榔头西一斧头,但我没有枯燥无味之感,我仿佛被一根无形的定海神针拴住了。我也快小半年没回小窑堡看望父母了,在小窑堡,我也是个出了名的孝子啊!哪次回来,都是一头埋进家里,接着去看望二叔,接着邻村的二姐便扔下手头活,风风火火赶回娘家,接着一大家便围着我这个中心尽享天伦。今天是怎么了?我竟然待在韩三爷家乐不思蜀。我不得不佩服爱的力量,爱,确实能让人忘其所有。自从有了"天堂寨"那一幕,我就无法管住那颗"身在曹营心在汉"的心了!韩圆圆的身心好像也全落到了我身上,眼下她虽在灶间忙活,她那略带羞涩的目光却不时向我这边眺望。种种迹象表明,我和韩圆圆心中都有了一种微妙的感觉,很温馨、很甜蜜。如果就此下去也不错!但世上的许多事,都不是想象中那样风调雨顺。

我的二姐风风火火进了韩三爷家大门,脸上挂着笑容,但知二姐者我也,我晓得二姐是以假笑掩饰着内心的不满。二姐和韩家人寒暄一番后,目光全落到我的脸上:"听讲你回了,我锄头一扔就来了!一家人都在忙晚饭哩!"韩三爷站了起来,韩三婶和韩圆圆也从灶间走了出来,他们支支吾吾附和着二姐,都说好不容易回来一趟,是该抓紧回家看看你大你妈。

二姐弄了一桌菜,一大家人围着八仙桌喝酒,那个热烈的气氛不亚于过年。这个时候一般都是我发挥口才的时候，可我今天发挥失常，说出的话有点像韩三爷那样东一榔头西一斧头。我心不在焉，我的心始终陷在韩圆圆身上拔不回来。她那一挑一挑的、戚戚切切的，甚至哀怨、羞涩的目光，牢牢控制了我的心绪，让我不能释怀。吃过晚饭，二姐夫来接二姐，但二姐仍然坚持让我送她。二姐夫知道我们姐弟有话要说，很知趣地走在距我们约三十米的前面带路。路过西北拐吴德才家门口时，吴家那四木落地的宅子已灯火全无。二姐像个导游，一指那个黑洞洞的门厅："铁将军把门了！"二姐无限感慨着，"轰轰烈烈一大家子，说败就败得倒了门框！"我想想吴家昔日的辉煌，心情蓦然沉重起来。如今的吴家老小都在外面流浪躲债，就连我的表姐夫吴大萝卜也因在兄弟吴大头的借条上摁了字，而跑得不敢归家。我的表姐也跑了，但没有跟随丈夫吴大萝卜的脚步，我的表姐是跟一个相好，跑湖州打工去了。二姐还说，退休乡长韩云山原本人上人，现在也灰头土脸一脑袋白发。他帮吴大头集资的两百多万，就像一个尿桶箍，牢牢地把他勒住了。

　　我们姐弟就这么说着别人的故事走出了村子，二姐接下来的话题全都与我有关了。

　　"圆圆离了？好好的咋说离就离了呢？"夜路上的二姐问我。

　　"你都知道啦？"我反问。

　　"早就耳风招招听说了！不信，但看看韩三爷老两口子的脸色就信了！"二姐说，"小窑堡近来风水不顺，三个人物头栽了两个！欠债的吴大头有家难归！离婚的韩圆圆无家可归！"在小窑堡人眼里，无论你是富婆还是仙女，一旦离婚了，就算无家可归。我在小窑堡属于三号人物，现在也只有我这个三号屹立着没倒。二姐把我屹立不倒的结果归功于祖坟有力，叮嘱我要珍惜，人不能太作了！二姐这话有所指，她好像已看出了我和韩圆圆存在危险倾向。我沉默着没有反驳，在我心里，二姐始终如母。

我上高一的时候，二姐已经二十一岁了。她每天听村长的哨子上工、放工，偶尔有事得写请假条子。二姐请假都是送我上学，学校离家三十多里，我这住校生得自带补给。带米，带装满腌菜的坛坛罐罐。那时候，我好想吃食堂里的青菜炖豆腐啊！可每月仅两块的零花又让我纠结，买还是不买？孤注一掷买时，我的眼光总是铓亮，渴望手轻手重的厨师能来一瓢满的。当时我很崇拜厨师，并在梦中人五人六地当上了厨师！

大约六十斤的补给，我这白面书生是挑不动的，全靠二姐的肩膀。我上高二时，农村实行了责任制，村长的指手画脚不灵了，二姐终于轻松了一点。二姐闲不住，她闲时种菜，早晚还去水塘钓虾，再把菜和虾换成外快。二姐的外快从不上交父母，更不留作私房，而是一把揣进我荷包。二姐晓得我喜欢青菜炖豆腐，二姐说我正长身体，不能太苦！从此，青菜炖豆腐再不是我的最高理想，我都钟情小鸡炖蘑菇了。厨师们不解，不熟悉我的同学们也不解，都猜测我父亲可能是老右派，这下平反政府补偿了不少。

我的父亲其实是地道农民。父亲兄弟俩，二叔病前是个呱呱叫的木匠。匠人是庄稼人中的贵族。贵族二叔喜欢我，看见父亲压我啃书时，总爱打抱不平，说念不好书干木匠也挺好！父亲不爱听，亮开巴掌对他的亲弟弟直挥："去去去！尽不教娃儿学好！"气得二叔八字须燕子展翅般地抖。高考落榜时，我倒没什么沮丧，父亲却躺在床上不吃不喝不作声。二姐去请二叔，请不动。二姐就哭，二叔这才出现在我家那防天晴不防下雨的茅屋里。二叔不看床上的父亲，一把拽住我的衣袖说："走走走！跟我走。"

我成了二叔的得意门生，二姐相当自豪，说方圆十里，只有韩三爷家丫头和我般配。二姐设法让我和韩圆圆接上了头，但遭到她父母强烈反对,最终泡汤。我的心被撕得粉碎,决定逃离伤心的家乡去江城闯荡。二姐在送我时哭了一路,说家太穷了!韩圆圆谈的杜屠户家前年就盖了三间红砖大瓦屋。从此,红砖大瓦屋成了二姐的追求,她拼命地种菜、钓虾,全家一年多的积攒终于买来了大瓦,但红砖更贵,没有五年时间是积累不来的。五年啊!五年后我都成资深光棍了。二姐心急如焚,主动给她的婆家省了许多约定俗成的婚礼套路,只求借上一笔红砖钱。我家的红砖大瓦屋,终于在二姐出嫁前盖了起来。

一番曲折,一番打拼后,我终于在江城有了自己的房子,还买了辆"别克"。当我开着车衣锦还乡时,二姐一下愣住了。她围着车子缓缓地转圈圈,想摸摸车子,可又犹豫着把伸出的手缩了回去。二姐来芜湖时,更被我的"豪宅"镇住,她看着城里的弟媳妇,目光充满羡慕,还包含些许若隐若现的怯意。好在郭燕始终视二姐为亲姐,郭燕那年随我私奔小窑堡,二姐对她无微不至。郭燕初来农村,挺兴奋的,经常跟随二姐去野外捉鱼钓虾。郭燕当时有孕在身,二姐不准她干任何事,只准她欣赏自己的劳动技能。二姐收获的鱼虾,再也不卖了,统统烧给郭燕吃。二姐养的几十只老母鸡,也被郭燕吃个精光。那段日子虽说是私奔逃难,但郭燕过得相当滋润,并和二姐结下了姐妹深情。

这回被我"豪宅"镇住的二姐,在郭燕的亲密陪伴下,很快没了拘谨,渐渐地就像在小窑堡一样放得开了。二姐感叹:"现在的社会真好!人真快活!住这么漂亮的洋房,还有小包车!"她还向弟媳妇展示农村的巨变,说如今栽秧割稻都是机器,政府不但免了农业税,反而倒过来补贴农民!盘古至今想都不敢想啊!

后来,二姐先后将两儿一女委托给我带领,我不敢怠慢,郭燕更是积极。我们夫妻头削尖尖的帮三个孩子各找了前程。三个娃儿虽然都是初中学历,却能力超强,如今他们都成了大型上市企业的正式员工,并都全款买了商品房。二姐被孩子们接来江城享福,但她不习惯,住上十天半月就要回老家。在芜湖期间,二姐整天乐哈哈的,并和我老婆郭燕处得不分彼此。每每家庭聚餐,郭燕都劝二姐喝一杯,二姐就喝,喝多了就流泪,然后面对子女一边哽咽一边老话重提:"我做梦都没想到会有今天!伢们咃!你们以后蠢我都中,可千万得孝顺你舅妈和你舅舅……"二姐总是知恩图报,总是把"舅妈"放在前头报答。然而,我和郭燕也有一颗报恩的心啊!

　　如今,我家李天成都上高中了,但在二姐眼里,我仍是弟弟。哪有姐姐发现弟弟有了危险倾向而装糊涂的?那晚,我在送二姐回家的路上,二姐一针见血地指出:"燕子(郭燕)真是好得没处找!是我们家的福星哩!你可不能做对不起她的事。"我心里有数了,二姐虽然一字不识,但二姐的洞察力毫不含糊。二姐干事更是雷厉风行。她好像算准我和韩圆圆会去"天堂寨"同宿同住,她竟提出想去江城看看孩子们了!明天就去,搭乘韩圆圆的"宝马"顺风车。我和韩圆圆无法拒绝二姐的要求,二姐横地插来的杠子,愣是把我和韩圆圆的梦想击得粉碎。

　　二姐这回来江城,竟破天荒地住了一个多月,隔个天把就来我家住一天。她好像和郭燕有着说不完的话,偶尔还避开郭燕审查我的行踪。我若无其事请她宽心,她虽然不再说什么了,但她的目光总爱在我脸上狐疑地绕圈圈。后来郭燕好像受到二姐影响似的,也时不时地装出不经意的样子盘查我,查得我内心时不时地一咯噔。郭燕以往可不是这样,她始终高度信任我,我猜,她那狐疑的目光一定是在二姐的旁敲侧击下形成的。我问二姐可曾跟郭燕说了什么,二姐把母亲似的姿态一摆:"不该说的我没说,该说的我不得不说,还不是想你好?我们家能有今天不容易!一小半是你的能力,一大半归功于祖上保佑!你没有权利睡床屙屎不想好。"

"我跟你讲噢!你好像有……有毫不……不对劲……"郭燕想单刀直入敲敲我,又突然语塞找不出我哪儿不对劲,只能将下面单刀直入的话咽回去。我的嘴很硬,又是一个二百五作家,一眨眼就能编出一个故事。这种事除非捉奸拿双,否则我就是模范丈夫。为稳妥起见,郭燕决定暂将心中的怀疑全部熄灭,暗地里却一刻也不忘顺藤摸瓜、放线钓鱼。她脸上的彩云灿烂得和以前一模一样,心中虽揣着个醋缸,但看上去仍是个没事人。深陷"温柔乡"的我绝对想不到老婆跟我玩蛇,精壮的身躯被春风包裹,动不动就向韩圆圆身边冲刺,仿佛一阵风,一阵风又完全像我。

我接连去了韩圆圆住处好几趟,那是一幢多层老楼,小区里虽然没有一幢现代高层,但十多年前,这里是江城最高档的小区,里面住着的几乎都是江城第一代富人。韩圆圆离婚后,由大背头手里分得这处房产。韩圆圆几乎天天将自己关在家里,有时看电视,有时看书,更多的时候是目光呆呆的,想着杂乱如麻的心思。我去她家的时候,韩圆圆接待我的方式几乎千篇一律,她开门,我随手关门,她让座,接着泡茶,再接下就是她以通风为由把门打开。每当她打开门时,我那亮闪闪的眼总是情不自禁一暗,满腔热忱和希望仿佛都随着门的打开而一窝蜂跑得干干净净,原本打在腹中的暧昧稿子也瞬间去了爪哇国。我心里清楚,韩圆圆刻意开门的举动,证明她不在乎我的窃窃私语,我只好在她极度透明的客厅里,说着无关紧要的阳光话。接连几次的不尽人意,消磨着我的热情,我猜想:那天韩圆圆在"天堂寨"对我的承诺,不过是一时之忽,女人一天有三忽嘛!她的心里,其实根本没有我。当我第三次满怀失望走出韩圆圆家门时,我意外地听到一串下楼梯的脚步声，很是急促，又似乎熟悉。我连接大脑的神经一跳，稍一迟疑，便撒开步子向楼下狂奔。但还是慢了一拍，我仅看见一条女人的长腿迅捷地抽进不远处的轿车，然后砰的一声，车的后门严严关住。车是"奇瑞"越野车，开车的是个娘们，娘们的表情严肃得可疑，她根本不看我，只目不斜视盯着前方。"奇瑞"呜的一声从我面前过，我睁大眼睛盯着车的后排，我透过不很透明的有色车玻璃看到后排座位上趴着一个女人，面部朝下，我无法看清她的脸。我的心一紧，木桩一样站那给前行的"奇瑞"行注目礼。一种不祥之兆迅速漫浸过来，我不由自主打起了寒战。

我再不敢轻易登门造访韩圆圆了，再说造访也没实际意义，她总是开着门，一副公事公办的样子。那段时间，我的心好疼，真正领略到了"煎熬"两字的分量。好在陷得不深，通过一个多月的自我调整，我那颗跑偏的心渐渐归位了。然而树欲静而风不止，就在我断了烦恼丝的时候，韩圆圆发来了信息，她让我打开微信，并给了一个微信号让我加她。我以当年学木匠的劲头学会了微信，当时的微信刚刚兴起，我便享受到了微信给我带来的福利。微信像条红线，把我和韩圆圆两头牵上了。一些"当面锣对面鼓"不好意思讲的话，在微信上很顺溜地就讲了出来，旁若无人似的。我和韩圆圆之间那层薄薄的纸在微信里捅破了，约会。

一开始，我仍锁定韩圆圆家为见面现场。韩圆圆一口气说了几个"不"，说我要是去她家，她还得开着门见我，说她那幢老楼住着的都是熟悉透了的老邻老居，只有开着门，否则邻居们会起疑心的，好丑！我恍然醒悟，血液向上一涌，浑身轻松。

我去了"好似家"宾馆，先躲在车内四处张望，确认没有隐患后，才迅捷地下车，迅捷地闪进宾馆大厅。吧台后面坐着两个化了淡妆的女生，从容地和我打着招呼。我却无法淡定，眼帘低垂望着吧台，支支吾吾像是对吧台说明了来意。女生要见我的身份证，我一慌，竟把皮夹里的好多名片抖落到地上，感觉四周有无数双眼睛盯着我。好不容易办完了钟点房的全部手续，我坐在房间的椅子上一边长长地吐气，一边把"大功告成"的消息通过微信发给了韩圆圆。韩圆圆过了约十分钟后才有回复，内容相当不乐观。她说内心慌得很，郭燕哀怨的形象老在脑子里挥之不去。她喊郭燕嫂子，她觉得自己太不厚道了……我渐渐不知如何回复了，竟也由心底涌现出一份愧疚。韩圆圆最终决定不来了，说心乱得很，来了也没兴致。我只好顺着她的杆子爬下来，揣着个五味杂陈的心情离开了"好似家"。然而这样的事一旦有过共识，再想彻底否定，是很难做到的，我和韩圆圆都非圣人，都是人间烟火养大的凡夫俗子，我们彼此心中的欲望，最终还是击退了彼此的理智。我与她很快又有了共识，这回彼此都下了很大的决心，韩圆圆让我耐心等待机会，切不可操之过急，切不可露出丝毫蛛丝马迹而给郭燕的心灵蒙上阴影。一讲到郭燕，韩圆圆的语调就拖泥带水丧失底气，我也是。但是最终我们还是有了类似"亚当和夏娃"的约定。

第三十八章

我仿佛变了一个人。动不动就起个大早，熬制郭燕爱吃的薏米粥，并插手刷锅洗碗、拖地抹桌之类的杂务。这些本来都不是我的分工，但就是想干，干过之后再面对郭燕时，那份原本慌乱的心绪就莫名其妙平静许多。郭燕从不阻止我的义务劳动，也不为我的勤快点赞，她安安静静地旁观，好像生活的节奏本来就是这样。这一天，郭燕终于开口夸我越来越像模范丈夫了，说家有贤夫，她出门也就没了后顾之忧，这回她陪嫂子去黄湖农场探监（郭哥仍在押），准备在那住一宿了，当天去当天回累人。我的心小鹿一样狂跳一番,却竭力摆一副平静面孔提醒:"不都是下半月去吗?这回咋是上半月?"郭燕一脸的无可奈何,说探望哥哥的事,都是嫂子说了算,她说哪天就哪天。

郭燕开车走了,说走就走了。我首先把这消息以光的速度传送给了韩圆圆,电话那头的韩圆圆呼吸蓦地急促起来,好像是在为我突突跳动着的心脏伴奏。但后来的事实证明,我的兴奋非常盲目,我低估了郭燕的智商。她压根就没去黄湖,而是跟我玩了一个引蛇出洞的阴招。

我的老婆郭燕确实是个精明人,熟谙人间烟火。我在床上的三心二意和潦草,很快让她的怀疑变成警觉,这是怎么了?那个在床上精力集中、大刀阔斧、长驱直入的丈夫哪去了?咋就突然间变成文质彬彬的床上君子了?一连串的疑问,使得一个妻子最害怕的念头闪了过来。如今的男女花着哩……她不敢往下细想了。我是她的精神支柱,是她和儿子李天成挡风的墙。但是我更是她从桥裆拯救出来的流浪汉,在我上无片瓦下无寸地的时候,她冒着万难义无反顾委身于我,她是我的救星,是恩妻。她随我历经千辛万苦不曾有过怨言,好不容易盼得个今非昔比的日子,难不成丈夫就不顾脸、不讲良心急吼吼扮演陈世美!郭燕的脑子里乱成一锅粥,委屈、幽怨之情油然而生。郭燕虽然和韩圆圆一样漂亮、温柔、贤惠,但比韩圆圆个性得多。她常说,圆圆妹子太善了,硬是养虎为患成就了二会计!二会计起初就是她家工厂一个打工的,换我的话早以老板娘的姿态将其赶走了。郭燕不但有个性,而且有耐心有谋略,自从她对我的清白持怀疑态度后,她的精力便全部集中到我的身上,盯梢、跟踪,先是亲自上阵,后见效果不明显,就请了"侦探"。"侦探"不是别人,正是我的对头费广海,郭燕美其名曰:利用矛盾解决矛盾。她每天支付费广海一千五百元,让其组织了一个四人侦察队伍。费广海已从郭燕手上结走了三万多元现金,郭燕竟然眉都没皱一下。郭燕说:"都什么时候了?我还心疼钱?这个家如果破了,再多的钱,至少也有一半不是我的了!"郭燕又一下拿出五万元交给费广海,摊牌道:"我不心疼钱,但我等不及!这五万你拿去,如再查不出个眉目,我将考虑换人。"郭燕怀疑费广海磨洋工。其实她冤枉了费广海,费广海确实已将捉奸的事当作压倒一切的大事了。"捉奸"对费广海来说,简直是一箭三雕,一能挣到钱,二可报我踢他之仇,三能见识一下裸露着的韩圆圆。费广海盼望早出成果,情急之下,他给郭燕想了个引蛇出洞的招。然而该死的我,偏偏把郭燕的黄湖之行,视为天赐良机了。

费广海很快有了捷报,侦察队伍迅速转化为捉奸队伍,两男三女。在这支队伍里,费广海自称首长。他晃晃手中的苹果手机,说:"我要取证的,防止人家反咬一口。姓韩的虽说被人扔破鞋一样扔了,但仍是富婆,瘦死骆驼比马大呀!取个铁证,有备无患。"

电梯把整个捉奸队伍送到"好似家"宾馆二十层,走廊上静谧得不见一人。几个女将轮流用耳朵贴着 2022 号客房的门,都张着嘴巴报告:"没动静哎!"费广海一脸的多识多知:"没动静?难道这样的事还要锣鼓喧天不成?"费广海的手臂一挥,示意女人让开。然后一个飞脚狠狠踹在门锁上,那门"咣"一声砸在室内墙上,又迅速反弹回来,却没能挡住蜂拥而入的人群。郭燕像只领头雁,一阵风似冲了进去。然后便像只泄了气的皮球,愣在床边岿然不动,整个捉奸队伍都愣住了,费广海一脸茫然,两只大眼圆圆地干瞪着,张着嘴巴"咦咦"着。他有点恼怒地盯着一个部下:"咋回事?咋回事嘛?"那部下不慌不忙,从从容容摸出手机一亮：有图有真相。由于拍摄时偷偷摸摸且距离较远，视频上的男子图像跳动得厉害，且模糊不清，这就让捉奸队伍中有了不同声音，多数人说像我，也有两个人说不像我。奇怪的是两人中包括了郭燕，她竟一口否定说不是我。郭燕后来对我说：我明明晓得是你，烧成灰都能识得出来的，可当时不知是哪根神经跳出来做了主，突然就想到了维护脸面，你可以不要脸，我和儿子可不能没皮没脸活在世界上，既然没能捉奸成双，我也就失了抓屎糊自己脸的决心。何况视频里只有孤男一枚，做不成出格事的，这让我很轻松封住了大家嘴。尽管我清楚房间肯定会进来女人，但我已彻底没有了捅破那层纸的勇气。

郭燕说她当时对捉奸失败的结局，不颓丧，反倒有点庆幸。颓丧的是费广海，他反复看着部下拍摄的视频，嘴巴不停地嘀咕："真奇怪！明明是司令嘛！明明就是2022房间嘛！"费广海又瞄了瞄房门上的编号，默默摇头。忽然一跺脚，仰视天花板莫名其妙哦了一声。

捉奸队伍嘻嘻哈哈散去，唯费广海选了个偏僻处与人通话。费广海的语调很凶，骂对方："老子把你当个人，你却出卖了老子！今晚你别回来了！回来老子揭你皮，你给老子趁早滚去桥档搭个铺……"

对方好像也不示弱，反馈过来一串硬话，噎得费广海一缩脖子，又一缩脖子。对方不是别人，正是他的师兄弟老黑。就在先前万事皆备只待捉奸的当儿，费广海想到了老黑。老黑和他合伙租的房，至于老黑的禀性，费广海一清二楚。老黑喜欢讲荤话，还爱偷偷摸摸看黄片子，费广海经常表扬老黑是个标准情种。两人互损是常事，互换黄片子也是常事，并美其名曰文化交流。这回组织捉奸小组，费广海没拉老黑入伙，他晓得老黑崇拜我，是不会死心塌地破坏我形象的。但人的神经往往会在一个瞬间产生妙想，不知出于何种目的，费广海在临捉奸前的半个小时，忽然想到了可怜的老黑，老黑和他一样性饥渴，也许是同病相怜，也许觉得多一个人多一分力量，费广海竟以救世主的语调通知老黑赶紧过来看实况转播。然而他确实低估了老黑骨子里的品德，老黑答应马上来，还恳求费广海等他到场一起行动。但是挂了电话后，老黑就以光的速度把凶讯告诉了我。此时，我和韩圆圆正在2022房间，含情脉脉地脱衣，老黑简直就是老天派来拯救我的天使。

  鸡飞蛋打、一事无成的费广海，恨得牙痒，竟失去理智在电话里把老黑一顿糟骂！老黑是河南人，热血且耿直，尤其容不得别人侮辱父母，他回敬费广海的语言也不含糊。两人就这么在电话里恶毒地互骂起来。

  傍晚，费广海草草吃了一碗泡面，早早窝到床上玩微信。他首先想跟二会计说点什么，下午捉奸前夕，他已将消息发进了小别墅，眼下捉奸失败，他觉得也有必要向二会计说明。二会计下午忙账，根本没有时间关注微信。现在正边吃晚饭边看手机，当她看到费广海发来的捉奸消息时，二会计丢了碗，一脸惊愕盯着手机不眨眼，又瞅着大背头直发愣。大背头诧异，问她看到了什么。她不答，拇指一掐，反将手机关了。她的目光游离不定，竟在瞬间产生了幻觉。幻觉中，那个被捉的赤裸裸的女人正是自己。没错，如果韩圆圆是个蛮横泼妇，自己又如何能端掉她的锅，人家当初完全有能力把自己整得赤裸裸啊！二会计的脸红一阵白一阵，颤巍巍的大拇指复将手机掐亮。她误认为费广海此刻已经捉奸成功，她开始回复费广海：猪！猪！活猪！等着公安抓你吧！想想又加一条：人渣！你不坐牢天理不容！

  二会计的回复给了费广海当头一棒，他终止了和二会计继续微信的念头，手一抖，扔烫手山芋似扔掉了手机。一对眼珠子钩子一样钩住天花板，天花板已失去先前的洁白，风化成难看的熏黄，仿佛罩着一层黄烟，缥缥缈缈如影视中见过的地狱。他忽然莫名其妙感到恐惧，二会计的反目使得他的头颅填满了糨糊。

老黑回来的时候，费广海那一对死鱼眼仍钩在天花板上。老黑和以往判若两人，两眼通红，一脸杀气。他一把掀开盖在费广海身上的被子："猪！活猪！你还得胜还朝了？你还学着人的模样盖被子？"老黑不知由哪来的火气，不依不饶，步步紧逼："我倒要请教请教，那种掘人祖坟的缺德事你也干得出？是想千古留名、光宗耀祖还是咋的？没皮没脸的货！你的小九九我还不知？你不就是想看韩圆圆身子吗？就算被你捉到了，你也是看到摸不到，摸到日不到呀！你还不是白天白想、晚上黑想？等过了这阵风头，司令还不照样和韩姐实打实日吗。你瞪双好眼瞧着，猪屯！馋死你，猪屯！"老黑忍无可忍，劈头盖脸给他一顿糟骂。费广海竟被骂成了木头人，痴痴望着老黑不眨眼，像一个聆听父母责骂的孩子。老黑骂累了，住了口，一抖胳膊扯过被子，说被子是我的，我才不跟猪住一个窝哩！老黑掳起被子就走，费广海本就悬着的心仿佛又被勒了一根绞索。他圪蹴在床上拽着被角不松手，老黑数了三下，他仍不松。老黑抬腿就踹，生生将高自己半个头的费广海踹到地上。愤怒的老黑威风凛凛，费广海被彻底镇住，他在地上夸张地打个滚，摸着肋骨嗷嗷吸冷气。可老黑还是脚一跺走了，留一句："肋骨折了？折了好！折了就不会乱动了，免得你大你妈不放心。"老黑仍记恨费广海在电话里的辱骂，现在回骂费广海就像机关枪的子弹出膛，每个字都像是从牙缝里挤出来的。

老黑走后，费广海突然被一种从未有过的失落感淹没，并越发后怕起来。原以为他的捉奸行为会获得二会计欢心，并赢得老黑的好奇心。可事实证明，并不是人人都像他那样龌龊恶心。他的目光蓦地暗淡，继而漆黑一片。孤单和恐惧汹涌袭来，他忽然对英子有了揪心的牵挂。自从那回骂走了老婆，英子就没搭理过他，但大姐的电话却隔三岔五打来。大姐恨铁不成钢，骂他："别太作了！乱嚼舌头根子的小人你也信？英子是打着灯笼找不到的好媳妇啊！立贞节牌坊都来不及！你这猪脑子咋想起来朝媳妇身上喷粪？莫非是心玩野了，找碴？大姐要他过了年就别干木匠了，来湖州干裁缝也不比干木匠少挣。再说这夫妻长久地天各一方也不是事儿。"

大姐的骂声，早已冰释了费广海对老婆的误会，他一直想对英子说些软和话，但大男子主义又使他一直放不下这个脸。现在，四面楚歌的费广海又多了一份对英子的愧疚，他瘫在地上，两眼紧闭，嘴巴不住地呢喃："英子！英子！"

他的信念被英子牢牢控制，草草收拾一番，喊来一辆出租，踏上了"说走就走"的旅途。

第三十九章

郭燕经过一番深思熟虑，还是去了韩圆圆家，轻车熟路，常客似的。然而郭燕确实是第一次去，"轻车熟路"得益于她对我的不懈跟踪。她并不知道韩圆圆嫁的是"老秋茄子"，她和小窑堡人一样，只晓得韩圆圆的前夫一米八五往上跑。

郭燕敲开韩圆圆家门的时候，韩圆圆的脸当即红至耳根，目光和语调都软得像煮透了的面条。郭燕心中的怀疑仿佛一下子得到证实，无须审也无须问了，单凭这做贼心虚的表情，就是不打自招啊！郭燕的心底腾地冒出一股怒火，就在韩圆圆轻轻合上进户门的时候，郭燕却母老虎一样，一把将门掼开。确实是掼，掼出的响声和郭燕歇斯底里的指责声，引得楼梯上行走着的几个人，以及若干邻居迅速聚集过来。韩圆圆的脸顿时煞白，软软地瘫在沙发上喘气。郭燕乜斜着韩圆圆，当众滔滔不绝发泄着心中怒火："兔子不吃窝边草！就你另类！偏偏给我这个做嫂子的戴绿帽！难道我是好欺的？瞎了你的眼，你去访访，我虽不是爱惹事的人，但也从不怕事。你这样欺负我，我还有啥放不开的？"郭燕脸色铁青，嘴巴颤抖，她的喉咙果然放得很开，地动山摇的。人越聚越多，忽然有人发现歪在沙发上的韩圆圆，已不知啥时人事不省昏了过去。

警察来了，救护车来了，大背头也来了……一条韩圆圆偷人并赤身裸体被捉奸的谣言，迅速在圈子里传播，三传两传，谣言升级，且有鼻子有眼，继而竟配上了不知由哪弄来的捉奸视频。视频的内容是这样的：

电梯把整个捉奸队伍送到宾馆某层，走廊上静谧得不见一人。一壮汉一个飞脚狠狠踹在门锁上，那门"咣"的一声开了。可怜一对赤身裸体的男女仍合在一起没来得及分开。一个女人一阵风似冲了进去。她狠狠揪住裸女头发，歇斯底里叫骂着，并抡圆巴掌左右开弓扇裸女的脸。一个负罪的灵魂依在床背上瑟瑟发抖，面对狂风骤雨般的抽打，可怜她哪里能顾得上脸！她拼命扯来被子遮挡一丝不挂的身体。可跟进来的几个女人并不吃素，七手八脚掰开她的手，遮羞的被子被缴获，并随手扔到墙的角落。裸女的头发被死死固定在床上，踹门的壮汉像个职业摄影师，不停地随裸女身体的扭动而变换拍摄角度，镜头对准的基本都是裸女的私处。那个裸男被两个男人牢牢控制在地毯上，白晃晃的躯体完全开放，几个女人脸不动，眼却偷偷向裸男那边斜，还不停地笑。裸男看看自己，又看看备受凌辱的裸女，绝望得要死。好在一日夫妻百日恩，那个控制裸女头发的女人到底还是心疼丈夫，又好像嫉恨姐妹们斜斜的贪婪的目光。就见她哧溜哧溜下了床，搂起两件衣服，严严实实盖住了裸男的裆部。逗得一屋子人扑哧哧笑。

　　视频上的人物图像模糊不清，你说是谁就像谁。充满了野蛮和残忍，但又不乏黑色幽默。黑色幽默对于特定的当事人来说，往往更具杀伤力。所谓的"有文有图有真相"的谣言，很快又以光的速度传至美国。大背头的妹妹隔着茫茫太平洋，第一个发来了严厉的谴责之声，并对嫂子深表同情。妹妹说了一大堆宽慰韩圆圆的话，韩圆圆却没有回复妹妹一个字，她能说什么呢？她百口难辩，她心已死。妹妹的安慰反而使她的嘴唇抖擞得更加厉害："这……这都传到外……外国了！"

　　韩圆圆把自己关在家里，接连做起噩梦，她梦见杜诗经和费广海变成了一个人。这个人又渐渐变成一个青面獠牙的恶魔。梦中醒来，韩圆圆仰躺在床，双目枯涩，像两口老井，痴愣愣盯着天花板。她看见梦中的恶魔趴在天花板上，变换鬼脸望她狞笑。韩圆圆已无恐惧，冲天花板狠狠吐唾沫，模样怪异。

　　她的泪早已干枯，一侧脸，竟被梳妆镜子里的自己吓一跳。传说中的"一夜白了头"已在自己的头上获得证实！她拢了拢头发，抻一抻衣角，踉跄着又一次晃向阳台。把头颅探出护栏，像战争中的将军那样认真察看楼下的地形。哪块是裸露的水泥地，哪块布满植被，都在她心中定格成地图。这时，她的脸上绽出了一缕冰凉笑纹，仿佛是嘲讽人间与天堂只隔着一个小小护栏，只要闭眼跳下去便是一了百了。阳台上，那盆盛开的杜鹃正对她笑。这杜鹃来她家已有四年，从没出过彩，平时不怎么管它，弃置阳台一角。奇怪的是：她被谣言缠身后，它忽然枝头见喜，像是存心气她。韩圆圆摘了杜鹃的花瓣撒下去，目送它们慢悠悠地飘落。有花瓣落在那辆黑色轿车顶上。那地方本来没车，车是昨天停的，车的天窗一直开着。一阵小风刮来，车顶上的杜鹃极不情愿移动起来，最终没入天窗。韩圆圆的心忽地泛出一股从未有过的酸楚。

她一头埋进卧室，铺纸握笔，她牵挂远在美国的女儿，还牵挂皖北老家的父母。她已给父母汇去一百万，留给女儿的五百万却无法一时汇出境外。她想到了大背头，大背头是她前夫，是女儿的父亲，她的所有遗产只有通过大背头方能安全中转至女儿之手。

她将浸透泪渍的遗书放在室内最显眼的地方，上面压着一沓毫无用处的现金。万事俱备，再把自己梳妆一番，便可翻过阳台护栏放心走了。

她对着镜子整理凌乱不堪的头发，干涩的眼窝里又汪出一泓咸水。她强迫自己把辛酸往肚里咽，最终没能挺住，伏于妆台上恸哭，撕心裂肺，两只瘦削的肩膀一耸一耸的没完没了。

不知过了多久，她忽然听到了一串沉闷的敲击声，一抬脸，前夫大背头站在眼前。大背头耷拉着腰背，左手扶在卧室门框上，手上的钥匙仍在门框上有气无力地敲着。他的右手默默揉捏着一张纸，那是韩圆圆刚刚立下的遗书。大背头是这套住宅的原主人，始终留有进户门的钥匙。但他的从天而降还是让韩圆圆倍感意外。她擦干了泪水，腰坐笔直，一脸坚韧，像是有意在前夫面前示威。大背头表情复杂，一直想说些什么，却一直没说出口。僵持了一小会，大背头摸出手机，颤巍巍捣鼓出一段视频。女儿那活泼、亮丽的声音立马填满整个房间。韩圆圆抖一下又抖一下，脸上装出来的硬气瞬间消失。她搭在被子上的手本能地向视频的方向抓了抓，又犹豫着中止。大背头前移两步，缓缓将手机摆在韩圆圆面前。韩圆圆手一缩，眼却被手机牢牢拽住。视频中的女儿露一脸让人揪心的忧郁："妈妈你怎么了？咋把爸爸和我们都拉黑了！我想妈妈，我要妈妈来美国……"

韩圆圆的心顿时碎成粉尘，她依偎在床背上，紧紧咬住嘴唇不让泪滴。但最终还是崩溃，她掀开被窝一滚，从头至尾将自己严严实实捂住。

大背头坐到床沿上，首先扇了自己两耳光，很响，像故意让被子里的韩圆圆听见。他说："我对不住你呀！你的品行很少有人能及，我心里清清楚楚。有些事我也知道不该做，可就是无法控制！我打自己嘴巴不是第一次了，暗地里经常使劲打。出了这事，我的心一直悬着。多少人要来看你、多少人要报警缉拿谣言炮制者，都被我挡了。我最了解你啊！我真怕伤你自尊啊！我已盯你两天一夜了，眼都没眨。楼下停着的'别克'你也看见了，那就是我们结婚时给你买的车啊！尽管早已不用，但一直保存着……"

　　大背头掏出韩圆圆撒进"别克"车内的杜鹃花瓣，轻轻放到床头柜上，又轻轻拍拍被子里的韩圆圆："我们的女儿离不开你，她想你哩！你去美国留学的手续也快办下来了，只是没跟你说，你去美国吧！"

　　被窝里有嘤嘤哭声传出，大背头站了起来，唉声叹气向外走。拉开进户防盗门，两位韩圆圆最"铁"的姐妹腾地挤了进来。大背头的嘴朝韩圆圆的方向一努，两姐妹泪流满面，一边喊着韩姐一边向房间急急冲去。

　　韩圆圆去美国后，其踪迹才在绵恒大白天下。亲友、同学都知道韩圆圆成了留美学者，难怪这么多年都不跟家乡人走动，原来这丫头心大，果然是颗文曲星！怪不得她休了一米八五往上跑的帅老公。在文曲星眼里，中国的富人只是不缺钱，但其他方面就不敢恭维了！充其量只能算土豪。土豪和贵族不是一回事，韩圆圆已开始向往西方的贵族式生活了。一根根大拇指齐刷刷竖了起来，可我却因为韩圆圆和老同学梁世忠、杨菊梅闹得很僵。

　　问题完全出在世忠和菊梅合伙生的儿子身上。小东西一转眼大学毕业了，且比其父母心大，有一颗强烈的去美读研之心。托福等硬性标准已全部通过，洛杉矶一所大学的录取通知书也跟着来了。之所以选择洛杉矶这座城市，是因为韩圆圆也在洛杉矶。小东西尽管二十多岁了，但在父母眼里仍然是个娃。漂洋过海的，无亲无故的，衣来伸手、饭来张口惯了的……菊梅放心不下，就给娃选了洛杉矶，反正洛杉矶也是美国的！老同学韩圆圆已在那里扎根三年，人头熟，娃儿去了多少有个照应。小东西前脚去了美国，世忠和菊梅后脚便来了江城。好家伙，一下给我拎来了五六千块钱的礼物。不为别的，只求我把韩圆圆的通联方式给他们。我没有，这回是真没有，不是装的！但世忠夫妻总是不信，说我开玩笑逗猴，直到我酒精上头赌了毒咒，夫妻俩才你瞅瞅我，我瞅瞅你，纷纷像霜打的瓜秧蔫了。夫妻俩临走的时候，虽然也乐哈哈地和我招呼，但笑容很僵、很假。我也没往心里去，我没有忽悠老同学，我问心无愧。但世忠和菊梅不这么想，夫妻俩认定我小肚鸡肠，心怀一个不是很崇高的理想。于是我就成了一个独自垄断同学资源的货。此后，我回故乡绵恒时，世忠、菊梅夫妻再不像往常那样热情接待我了！我们二十多年的老同学关系就这么一下子断了个干干净净。

　　我和世忠夫妻断了关系后，却出人意料地和韩圆圆又接上了头。也不知她通过什么渠道或高科技，她竟然有本事飞越太平洋加上了我的微信。要知道：自从老婆怀疑我红杏出墙后，看管趋严，我的手机号、QQ号、微信号全部被她变更了！目的就是掐断我和韩圆圆的联系，万没料到去了美国的韩圆圆仍有办法找到我。偷偷摸摸的聊天中，韩圆圆把我和她分手后的所有际遇都告诉了我。我还知道不少她在大洋彼岸的真实情况：韩圆圆去美国后，只是监护她的女儿，并不像人们想象的那么风光。她还在一家中餐馆兼职保洁。她不缺钱，但非常缺乏生活乐趣，英文不照！工作难找！只好干保洁打发打发时光。可能是生活无聊、寂寞难捱。她说她非常非常想我，常常在梦里泪流满面哭醒。她说她现在明白了为什么日本人那么富有还爱自杀！原来寂寞和相思比魔鬼还要折磨人，比疾病和贫困还要可怕……韩圆圆还在微信里把当年教我们英语的老师臭了一顿，说他误人子弟，瞎教！教出来的英语美国人一句听不懂。当然，她还时常叮嘱我：不要把她的真实情况向外透露。

这么多年来，我信守承诺，善始善终守护着韩圆圆的秘密。老婆郭燕也从不提及我和韩圆圆的事，郭燕说不是顾我脸面，她是顾自己脸，顾儿子李天成脸。韩圆圆去美国的第二年，我也结束了木匠生涯，扩版后的《中江晚报》副刊招聘编辑，已在江城文坛小有名气的我成了合适人选。

小窑堡这块贫瘠的土地上，腾空飞出了"一龙一凤"，没学历，更没背景，都是走了"瞎猫撞上死老鼠"的大运！百年一遇啊！周边人们在赞叹、称奇之余，自然把这"一龙一凤"的功劳全记在风水上。刘半仙拄着拐杖来了，说咋样咋样，我老早就算准这丫头文曲星嚒！刘半仙又在韩三爷等众人簇拥下站上高处，放眼一望，拐杖直点：果然果然，果然是处滋养文曲星的好风水。于是韩三爷出钱三千，给村后的土地庙刻了副花岗岩对联。上联：村落青山百宝地；下联：户对碧水凤凰池。我每年春节回家探亲，一去土地庙烧香，就望着那副对联皱眉头，还隐隐觉得它在冰冷地嘲笑我。村后那个孤坟似的大土墩子咋成了青山百宝地？村前的浑浊屁股塘更不是凤凰池啊！我决定以小说的形式把"一龙一凤"的真实情况展示给世人。于是有了这部长篇小说——《李木匠的春天》。